Unas vacaciones de muerte

Unas vacaciones de muerte

TESSA BAILEY

Traducción: Ana Isabel Domínguez Palomo
y Mª del Mar Rodríguez Barrena

TITANIA

Argentina • Chile • Colombia • España
Estados Unidos • México • Perú • Uruguay

Título original: *My Killer Vacation*
Editor original: Tessa Bailey
Traducción: Ana Isabel Domínguez Palomo y María del Mar Rodríguez Barrena

1ª. edición Marzo 2023

Copyright © 2022 *by* Tessa Bailey
Translation rights arranged by Taryn Fagerness Agency and Sandra Bruna Agencia Literaria, SL
All Rights Reserved
© 2023 de la traducción *by* Ana Isabel Domínguez Palomo y María del Mar Rodríguez Barrena
© 2023 *by* Ediciones Urano, S.A.U.
Plaza de los Reyes Magos, 8, piso 1.º C y D – 28007 Madrid
www.titania.org
atencion@titania.org

ISBN: 978-84-19131-06-5
E-ISBN: 978-84-19497-32-1
Depósito legal: B-1.139-2023

Fotocomposición: Ediciones Urano, S.A.U.
Impreso por Romanyà Valls, S.A. – Verdaguer, 1 – 08786 Capellades (Barcelona)

Impreso en España – *Printed in Spain*

1

Taylor

A todas las personas que me han llamado tacaña en el pasado...

¿Qué os parezco ahora, imbéciles?

Solo contando hasta el último centavo y maximizando el uso de recursos durante años he podido permitirme esta increíble y lujosa casa en la playa durante seis días enteros..., y con el sueldo de una maestra de segundo de primaria. Esta deslumbrante y blanca joya con ventanas relucientes está en primera línea de la playa de cabo Cod, tiene un porche que rodea toda la casa y una pasarela que desciende hasta una playa semiprivada. La emoción de enterrar los dedos de los pies en la arena mientras el sol de Nueva Inglaterra tuesta un poco mi piel translúcida me provoca un hormigueo y, lo más importante, mi hermano pequeño tiene la oportunidad de que su destrozado corazón se recupere.

Mientras tiro de la maleta con una mano y sostengo la llave de la casa en la otra, para usarla de inmediato, miro por encima del hombro y descubro que la vida empieza a regresar a las facciones juveniles de Jude.

—¡Joder, Taylor! Supongo que cortar las servilletas por la mitad ha servido de algo.

—Nadie necesita una servilleta entera si come con cuidado —le digo con voz cantarina.

—No voy a discutírtelo. Mucho menos cuando nos has conseguido estas vistas. —Jude sujeta mejor la tabla de surf que lleva bajo el brazo—. Bueno, ¿el dueño de este sitio lo alquila? No me imagino teniendo esto sin vivir aquí todo el año.

—Te sorprenderías. Casi todas las casas de esta calle son de alquiler. —Señalo con la cabeza una casa casi idéntica al otro lado de la estrecha calle, con la fachada revestida de tablones de madera y el jardín delantero cuajado de hortensias moradas en flor—. También estuve mirando esa, pero no tenía bañera con garras metálicas por patas.

—¡Por Dios! —replica mi hermano, que decide ser sarcástico—. Eso sería como alquilar una tienda de campaña.

Le saco la lengua por encima del hombro, me detengo delante de la puerta principal y meto la llave en la cerradura para girarla con una emoción abrumadora.

—Lo único que quiero es que todo sea perfecto. Te mereces unas bonitas vacaciones, Jude.

—¿Y qué me dices de ti, Te? —me pregunta mi hermano.

Claro que yo ya estoy entrando y... ¡ay! ¡Sí! Es todo lo que el dueño prometía por internet y mucho más. Los ventanales que dan al turbulento Atlántico, una ladera cubierta de plantas marinas y de flores silvestres que descienden hasta ese océano azul zafiro. Techos altos con vigas vistas, una chimenea que se enciende con pulsar un botón, unos sofás enormes con pinta de ser comodísimos y una decoración náutica de muy buen gusto. Incluso hay algo en el ambiente..., un olor que no termino de identificar, pero que tiene su aquel. Y lo mejor de todo es la banda sonora que crea el océano y que puede oírse desde cualquier punto de la casa.

—No me has contestado —insiste Jude con sorna al tiempo que apoya la tabla de surf contra la pared y me clava un dedo en el costado—. ¿No crees que tú también te mereces unas bonitas vacaciones? ¿Después de un año de clases a través de Zoom con niños que jugaban al

Minecraft fuera de cámara? ¿Seguido de otro año para poner al día a otra clase, con lo que prácticamente era el temario de dos cursos? A estas alturas, mereces una vuelta al mundo.

Supongo que sí me merezco estas vacaciones. Voy a disfrutar, pero me siento más cómoda centrándome en que Jude se lo pase bien. Al fin y al cabo, se trata de mi hermano pequeño, y es mi trabajo cuidarlo.

—Se me ha olvidado preguntarte si sabes algo de mamá o de papá. —Después de preguntar eso siempre contengo el aliento—. Estaban en Bolivia la última vez que hablé con ellos.

—Creo que siguen allí. Se avecinan posibles protestas y están vaciando el museo nacional, por si las moscas.

Nuestros padres siempre tenían el trabajo más raro cuando nos tocaba hablar de las profesiones en el colegio. Oficialmente, son arqueólogos, pero esa etiqueta es muchísimo más aburrida que lo que implica su verdadera ocupación, que incluye que los contraten gobiernos extranjeros para proteger y conservar el arte durante revueltas civiles cuando esos tesoros de valor incalculable corren el riesgo de ser destruidos. De forma inevitable, algún niño de la primera fila siempre decía: «Sois como Indiana Jones», y mis padres, que ya estaban preparados, gritaban: «¡Serpientes! ¿Por qué tenían que ser serpientes?». Sincronizados a la perfección.

Son personas fascinantes.

Aunque no los conozco mucho.

Eso sí, me dieron el mayor tesoro de mi vida, que ahora mismo está tirado sobre el mueble más cercano, como de costumbre, integrándose a la perfección allá donde va, siempre con sus camisas de franela y sus Birkenstock.

—Te quedas en el dormitorio principal, ¿entendido? —dice entre bostezos al tiempo que se pasa los dedos bronceados por el alborotado pelo rubio oscuro. Cuando hago ademán de discutir, él se señala la boca y hace como que cierra una cremallera, indicándome que cierre el pico—. No pienso discutir. No podría permitirme ni un cachito de este sitio. Tú te quedas con el principal.

—Pero después de todo lo de Bartholomew...

Su expresión se vuelve sombría.

—Estoy bien. No te preocupes tanto por mí.

—¿Y por qué no? —Sorbo por la nariz mientras llevo la maleta a la cocina. A ver, ¿ese olor? Es como... si hubieran preparado una comilona en la cocina, y el olor a ajo y a otras especias siguiera flotando en el ambiente—. Échate una siesta...

Contengo una carcajada porque me interrumpe un ronquido. Mi hermano sería capaz de quedarse dormido en el ala de un 747 en pleno vuelo. En cambio, yo tengo que llevar a cabo un ritual nocturno muy concreto de estiramientos, exfoliación y colocación de almohadas en un sitio determinado para conseguir cuatro horillas de nada. A lo mejor las olas me arrullan para dormirme mientras estoy aquí. La esperanza es lo último que se pierde.

Con un suspiro esperanzado y tras cuadrarme de hombros, guardo el mango de la maleta y me la pego al pecho mientras mis zapatos planos de profe me llevan escaleras arriba. La bañera con garras me ha estado llamando desde que la vi por internet, medio oculta en el fondo de una de las fotos. No resaltada, como debería estar. En mi apartamento de Hatford, Connecticut, solo hay una ducha, y yo sueño con baños. Varias de las cuentas que sigo en Instagram están dedicadas a lujosos rituales de baño, y entre ellas hay quienes disfrutan de almuerzos completos mientras están sumergidos en agua caliente y burbujas. Espaguetis con albóndigas tan cerca de los desagües... No sé si alguna vez llevaré tan lejos la hora del baño, pero respeto su entusiasmo.

El dormitorio principal es grande y acogedor, y también está decorado con toques náuticos, con una paleta de colores consistente en tonos crema, blancos y azules. Aunque hacía sol cuando llegamos, ahora mismo lo han tapado unas nubes, y eso oscurece las paredes. Silencio. Reina un silencio absoluto. La cama me llama para que me eche una siesta, pero solo una alarma de huracanes me apartaría del baño con el que llevo soñando semanas.

Cuando entro en el cuarto de baño, ni intento contener el chillido al ver la bañera en el extremo más alejado, recortada contra el ventanal que va desde el techo al suelo. Dejo la maleta en la puerta, me quito los zapatos de un puntapié y siento la emoción que me corre por la columna…, aunque ¿detecto ese olor tan penetrante también en la planta superior? ¿No es raro? ¿Y si el anterior inquilino era de los que comen en la bañera y se le ha podrido algo?

Mmm… El resto de la casa está inmaculada. Eso no cuadra para nada.

Seguro que hay un ratón muerto, o una rata, en alguna pared, pero no voy a dejar que eso nos agüe la fiesta. Llamaré al dueño y le pediré que busque alguna empresa de control de plagas. Un problemilla de nada durante las vacaciones que se solucionará en un abrir y cerrar de ojos. Jude ni tendrá que despertarse de la siesta.

La bañera con garras me llama desde el extremo más alejado del baño, y ya oigo el ruido blanco del agua correr. Me imagino las volutas de vapor que empañan el cristal de la ventana. ¿Podría darme un bañito rápido antes de llamar al dueño por el olor?

Hago la prueba de cerrar la puerta del cuarto de baño, y el olor es mucho más tenue.

Pues hora del baño.

Meneo un poco el trasero de camino a la bañera, abro el grifo del agua caliente con una floritura mientras suspiro y miro hacia la playa, que está casi desierta. Seguramente todos estén en casa recuperándose del Cuatro de Julio, que fue ayer mismo. Los alquileres eran muchísimo más baratos pasado ese día festivo, y de todas formas mi populárisimo hermano tenía un montón de barbacoas a las que asistir durante el fin de semana, así que llegar el cinco, y encima martes, nos venía bien a los dos.

Con la bañera medio llena, vuelvo al dormitorio un momento para quitarme la ropa y dejarla bien doblada sobre la cama con la intención de meterla después en la bolsa de la ropa sucia de viaje en cuanto deshaga la maleta. Contengo el aliento para no aspirar el hedor y estoy a punto de volver al cuarto de baño cuando se me ocurre algo. Encontré la casa a través de StayInn.com, y la primera recomendación que le hacen a los inquilinos es: comprueba nada más llegar que las alarmas de CO_2 y de incendios funcionan.

—Será mejor que lo haga antes de que se me olvide... —susurro al tiempo que levanto la mirada al techo, aunque seguro que los detectores están en el pasillo.

Dos agujeritos.

Hay dos agujeritos en la moldura.

No. No, ni hablar. Seguro son imaginaciones mías.

Se me pone la piel de gallina por todo el cuerpo desnudo y cruzo los brazos por delante del pecho para cubrirme. Empieza a palpitarme la sangre en las sienes, y me estremezco. Una respuesta condicionada por la sorpresa, nada más. Estoy segura de que solo son los clavos que sujetan la moldura. Seguro que no son mirillas. ¡Joder! Sabía que me estaba emocionando demasiado con los pódcast de crímenes reales. Desde que me enganché a ellos, todo es una situación de vida o muerte. El comienzo de un truculento crimen a hachazos que inevitablemente la policía calificará como el peor que han visto en sus veinte años de servicio.

Eso no es lo que pasa aquí. No es un nuevo episodio de *Grabado en hueso*.

Keith Morrison, ese presentador de Dateline NBC, no está narrando este ataque de pánico.

Solo es mi aburrida y sencilla vida. Yo solo soy una chica que quiere darse un baño.

Doy una vuelta completa y examino todo el techo en busca de más agujeros de ese tamaño, pero no veo nada. ¡Joder! Pues claro que esos dos agujeros están en el lado de la habitación orientado hacia el centro de la casa. Podría haber un ático o un armario al otro lado. ¡Puaj!

«Por favor, que sea mi imaginación jugándome una mala pasada».

De todas formas, ya no seré capaz de relajarme, así que cierro el grifo sin el menor remordimiento, me envuelvo con una toalla, me acerco de nuevo a los agujeros y los miro con expresión desconfiada, como si fueran a bajar y a morderme. Obviamente sé que este tipo de cosas existen. Voyerismo. Todo el mundo está enterado. Pero no es algo que te esperes en una casa en primera línea de playa que cuesta el salario de un mes. Es imposible que se trate de mirillas. ¡Qué va! Solo es un defecto en la madera. En cuanto lo confirme, me pienso meter hasta el cuello en agua caliente y estas vacaciones perfectas empezarán sin contratiempos.

Antes de acabar cediendo al miedo, me aventuro en el pasillo que hay junto al dormitorio, abro el armario adyacente, y suelto el aliento que he estado conteniendo al ver que no hay ningún mirón dentro. Aunque... tampoco hay agujeros. No en el armario pegado al dormitorio. Pero sí hay un panel extraíble en la pared que comparten. ¿Un hueco donde poder meterse reptando?

Y al hilo de eso, parece que tengo algo reptándome por la piel.

¿Estaba la casa tan en silencio y a oscuras cuando llegamos? Ni siquiera oigo los ronquidos de Jude. Solo el lejano goteo del grifo de la bañera. Plof. Plof. Y el sonido de mi respiración, cada vez más acelerada.

—¿Jude? —lo llamo, y mi voz parece una cortina que se rasga en el silencio absoluto—. ¿Jude? —Levanto la voz.

Pasan varios segundos. Nada.

Y después oigo pasos que suben la escalera. ¿Por qué tengo la boca seca? Solo es mi hermano. Pero cuando toco la pared con la espalda, me doy cuenta de que estoy agazapada allí, mientras el instinto de lucha o huida me prepara para salir corriendo hacia el dormitorio y cerrar la puerta. Si pasa ¿qué? ¿Si alguien que no es mi hermano sube la escalera? ¿En qué clase de peli de terror creo que estoy viviendo. «Tranquilízate», me digo.

Mis padres se infiltran en las revueltas para salvar obras de arte con el fin de preservar la historia. Es evidente que su valor no es hereditario. Dos agujeritos en la moldura de una pared me han puesto el corazón en la boca. Más incluso que el primer día de clases presenciales con una jauría de niños de segundo de primaria que llevaban un año encerrados con muy poca actividad física.

«¿Podrías ser más ridícula, Taylor?».

Si necesitaba pruebas de que mi vida, con veintiséis años, es demasiado segura y predecible, aquí la tengo. Un bachecito y mi persona, obsesiva con las rutinas, está lista para autodestruirse.

Me dejo caer contra la pared cuando aparece la cara de Jude en pleno bostezo.

—¿Qué pasa?

Contengo los nervios y señalo más o menos hacia el armario.

—A ver, que seguro que es una locura mía, pero hay dos agujeros en el dormitorio cerca del techo. Y creo que caen más o menos por el hueco oculto que hay ahí.

Jude está bien despierto a estas alturas.

—¿Mirillas?

—¿Sí? —Hago una mueca—. ¿O puede que me lo esté imaginando?

—Mejor curarse en salud —susurra antes de pasar a mi lado para entrar en el dormitorio. Pone los brazos en jarra y se queda un buen rato mirando los agujeros antes de mirarme a los ojos. Y entonces es cuando siento un escalofrío en la columna. Tiene una expresión recelosa. No guasona, como esperaba—. ¿Qué narices es esto?

—Muy bien. —Suelto un suspiro trémulo—. No te estás riendo y diciéndome que hay un defecto de construcción como esperaba que hicieras.

—No, pero vamos a centrarnos, Te. Si son mirillas, ahora mismo no hay un mirón. —Regresa al pasillo para ponerse a mi lado. Los dos miramos el hueco oculto—. Pero no vamos a relajarnos hasta que lo comprobemos, ¿verdad?

Gimo mientras mi baño soñado se evapora como una voluta de humo.

—¿Deberíamos llamar a la policía?

Mi hermano sopesa mi propuesta, que es totalmente irracional. Pero la sopesa de verdad, frotándose el mentón donde ya le asoma la barba. Este es uno de los motivos por los que lo quiero tanto. Somos hermanos, así que hemos tenido nuestros buenos piques y unas cuantas discusiones a voz en grito a lo largo de los años, pero siempre está de mi lado. Por descontado. No me acusa de estar loca. Me toma en serio. Las cosas que son importantes para mí son igual de importantes para él, y yo siempre, siempre, haré todo lo que pueda para facilitarle la vida, tal como él ha hecho conmigo durante la ausencia casi constante de nuestros padres.

—Creo que voy a quitar el panel para echar un vistacillo —dice Jude al final.

—No me hace gracia. —Aunque a estas alturas mida más de metro ochenta y sea un adulto de veintitrés años, siempre será mi hermano pequeño..., y la idea de que se enfrente a un posible mirón mientras yo estoy presente me revuelve el estómago—. Al menos, deberíamos tener un arma a mano.

—¿Tengo que recordarte que estudié *jiujitsu* durante seis meses?

—¿Y tengo que recordarte yo que solo aguantaste tanto tiempo porque estabas esperando a que el instructor rompiera con su novio?

—Saltaba a la vista que hacían aguas.

—Estoy segura de que tus hoyuelos aceleraron el proceso.

—Tienes razón. —Me mira con una sonrisa siniestra—. Son el arma definitiva.

Meneo la cabeza, pero por suerte los estremecimientos van desapareciendo.

—Muy bien. —Da una palmada—. Vamos a echar un vistacito y a rezar para no encontrarnos con dedos en botes de cristal ni mierdas de esas.

—O una GoPro —mascullo mientras me apoyo en la pared y me tapo la cara con las manos. A través de los dedos, miro a mi hermano mientras se mete en el armario, levanta los brazos y aparta el panel para dejar al descubierto un hueco pequeño. Pequeñísimo. Sin embargo, de inmediato la luz del sol atraviesa los dos agujeros, y es imposible no fijarse en que son del tamaño medio de unos ojos normales y en que van al dormitorio. Mirillas. Seguro al cien por cien—. ¡Ay, Dios! ¡Uf! ¿Hay algo... o alguien ahí arriba?

Jude se agarra al borde del hueco y hace una dominada rapidita.

—No, nada de nada. —Se deja caer—. Para poder entrar tendría que ser una persona diminuta. O muy flexible. Así que a menos que fallen mis dotes deductivas, el mirón es gimnasta.

—¿O una mujer menuda? —Nos miramos con caras escépticas—. Sí, no encaja mucho en el perfil de mirón, ¿verdad? —Me ciño mejor la toalla bajo las axilas—. Bueno, ¿qué hacemos?

—Mándame la info de contacto del dueño. Lo llamaré.

—¡Ah, no! Lo hago yo. No quiero que esto te interrumpa las vacaciones. Échate tu siesta.

Ya va de camino a la escalera.

—Mándame la info, Te.

Por algún motivo, sigo sin querer estar a solas con las mirillas, así que corro detrás de mi hermano, envuelta en la toalla.

—Vale. —Me muerdo el labio—. Creo que voy a buscar una banqueta y cinta americana en el lavadero para tapar los agujeros.

Me guiña un ojo.

—¿Por si el mirón es un fantasma?

—¡Ah, claro! Tómatelo a cachondeo ahora, pero en cuanto anochezca, un fantasma mirón será una posibilidad real.

—Quédate en el otro dormitorio si quieres. A mí no me importa que Casper me espíe.

Llego al final de la escalera riéndome, y ambos atravesamos la cocina en busca de la puerta que lleva al lavadero.

—Seguro que te gusta —digo.

—¿Has vuelto a leer mi diario?

Estoy tan distraída por las pullas con mi hermano que, al abrir la puerta del lavadero, no creo lo que ven mis ojos. Tiene que ser una broma. O una tele en la que se ve la sangrienta recreación de un documental de crímenes reales de Netflix. No puede haber un hombre corpulento muerto metido entre la lavadora y la secadora, con la cara toda amoratada por los golpes y los ojos vidriosos e inertes. Y en el centro de la frente tiene un perfecto agujero negro de un balazo. Esto no puede estar pasando, de verdad que no. Pero la bilis que me sube por la garganta es real. Como también lo es el frío que me congela de la cabeza a los pies mientras un grito se me queda atascado en la garganta. No. No, no, no.

—¿Taylor? —Jude se acerca, preocupado.

El instinto me lleva a intentar que no entre. Mi hermano pequeño no debería ver cosas así. Tengo que evitárselo. Por desgracia, no consigo mover la manos y, antes de hacer acopio de la fuerza necesaria para evitar que Jude mire en el lavadero, lo tengo a mi lado. Y después él empieza a arrastrarse varios pasos mientras grita:

—¿¡Qué diablos!?

Se hace un silencio sepulcral. La imagen no desaparece. El hombre sigue ahí. Sigue muerto. Tiene algo que me resulta familiar, pero estoy temblando e intentando no vomitar, y eso requiere de toda mi concentración. ¡Ay, Dios! ¡Ay, Dios! ¿Qué está pasando? ¿No es una broma?

—Muy bien —susurro—. Ahora creo que sí deberíamos llamar a la policía.

2
Taylor

Estoy envuelta en una manta, bañada por las luces azules estroboscópicas. Se supone que estas cosas no pasan en la vida real. Estoy atrapada en un episodio de *Grabado en hueso*. Soy la viandante inocente que se tropieza con la macabra escena. Por supuesto, los años de terapia que voy a necesitar para recuperarme ni aparecerán en los créditos del programa. Los concisos presentadores no pronunciarán bien mi nombre. Pero ¿yo? Dudo mucho de que pueda olvidar la imagen de ese hombre asesinado mientras viva.

A menos... que sea todo una pesadilla muy vívida.

Va a ser que no. La policía científica está sacando en camilla una enorme bolsa negra de plástico de la casa. Del escenario del crimen, mientras Jude y yo lo observamos todo con la cara desencajada. Intentamos concentrarnos en lo que el agente de policía nos dice desde la mesita del sofá, donde está sentado, pero ya nos han tomado declaración tres veces. No ha cambiado ni una coma. Y ahora que empieza a desaparecer la adrenalina de haber encontrado a una víctima de asesinato, empieza a abrumarme la necesidad de largarme de aquí a toda prisa.

—Ha sido un asesinato, ¿verdad? —pregunto, más para mí misma—. No podría haberse disparado él solo en la frente de esa manera.

—Pues no —admite el agente, un hombre de cuarenta y pocos años que se ha presentado como agente Wright, y que se parece muchísimo a Jamie Foxx. Tanto que lo miré fijamente un buen rato cuando entró por la puerta—. Es casi imposible.

—Así que el asesino... sigue por ahí suelto —dice Jude—. Puede que incluso en la puerta de al lado.

El agente suspira.

—Pues sí. Esa es otra posibilidad. Y eso va a dificultarnos mucho el trabajo. Casi todas estas dichosas casas acaban siendo alquileres vacacionales en verano, lo que quiere decir que los inquilinos no son de por aquí. Podría ser cualquiera de cualquier parte. Una visita de una visita de una visita. Las páginas estas de alquileres como StayInn.com se han convertido en una puñetera molestia. Sin ánimo de ofender.

—Tranquilo —replico de forma automática mientras observo desaparecer por la puerta el extremo de la bolsa negra. Y justo me acuerdo de una cosa. El motivo de que me sonara tanto la cara del hombre—. Era el dueño de la casa. Oscar. Ahora me acuerdo. —Busco el móvil con manos temblorosas—. Su foto está en el anuncio...

El agente pone una mano sobre la mía para indicarme que me quede quieta.

—Ya sabemos que es el dueño. De hecho, sabemos muy bien que vivía aquí.

Otro agente de policía pasa cerca y carraspea con fuerza.

El agente Wright cierra la boca de golpe.

En cuanto el otro policía sale de la casa, Jude y yo nos inclinamos hacia delante casi a la vez.

—¿Qué ha querido decir con eso? —pregunta Jude—. ¿Con eso de que saben muy bien que vive aquí?

Wright mira por encima del hombro, suspira y finge anotar algo en su cuaderno.

—Alguien de StayInn.com debería haberse puesto en contacto con ustedes. Los pusimos al día por todo lo sucedido. No deberían haberlos dejado venir.

—Un momento, más despacio. —Jude se pasa una mano por la cara, reordenando sus pensamientos—. ¿A qué se refiere?

—Hace unas cuantas noches nos llamaron por un altercado doméstico. —El agente habla en voz tan baja que tenemos que inclinarnos hacia él todavía más para entender lo que dice. A estas alturas, le puedo contar los pelos de la perilla—. Uno de los inquilinos de esta misma calle nos llamó. Dijo que oía gritos. Golpes. —Se golpea el muslo con el boli y mira de nuevo hacia un lado—. Resulta que unas chicas alquilaron la casa y descubrieron las mirillas de arriba...

—¡Ay, madre del amor hermoso! —Me doy una palmada en la frente—. ¡Se me han olvidado las mirillas!

—Estabas a otras cosas —dice Jude al tiempo que me da unas palmaditas en la espalda, pero sin dejar de mirar al agente—. Así que ¿no hemos sido los primeros en descubrir el equipamiento extra?

Wright niega con la cabeza.

—La chica que las descubrió llamó a su padre. Un hombretón fuerte, corpulento, como un camionero. La cosa es que apareció cabreadísimo, algo comprensible, la verdad; pero en vez de llamar a la policía, le dijo a su hija que llamara al dueño para que viniese. El padre le asestó unos cuantos puñetazos antes de que nosotros llegáramos para separarlos. Las chicas accedieron a no presentar cargos siempre y cuando él les devolviera el dinero y no denunciara al padre por agresión. Pero el departamento de policía de Barnstable se puso en contacto con StayInn.com. Deberían haberlos informado.

—Sí, deberían haberlo hecho. —Ya estoy escribiendo en mi cabeza un serio mensaje de correo electrónico para StayInn.com. Puede que incluya algunas palabritas como «trauma emocional» y «asesoramiento legal»... y «crédito en cuenta»—. ¿De verdad pillaron a Oscar mirando por los agujeros?

—No. —Wright se debate con la siguiente parte antes de desembuchar—. Pero había una cámara. Con su trípode.

Sin mirar a mi hermano, sé que los dos tenemos la misma cara asqueada.

Me desentiendo de los escalofríos que me provoca saber que un hombre ha estado espiando a mujeres en esta casa, y que yo estaba a punto de pasar seis días aquí, e intento de nuevo buscarle una explicación.

—Supongo que el altercado con el padre furioso explica las heridas de la cara de Oscar, pero el padre de esas chicas no lo asesinó, ¿verdad? ¿Oscar estaba vivo cuando se solucionó todo?

Wright se encoge de hombros.

—Mi teniente cree que el padre seguía cabreado. Que volvió para rematar la faena. ¿El dueño recibe una paliza de un sospechoso y después acaba muerto a manos de otro? ¿En la misma semana? Por favor. No creemos en las coincidencias. Menos en unas tan gordas.

—Ya, salvo que...

Salvo que hay algo en todo eso que no me cuadra. No termino de verlo. Y, la verdad, debería parar ya de intentar que todo encaje a la perfección cuando nada de esto tiene sentido, pero siempre me ha costado dejar los puzles sin terminar. Sin embargo, mis puzles estaban compuestos de cinco mil piezas, no de mirillas y heridas de bala.

Aun así, lo único que he heredado de mis padres es mi naturaleza inquisitiva. Porque no nací ni con la mínima parte de su valentía. Un hecho del que se han lamentado a menudo a lo largo de los años mientras me daban palmaditas en la espalda y me miraban con sonrisas forzadas.

«Esa es nuestra maestrilla. Siempre haciendo lo más seguro».

Jude ha surfeado en Indonesia. Ha hecho paracaidismo en Montana. Trabaja en un santuario de animales, sobre todo con los pandas, pero a veces incluso les da de comer a los leones. Hay un vídeo de él en internet mientras abraza a uno de los grandes felinos. En plan retozando en la hierba con esa criatura gigante mientras se ríe y le acaricia la melena al león. Casi me dio un soponcio cuando me lo mandaron por correo electrónico. Por supuesto, a nadie se le ocurrió preguntarle a la hermana mayor de Jude sobre todo ese peligroso asunto, pero ya lo he superado. Más o menos.

A ver, a lo que vamos. El valor no es algo que tenga a espuertas. Estas vacaciones son de lo más aventurero que he hecho desde hace tiempo. En realidad, tuve que morder un cojín mientras pinchaba en «pagar» esta reserva. Pero algo ha sucedido en mi interior al entrar en el lavadero y ver al pobre Oscar con la mirada vacía.

O, mejor dicho, no ha sucedido nada.

El mundo no se ha acabado, pese a las aterradoras circunstancias.

Me quedé de pie, allí plantada sobre los pies. Puede que ahora... tenga curiosidad por ver qué más puedo hacer. Puede que ahora tenga curiosidad por saber si puedo ayudar. Ser valiente como mis padres y como Jude. O como los presentadores de *Grabado en hueso*, que se colaban en los pueblecitos donde sucedían asesinatos para investigar, haciendo preguntas incómodas. ¿Puedo ser así de valiente? ¿Soy más valiente de lo que pensaba?

Eso está todavía por verse. Pero sí tengo un superpoder: analizar las cosas hasta la saciedad. Que es lo que estoy haciendo ahora mismo. Desmenuzando los hechos... y dando con los fallos en la trama. Tal vez no sea mi trabajo, tal vez debería concentrarme en buscar otro sitio donde quedarnos, pero siento que estoy involucrada personalmente, ya que he descubierto el cadáver de Oscar. Lo he descubierto yo. Y aunque parezca una locura, me siento en cierto modo responsable de conseguir que el asesino pague y de completar el puzle. No estoy segura de poder pasar página hasta haber puesto todos los puntos sobre las íes de los hechos.

—Agente Wright...

Un chillido angustiado sacude hasta los cristales de las ventanas, tras el cual alguien grita:

—¡No! ¡Mi hermano no! ¿Oscar? ¡Oscar!

Jude y yo nos miramos parpadeando y volvemos la cara hacia la puerta principal abierta. Delante de las puertas abiertas de la ambulancia, una mujer se deja caer en brazos del técnico de emergencias sanitarias, con la cabeza echada hacia atrás mientras chilla, angustiada. Se oye una voz a través de la radio que Wright lleva al hombro.

—Sí, tenemos a la hermana de la víctima aquí. ¿Podéis llamar a alguien de asuntos sociales?

—¡Ay, no! —Siento una quemazón en la punta de la nariz y busco sin pensar el brazo de Jude para darle un apretón—. Pobrecilla. Acaba de perder a su hermano. ¿Te imaginas lo que está sintiendo?

El agente que tenemos delante gruñe.

—Seguramente sienta algo muy distinto cuando se entere de lo que ha estado haciendo su hermano.

—Puede que eso la confunda. Pero seguirá muy triste —masculla Jude, que se deja caer contra el respaldo del sofá, evidentemente agotado. El pobrecillo no consiguió terminar su siesta. Tengo que buscarle una cama segura para pasar la noche.

—Sí —convengo. A Wright le pregunto—: Pero ¿están seguros de que Oscar es el mirón? Los agujeros...

Me interrumpo de nuevo cuando la mujer llorosa entra en la casa dando tumbos. Usa la pared para apoyarse, da un paso para entrar en el salón, seguido de dos más, y después se cae desmadejada en el sofá que tenemos a la izquierda. A estas alturas tengo los ojos llenos de lágrimas y estoy a punto de echarme a llorar de solo imaginarme su dolor. Si perdiera a mi hermano, no sabría ni dónde estoy.

—La acompaño en el sentimiento —le digo.

Su atención se clava en mí y...

No quiero. Pero me doy cuenta de que tiene los ojos secos.

Cada persona vive el dolor de forma distinta. Aquí recuerdo a Amanda Knox. No la juzgo. Solo hago un comentario mental trivial y sin prejuicios de ningún tipo. Un cactus sería feliz en esas mejillas tan áridas.

—¿Le importaría decirme su nombre, señora? —le pregunta el agente Wright.

—Lisa. Lisa Stanley. —Nos mira a Jude y a mí fijamente—. ¿Quiénes sois?

—Yo soy Taylor Bassey. Y este es mi hermano Jude. Nos alojamos aquí. O, mejor dicho, se suponía que nos íbamos a alojar aquí. Pero... encontramos a Oscar nada más llegar.

—¡Ah! En fin, siento mucho que mi hermano muerto os haya arruinado las vacaciones —suelta con malos modos. Antes de que pueda asegurarle que no nos estamos quejando, pone una expresión compungida—. Lo siento, es que... No quería ser desagradable. Es que no puedo creer que esté pasando esto. ¡Dicen que le han disparado! ¿Quién querría dispararle a mi hermano? No tiene ni una pizca de maldad en el cuerpo. Ningún enemigo...

Nadie replica. Pero es evidente que Wright se saltó la clase sobre la cara de póquer en la academia de policía, porque parece a punto de explotar.

—¿Qué? —pregunta Lisa, que se endereza—. ¿Qué pasa?

A continuación, tiene lugar la conversación más incómoda del mundo mientras el agente Wright le cuenta a Lisa el enfrentamiento con el padre de una inquilina por las mirillas y la cámara. Cuando termina de contarle los detalles, Lisa se queda con la mirada perdida.

—¿Por qué no me dijo que le habían dado una paliza?

—Seguramente porque estaba avergonzado teniendo en cuenta las circunstancias. —Con un suspiro, el agente Wright nos ofrece su tarjeta de visita y se levanta—. Pónganse en contacto si recuerdan algo más. Si buscan un sitio donde pasar la noche, hay un DoubleTree en Hyannis. La piscina está bien.

—Gracias —dice Jude al tiempo que acepta la tarjeta. En cuanto el policía sale por la puerta principal, mi hermano se pone de pie—. Voy a llamar al DoubleTree.

—No hay necesidad —se apresura a decir Lisa, que parece sorprenderse a sí misma. Al ver que nos limitamos a mirarla sin comprender, mete una mano en su bolso y saca un amasijo de llaves que cuelgan de un llavero—. Mi hermano es el dueño de otras tres casas de alquiler en esta manzana. Yo me encargo de organizar el mantenimiento. Inspecciono las casas antes de que lleguen nuevos inquilinos. Y cosas así. Me he retrasado al llegar aquí para una última comprobación, de lo contrario lo habría encontrado yo. —Suelta un largo suspiro—. Es... Era... muy descuidado con el negocio. Un hombre normal que se ganaba la vida de cartero antes de meterse en la inversión inmobiliaria. ¡Madre de Dios!, ¡Pero qué vago era! Delegaba las tareas. Por eso... —Menea la cabeza—. Es que no tiene sentido. Oscar no espiaría a nadie.

—No. No tiene sentido —digo antes de poder contenerme.

—Taylor —dice Jude en un aparte—, para el carro.

—Es su hermano —le susurro—, yo querría saberlo todo.

—Te quiero, pero por favor te lo pido, no te impliques en una investigación de asesinato.

—No voy a implicarme. Solo estoy transmitiendo algunos detalles.

—Implicación de manual.

Lisa se sienta delante de nosotros en la mesita del sofá, ocupando el sitio que ha dejado libre el agente Wright. Apoya los codos en las rodillas, se inclina hacia delante y, de cerca, me fijo en el parecido con Oscar. Los dos son cincuentones. Con narices un tanto aguileñas. Frentes anchas. Pelo canoso. Pero Lisa es más menuda, mientras que su hermano era...

—Demasiado grande. Oscar era demasiado grande para ese hueco oculto.

Lisa lo pilla al vuelo.

—¿El hueco donde encontrasteis las mirillas?

—¡Ajá! —Paso del gemido de Jude—. Es imposible que pudiera subir.

—Podría haber usado una escalera, Te. —Mi hermano se une a la conversación con desaprobación—. Hipotéticamente hablando, claro —añade para Lisa—. Habría sido muy fácil hacer los agujeros desde cualquier lado. Y no necesitaba meterse en el hueco. Solo tenía que meter la cámara.

—Sí. Si su intención nunca fue la de mirar por los agujeros. —Por un brevísimo segundo, me siento como Olivia Benson de *Ley y orden: Unidad de Víctimas Especiales*. Solo me falta la gabardina, unos insondables ojos castaños y un guapo Stabler a mi lado con cara pensativa.

—¿Por qué hizo dos agujeros? —Miro a mi hermano y luego a Lisa—. Esos agujeros se hicieron con el propósito de que alguien mirase por ellos. Si Oscar, hipotéticamente hablando, solo quería grabar a sus inquilinas, solo habría necesitado uno. No dos.

Jude se mira las manos un instante con el ceño fruncido.

—Tienes razón. Cuando menos, es raro.

—Estás diciendo que quienquiera que hiciese los agujeros es lo bastante pequeño para caber en el hueco oculto —dice Lisa despacio mientras empieza a asentir con la cabeza—. ¿Una mujer quizá?

«No pienses en que todavía no ha llorado. Ni una lagrimita».

—Quizá.

Jude empieza a notar algo raro. Lo sé porque está haciendo el gesto de toquetearse la zona más alborotada de pelo que tiene en la coronilla.

—Deberíamos llamar al DoubleTree, Taylor. Seguro que la señora Stanley tiene que hacer muchas llamadas...

—La policía ya está convencida de que el culpable es el padre de la última inquilina. —Lisa mira por la ventana hacia los agentes, que están congregados al final del camino de entrada—. Y, seamos sinceros, no van a esforzarse mucho por alguien a quien tienen por un pervertido, ¿verdad? —Empieza a hacer cábalas mentalmente—. A lo mejor debería buscar un detective privado. Mi novio está desplegado ahora mismo, pero creció con un tío en Boston. Un antiguo policía que se reconvirtió en cazarrecompensas. Seguro que consigue que estos polis se pongan las pilas y, de paso, limpia el nombre de mi hermano.

¿Ves? Todos procesamos el dolor a nuestra manera.

Me echo a llorar. Lisa va a vengar a sus seres queridos.

Moraleja: todo el mundo es más valiente que yo.

—Creo que un detective privado no haría daño a nadie —digo cuando por fin me apiado de Jude y me levanto del sofá, dejando que la manta me caiga por los hombros—. Lo siento de corazón, Lisa. —Le tiendo la mano para estrechar la suya—. Ojalá nos hubiéramos conocido en otras circunstancias.

Me abraza.

—Me has dado esperanza, Taylor. Gracias. No quiero que lo recuerden como un depravado. Voy a descubrir qué ha pasado de verdad. —Siento algo frío y metálico en la mano, y cuando bajo la mirada, me encuentro unas llaves—. Está al final de la manzana. Número sesenta y dos. Insisto.

Intento devolverle las llaves.

—¡Ay! De verdad, no...

—¿Estás segura? —Menea las cejas—. Tiene una bañera con garras metálicas.

¿Es que tengo un letrero en la frente?

—¡Oh! —susurro—. ¿De verdad?

Jude agacha la cabeza un segundo antes de ir a regañadientes en busca de las maletas.

Al salir de la casa, me paro en seco junto a la consola situada al lado de la puerta de entrada.

Mientras revisaba las críticas de la casa, vi fotos de un libro de huéspedes. Es evidente que esto me convierte en una idiota integral, pero me apetecía escribir nuestro mensaje en una de sus páginas para que los futuros inquilinos lo leyeran. Iba a dibujar un calamar en el margen.

Abro el cajón de la consola y veo el libro blanco con letras doradas. «Experiencias de los huéspedes». No sé qué se me pasa por la cabeza para llevármelo. Para metérmelo a toda prisa en el bolso y taparlo con las toallitas higiénicas para manos y la funda de las gafas mientras Jude me mira meneando la cabeza. A lo mejor me he sorprendido a mí misma al mostrarme tan coherente después de descubrir el cadáver... y quiero saber qué más puedo hacer. Quiero saber si tengo lo necesario para esclarecer un misterio y encontrar las agallas que siempre me han faltado. O tal vez dudo de la motivación de la policía para investigar el asesinato al margen de su teoría original. Y, no nos andemos por las ramas, la falta de reacción de Lisa no va a dejar de molestarle a mi sexto sentido. Ni siquiera sabía que tenía un sexto sentido.

Sin importar lo que haya causado este robo improvisado, devolveré el libro mañana después de haberle echado un vistacillo. No hay nada de malo, ¿verdad?

3
Myles

Me bajo de la moto y me tomo un antiácido.

Mira qué alegre está cabo Cod esta soleada tarde de jueves.

Hay cartelitos colgados en todas las puertas asegurando que la vida es una playa. La vida en la playa. La vida es mejor en la playa. Pon un mar en tu día. Se me escapa por completo cómo puede gustarle a alguien un sitio con tanta arena. Yo no veo la hora de largarme de aquí y acabo de llegar. Por desgracia, le he dado la espalda a muchas cosas, pero parezco incapaz de dársela a mi amigo Paul. Mucho menos cuando está desplegado con su unidad y no puede arreglarle ese marrón a su novia en persona. En una ocasión, Paul se negó a chivarse de mí cuando destrocé una vidriera de colores de la iglesia tras batear la pelota.

Estoy aquí porque le debo una y porque crecimos juntos en Boston, pero después me piro.

Hasta entonces, mi trabajo es encontrar al «verdadero asesino» de Oscar Stanley.

Esto pasa mucho en mi trabajo como cazarrecompensas. La familia está en modo negación. Su hijo violó las condiciones de la libertad condicional, pero intenta rehacer su vida. Su hija se ha dado a la fuga, pero solo porque es inocente del delito de venta de drogas del que se la acusa y nadie la cree. Ya he oído todas las excusas, y me entran por una oreja y me salen por la otra. Mi trabajo es llevar a los malos a la puerta de los cuerpos de seguridad y largarme silbando con un cheque, sin tener que lidiar con la burocracia ni el papeleo.

Este caso es un poco distinto porque no hay recompensa que cobrar. No hay un criminal campando a sus anchas. No tengo un nombre, una cara o un informe policial a mi disposición. Solo tengo un enorme interrogante y un favor que devolver. Sin embargo, después de que Paul me hiciera un resumen de Oscar Stanley y me dijera que sus hábitos de mirón le valieron una paliza antes de que lo asesinaran, me inclino por darles la razón a los polis locales. Debería tardar un día o dos en demostrarlo sin lugar a dudas y volver a la carretera, sin favores debidos ni responsabilidades hacia nadie.

De camino hacia aquí, a Coriander Lane, me he pasado por la casa de Lisa Stanley para que me diera las llaves que tengo en la mano. Técnicamente, es el escenario de un crimen y hay un precinto amarillo cruzando la puerta, pero obedecer las leyes no es mi fuerte. Nunca lo ha sido. Por eso fui un detective de mierda y un marido peor todavía. Tal vez fuera fiel, pero la lealtad no lo suple todo cuando un marido se olvida de la parte de los votos de amar y cuidar.

Oigo las risas que llegan desde la playa, las voces mezcladas con una canción de Tom Petty. Una cometa con el dibujo de una abeja da vueltas por el cielo. En la brisa flotan los olores a perritos calientes y hamburguesas. Aquí es donde viene la gente con su familia de vacaciones. Para ser feliz.

Me muero por largarme de una puta vez.

Empiezo a lanzar y a atrapar las llaves con la mano mientras cruzo la calle hasta la casa donde supuestamente tuvo lugar el asesinato. No he visto fotos del escenario del crimen, pero tengo la descripción de la víctima y es poco probable que el asesino transportara a un hombre del tamaño de Oscar *post mortem*. Es más, ¿por qué el asesino facilitaría que se encontrara el cadáver? No, ha sido un crimen pasional. Furia. Simple y llanamente.

«Zanja este asunto ya».

Estoy a media calle cuando siento que alguien me observa.

Despacio, miro por encima del hombro y veo a una chica, de pelo castaño claro, puede que de veintitantos años, regando una maceta en el porche delantero de una casa. Pero el agua no está cayendo en la maceta. Cae directamente sobre la madera del suelo, salpicándole las pantorrillas desnudas. Y ni siquiera parece darse cuenta.

—¿Puedo ayudarte? —pregunto con brusquedad.

Ella deja caer la regadera con un sonoro golpe, se da media vuelta y echa a correr hacia la puerta contra la que se pega de bruces, rebotando sobre la dichosa madera. Hasta yo, que estoy bien lejos, veo las estrellitas que dan vueltas alrededor de su cabeza.

«Eso te pasa por cotilla».

Me saco otro antiácido del bolsillo de los vaqueros, me lo meto en la boca y sigo cruzando la calle antes de arrancar la cinta amarilla de la puerta principal para dejarla caer al suelo. Casi he pasado la puerta cuando oigo que se acercan pasos por detrás. Pasos ágiles y femeninos. En el cristal de la contrapuerta, veo el reflejo de la vecina cotilla que se acerca. Y, ¡buuum!, ya estoy cabreado.

—A ver, ¿quieres llamar a la poli? —Me vuelvo un poco para mirarla con el ceño fruncido—. Tú mis...

Es rarísimo, pero se me olvida sin más lo que estoy diciendo.

Nunca me ha pasado. Cada palabra que sale de mi boca tiene un objetivo, y sin importar con quién esté hablando más le vale que preste atención. Es que... no sé por qué pensaba ser tan desagradable con ella. ¿No acaba de pegarse contra una puerta? Eso ha tenido que doler. Además, tiene las piernas salpicadas de agua y es...

A ver, seamos sinceros: es una cosita preciosa.

Y yo no miro a las mujeres delicadas. A nada que sea delicado, en realidad. Sería como un tractor que admirase un diente de león. Puede que mirar parezca una buena idea, pero los tractores están pensados para arrasar con los dientes de león. Esa es su función. Así que no tiene mucho sentido que me fije en esas pecas... que le salpican la nariz y bajan hasta llegar al cuello. A las tetas. Que lleva cubiertas por la parte de arriba de un biquini. Uno rosa. El color hace que me sienta culpable por mirar, pero, ¡joder!, me cabrían en las manos a la perfección. Gran parte de ella lo haría. Esas caderas. Esas rodillas. Esa cara tan preciosa.

¡Por Dios! Si casi no me llega al mentón con la coronilla. ¿Se puede saber qué me pasa?

Carraspeo. Con fuerza.

—Como te decía, ¿quieres llamar a la poli, renacuaja? Tú misma. Saben que estoy aquí.

—¿Renacuaja? —pregunta con un jadeo. Boquea sin saber qué decir. Se coloca un grueso mechón de pelo detrás de la oreja, de modo que sus ojos me golpean con fuerza. Verdes. ¡Joder!—. Que sepas que soy la más alta en mi trabajo —añade.

—O trabajas sola o eres maestra de infantil.

Un titubeo minúsculo. Un cambio sutil del peso de la pierna derecha a la izquierda.

—Te equivocas.

Le guiño un ojo y ella se cabrea.

—Nunca me equivoco.

¿Lo que le sube por el cuello es un rubor? ¡Por Dios! Es como ocho o nueve años menor que yo. Veintitantos al lado de mis treinta y tantos. Así que no me estoy fijando en el punto donde el tirante del biquini se le clava en el hombro, un pelín nada más; no, no me estoy fijando. Se le clava un pelín más de la cuenta. Y por supuesto que no estoy pensando en meter el dedo por debajo y bajarle el tirante por el brazo. Desenvolverla como si fuera un regalo de cumpleaños.

¡Por Dios! Tengo que echar un polvo. Un hecho que no tenía claro hasta este momento, mientras me pongo cachondo por esta desconocida en mitad de Villavacaciones de Clase Media y me imagino sus pezones mojados por mi saliva mientras les da el sol. Seguro que está casada. Las chicas de veintitantos no veranean en el Cabo. Tal vez en Princetown. Pero no en esta zona más familiar de Falmouth. Así que ¿por qué no lleva alianza?

Me pilla mirando.

«¡Joder!».

Cambia de postura en respuesta. Baja las manos a los costados y echa el peso del cuerpo hacia la derecha, apartándose sin ser consciente el pelo por encima del hombro. Es como si acabara de darse cuenta, ahora mismo, de que soy un hombre y de que ella se ha acercado a mí con un biquini y unos ridículos pantaloncitos cortos que cubren poco más que unas bragas. Aunque me interesa lo suficiente para preguntarme si la espera algún hombre en esa edulcorada casa con corazones en las contraventanas. Está averiguando todo eso y no se está guardando nada en su espectacular cara.

Genial. Hemos pasado de preciosa a espectacular.

«Seguro que está casada, imbécil. Haz tu trabajo y pírate».

—Ve a regar tus flores. Estoy ocupado.

—Lo sé. Es que... —Agita las manos hasta que las entrelaza a la altura de la cintura—. En fin, me preguntaba si ya tiene alguna teoría.

—Acabo de llegar. —Señalo mi moto con la barbilla—. Me has visto llegar, ¿no?

—En su trampa mortal, sí. Pero he supuesto que tendría algún tipo de... dosier avanzado. O documentación del caso, ¿verdad?

La miro con los ojos entrecerrados con la esperanza de que se acobarde y se vaya como cualquiera que tenga la mala pata de recibir semejante mirada.

—Muy bien. No suelte prenda, señor...

—Mi nombre no te interesa.

Eso la descoloca un momento, casi como si estuviera decepcionada. Pero, al final, se encoge de hombros.

—Pensaba que querrías hablar conmigo, nada más. —Con una mirada recatada de arriba abajo, se da media vuelta y empieza a cruzar de nuevo la calle—. Dado que fui yo quien encontró el cadáver y eso.

—Vuelve aquí.

—Creo que no.

—Renacuaja...

—Tengo un nombre.

—Pues vuelve y dímelo.

¿Se puede saber qué me pasa? ¿De verdad estoy siguiendo por la calle a esta chica, que sin duda está casada, seguramente con alguien llamado Carter o Preston? Debería estar en la casa del asesinato haciendo fotos, buscando salpicaduras de sangre o pruebas que se hayan dejado atrás. No debería estar desesperado por averiguar el nombre de esta mujer. Pero aquí me tienes, incapaz de no seguirla cuando su culo se mueve tal como deberían moverse los culos.

«¡Joder!».

Se da media vuelta de repente, y casi la arrollo, como un tractor hace siempre con un diente de león. Acabamos frente a frente, casi pegados, pero como yo le saco casi treinta centímetros, ella tiene la cabeza echada hacia atrás, mirando hacia el cielo, y la cara bañada por el sol. Algo me da un vuelco en el pecho. Algo que no me gusta ni un pelo.

—Encontraste el cuerpo —digo, esforzándome por ceñirme al trabajo. Porque eso es lo que es.

Entrar y salir. Sin líos. Eso es lo que hago. Es lo que me gusta.

Me mira un segundito la boca, pero con eso basta para que mis calzoncillos parezcan de la talla XL y no de la XXL.

—Mmm...

¿Por qué me cubre un sudor frío al imaginármela junto a un cadáver? Uno fresco, además. No debería haber visto algo así. Esta mujer que riega flores y que se choca con puertas no debería pasar por eso.

—Dime que saliste de la casa enseguida. Por si los asesinos seguían dentro.

—¡Oh! —Arruga la nariz—. No..., no lo hicimos.

En plural. Ya está. Gruño, porque no es buena idea hablar cuando los ardores me están matando. Eso es lo que me pasa. Por eso el cuerpo no me responde bien del cuello para abajo.

—Tu marido y tú.

—Mi hermano y yo.

¿Adónde se han ido los ardores? Seguro que vuelven en nada.

—Estás aquí con tu hermano —confirmo y hago una mueca al captar el tono aliviado de mi voz.

Ella asiente con un gesto serio de cabeza.

—La identidad de la persona que descubre el cuerpo es una información muy importante. Seguramente debería estar en el dosier.

Ahora me abruman unas ganas enormes de sonreír. Es evidente que tengo que ir al médico a que me examinen la cabeza.

—No lo llamamos dosier, renacuaja.

Ladea la cabeza con curiosidad.

—¿Cómo lo llamáis?

—Notas. Aburridas notas de toda la vida. Y así va a ser también este caso. Aburrido, rápido, abierto y cerrado. El muerto estaba espiando a unas chicas y lo pillan. El padre pierde los papeles. Las trifulcas físicas acaban en muerte más a menudo de lo que te imaginas. Alguno de los implicados pierde la pelea y quiere vengarse. O uno de ellos no lo deja estar. Eso es lo que ha pasado aquí.

—Pero ¿te ha contratado Lisa Stanley? ¿La hermana de Oscar?

—Técnicamente sí, aunque le estoy haciendo un favor a su novio.

—¿Has hablado con ella? ¿No te ha contado los problemas de la teoría de la mirilla?

Echo la cabeza hacia atrás con un sonoro suspiro.

—Eres una de esas detectives aficionadas, ¿verdad? Te has visto unos cuantos documentales sensacionalistas de Netflix y ahora te crees miembro honoraria de los cuerpos de seguridad.

—Los pódcast me van más, la verdad...

Gruño con la mirada clavada en las nubes.

—... pero eso no importa. Siempre me ha gustado que las cosas estén en su sitio. Por ejemplo, tienes un hilillo en la camiseta, y me muero por quitártelo. —Menea los dedos y estoy a punto de dar un paso al frente para que llegue al hilo con tal de que me toque—. No tiene sentido que haya dos agujeros si el objetivo era grabar a las inquilinas. Bastaría con uno solo. Alguien ha tenido que espiar con los dos ojos al menos una vez. Y Oscar Stanley nunca habría cabido en ese hueco oculto.

—A lo mejor hizo primero los agujeros y luego se dio cuenta de que no había calculado bien y de que no entraba. —Ella se muerde el labio y no replica—. No siempre hay un motivo racional para el comportamiento de una persona. Muchas veces, las personas cometen errores. Como yo al aceptar este trabajo. —Agito una mano para que se vaya. De verdad, necesito que vuelva a esa casita de vacaciones tan ñoña al otro lado de la calle porque me está destrozando la paz mental. Empiezo a fijarme en detalles sobre ella. Un lunar bajo el ombligo. Cómo contiene la respiración justo antes de empezar a hablar. Ese olor a manzana—. Vuelve a casa. Ya me ocupo yo de todo. Como he dicho, voy a acabar prontito con esto.

Al cabo de un momento, asiente con la cabeza y empieza a retroceder.

Y es como si se llevara mi estómago con ella.

La extraña sensación de pérdida no tiene el menor sentido.

«Pasa de ella».

—Muy bien —susurra mientras se ajusta el tirante del biquini—. En fin, cuando necesites el libro de huéspedes, lo tengo en mi maleta.

—Mmm —digo. Casi me he dado media vuelta cuando caigo en lo que ha dicho—. Espera, ¿te has llevado el libro de huéspedes de la casa?

Ella sigue andando, con ese trasero tan sensual meneándose de un lado a otro.

—Dime si lo necesitas.

—No puedes llevarte pruebas del escenario de un crimen.

—¿Qué has dicho? —Se lleva una mano a una oreja—. Perdona, no te oigo por culpa del ruido del precinto policial al romperse.

—No te hagas la listilla —mascullo—. Soy un profesional.

Se detiene al llegar a los escalones del porche y ladea las caderas.

—Ninguno de los dos tiene potestad para recoger pruebas porque no somos agentes de policía. Lisa me dijo que eras un cazarrecompensas, ¿no es así? Y yo soy maestra de segundo de primaria.

Maestra de segundo de primaria.

Casi acierto. Por eso es la más alta de su trabajo.

Seguro que sabe lo que estoy pensando, porque me sonríe a regañadientes.

Antes de poder contenerme, le devuelvo la sonrisa.

¡Le devuelvo la sonrisa!

Desaparece con más rapidez que un caramelo a la puerta de un colegio.

—Dame el libro de huéspedes, renacuaja.

La veo subir los escalones, como si no tuviera ni una sola preocupación en la vida.

—Solo si me mantienes al día de los avances —me dice por encima del hombro.

Hora de afrontar los hechos. Soy un cabrón enorme y bruto, pero esa maestra llena de pecas no me tendría miedo ni aunque nos cruzáramos en un callejón a oscuras.

—¡Cuando las ranas críen pelo! —le grito.

Ella se despide con un gesto ñoño de la mano y cierra la puerta.

Su ausencia es como una nube que tapa el sol, y ser tan consciente de ese hecho de forma tan exagerada no me sienta bien. La conozco de hace diez minutos. Está ocultándome a conciencia algo que podría facilitarme el trabajo. Y, sobre todo, no es mi tipo. Ni siquiera está en la estratosfera de mi tipo. De vez en cuando, llevo a casa a una mujer de la edad adecuada, normalmente una divorciada como yo, que comparte mi desdén por el romanticismo, el amor verdadero y los finales felices. Disney les vende esa mierda a las mujeres desde que nacen, y los hombres tenemos que hacer frente a esas expectativas toda la vida. No. Yo no. Basta un vistazo a esa mujer para saber que sus expectativas están en las nubes. ¿Regalarle flores? No es suficiente. Seguramente tendría que plantarle un jardín y bailar el vals con ella bajo las estrellas. Es de las que se casan... Lo sé sin lugar a dudas porque está de vacaciones en el cabo Cod y no en Jersey Shore o en Miami. No le van los rollos de una noche, y eso es lo que me gusta.

No me interesa nada más.

Mientras me esfuerzo por sacarme de la cabeza a esa amenaza de ojos verdes, abro la puerta con el pie y entro en tromba. El olor a descomposición flota en el ambiente, pero no es tan fuerte como para necesitar mascarilla. Bonito sitio. No la clase de alquiler que haría esperar mirillas o cámaras ocultas a los inquilinos. En primer lugar, me dirijo al lavadero, con la cámara del móvil preparada. Las salpicaduras de sangre de la pared indican que le dispararon a la víctima en este sitio, al igual que el charco negro de sustancias corporales que hay en el suelo. Seguramente el asesino entró por la puerta trasera de la casa, así que allá que voy. La cerradura está intacta, no rota, pero eso no quiere decir nada. Podría estar sin cerrar cuando se cometió el asesinato. Así no haría falta forzar nada.

Subo a la planta superior en busca del dormitorio principal y me irrito al preguntarme si estoy mirando la cama en la que ella pensaba dormir. Ese dichoso colchón se la habría tragado entera. Pero si yo durmiera con ella...

Se me pone un pelín dura al pensarlo. Al imaginarnos juntos en la cama. Tendría que estar ella encima, claro. No podría tumbarme sobre ella y dejarme llevar. No con la diferencia de tamaño. No soy tierno en la cama, y ella..., ella iba a necesitar eso. Ternura, ¿verdad?

—Ya te digo yo que contigo no va a encontrar esa mierda —mascullo mientras me froto la nuca, incapaz de dar con el picor que me tiene loco. Seguro que solo estoy inquieto porque hay una prueba que debería tener a mi disposición y que alguien ha robado. Y delante de las narices de la policía.

Mmm...

Puede que parezca inocente, pero la chica tiene una vena rebelde, ¿no?

«Ni lo pienses». No debo pensar adónde puede llevarla esa vena.

Como, por ejemplo, a liarse con un cazarrecompensas bruto y sin modales mientras está de vacaciones.

—No es mi tipo —susurro al tiempo que levanto la cámara para hacer una foto de las mirillas...

Me quedo inmóvil. Ladeo la cabeza y me inclino hacia delante.

Las astillas del borde de los agujeros quedan hacia fuera, hacia el dormitorio.

Los agujeros se hicieron desde el hueco oculto.

—¡Joder!

Oscar Stanley era un hombre corpulento. Le habría costado muchísimo hacer los agujeros sin estar físicamente dentro del hueco. Y sí, muy bien, ¿por qué iba a necesitar dos agujeros a menos que quisiera mirar personalmente?

No pienso abandonar de momento la sencilla explicación de que Oscar es un mirón que espiaba a sus inquilinas, pero las astillas de la madera me han descolocado un poco. Aunque quiero zanjar este trabajo lo más rápido posible, nunca he sido ni nunca seré de los que se dejan preguntas sin contestar ni de los que cierran un caso señalando al sospechoso equivocado, todo por la rapidez.

Según Paul, los polis ya habían hablado con el padre de una de las chicas, Judd Forrester. Niega haber disparado y matado a Oscar Stanley. Solo admite la pelea de unos días antes. Pero tengo que hablar con él en persona para decidir si dice la verdad o no.

Después de eso...

¿Quién más tenía, o tiene, acceso a esta casa?

—No lo sé, ¿verdad? —mascullo mientras bajo la escalera con decisión—. Porque no tengo el dichoso libro de huéspedes.

Cuando abro la puerta principal de la casa, ella me está observando desde la ventana de la suya, mordiéndose el labio. Hace ademán de esconderse, pero meneo la cabeza y le hago una señal con un dedo. Le toca a ella menear la cabeza. Sigo andando hasta que subo al porche de su casa y llamo a la puerta.

—¿Vas a mantenerme informada? —pregunta a través de la puerta.

—No.

—Me gustaría estar al tanto.

—Nanay.

—¿Por favor?

Estoy a punto de decirle que pienso echar la puerta abajo a patadas cuando ese «por favor» me cierra la boca de golpe. No sé por qué. Solo son dos palabras. Pero viniendo de ella, me provocan sudores. ¿Quién le dice que no a esta mujer? Sobre todo cuando lo pregunta con esa vocecilla de princesa esperanzada. Que yo siga diciéndole que no la está decepcionando. Me doy cuenta de que cada vez es menos optimista, y eso... no me parece bien. De hecho, decepcionarla es como tener un cristal que me raja el estómago por dentro. ¿Voy a decirle que sí solo para contentarla? ¡Joder! No lo sé. Pero descubro que no me apetece hacer lo contrario.

—¿Por qué? —le pregunto al tiempo que cruzo los brazos por delante del pecho—. ¿Por qué es tan importante para ti?

Después de un milisegundo, se abre la puerta. Despacio. Ahí está su cara, que aparece en la rendija, y me niego a reconocer que se me encoge la caja torácica alrededor del corazón, alterando el ritmo acompasado. ¡Joder! Es guapísima. Dulce. La clase de mujer que hace que un hombre quiera convertirse en héroe.

Otros hombres. Yo no, está claro.

La veo mirar por encima del hombro..., ¿para comprobar si su hermano está cerca? Cuando se vuelve de nuevo hacia mí, contesta con un susurro, lo que me obliga a inclinarme hacia delante. Lo que me obliga a contar las motitas doradas en sus ojos verdes.

—No soy muy valiente —dice en voz baja—. Soy muy sensata y siempre voy a lo seguro. Pero vi un cadáver y no me desintegré. Mantuve la calma y llamé a la policía. Busqué unas mantas para Jude y para mí, le di una declaración detallada al agente Wright. Nunca me había planteado cómo respondería en una situación parecida, pero creía que me echaría a llorar, me pondría a hiperventilar o me moriría de miedo. Y que saldría corriendo de vuelta a casa, por supuesto. Pero no lo hice. Me sorprendí a mí misma al quedarme. Y supongo que quiero ver qué más puedo hacer. —Me mira parpadeando, y sus oscuras pestañas parecen subir y bajar a cámara lenta—. ¿Tiene sentido para ti, cazarrecompensas?

Todavía no sabe cómo me llamo.

«Que siga así», me digo.

Porque estoy a punto de preguntarle si, tal vez, necesite ahora mismo una manta. Así que si pronuncia mi nombre, me iré al cuerno. De alguna manera lo sé, de la misma forma que sé manejarme con una Harley. Porque no voy a mentir: su explicación parece haberme abierto una trampilla en el estómago, y toda mi irritación se está yendo por ella. ¡Puf! En realidad, me estoy preguntando qué imbécil le ha dicho que no es valiente. Sería muy satisfactorio matar a esa persona.

—No te has asustado ante mi aterradora presencia, ¿verdad? —Toso contra una mano mientras miro hacia el otro extremo de la calle—. Eso me parece de valientes.

Cuando la miro de nuevo, me está sonriendo.

No con desaprobación. Es una sonrisa deslumbrante que me golpea en el mentón.

—Esto...

—No eres aterrador, ¡qué va! —me asegura con voz alegre.

—¡Sí que lo soy! —Se lo grito porque me parece totalmente necesario. Como si estuviera en plan autodefensa. ¿Lo estoy? ¿Qué me ha pasado en la última media hora?

—Taylor, ¿con quién hablas? —Tras la pregunta ahogada del recién llegado, oigo unos pasos y aparece un hombre que se está frotando un ojo con un nudillo mientras bosteza. Cuando abre los ojos y me ve, retrocede de un salto y suelta un taco—. ¡Tu puta madre!

—¿Lo ves? —le digo, a caballo entre la satisfacción y la... vergüenza, algo con lo que no estoy familiarizado. Nunca la he sentido. Hasta ahora, al parecer, cuando esta mujer está a punto de darse cuenta de que yo soy la bestia y ella, la bella.

Sin embargo, sigue sonriendo.

—¿Quieres entrar y echarle un vistazo al libro de huéspedes? —Abre más la puerta—. Acabo de preparar limonada.

Estoy cediendo mucho terreno, así que digo con retintín:

—¿Te parezco de los que beben limonada? —Entro en la casa, y los dos retroceden. El hermano, Jude, creo que ha dicho que se llamaba, se acerca a su hermana con gesto protector—. Me tomaré una cerveza.

—Muy bien —replica Taylor, que le da un codazo a su hermano en las costillas—. ¡Va a dejar que lo ayudemos a resolver el asesinato!

—Yo no he dicho...

Sin embargo, la veo alejarse dando saltitos hacia la cocina.

¿Se puede saber dónde me he metido?

4
Taylor

Le ofrezco al cazarrecompensas un botellín de cerveza, y hace una mueca al ver la marca.

—Lo siento. —Elijo la silla en frente de la suya para sentarme—. Es lo único que tenemos.

—Cerveza con sabor a melocotón. —Le da media vuelta y lee la información nutricional, como si creyera que le estamos gastando una broma pesada.

Por primera vez desde que apareció el cazarrecompensas, no es a mí a quien observa con detenimiento, así que aprovecho la oportunidad para devolverle el escrutinio. Solo por la apariencia, podría haber salido de los bajos fondos criminales. Si el ceño fruncido permanente no bastara para anunciar «malhechor», lo harían el pelo largo y descuidado, y los tatuajes escritos con mala letra, así como las cicatrices de los nudillos y del cuello.

Y luego está su indumentaria. Botas sucísimas cubiertas de sustancias sospechosas; vaqueros y una camiseta negra que necesita un lavado con urgencia (o meterle fuego), y unas desgastadas pulseras de cuero marrón en las muñecas.

Sentado en el mullido sofá blanco y con la mirada ceñuda clavada en la cerveza con sabor a melocotón, el gigante (de al menos metro noventa y cinco) parece tan fuera de lugar que da risa. Su lugar está en la parte trasera de un bar de carretera, jugando al billar, incitando a la violencia y provocando el caos. Es como si lo hubieran arrancado de ese oscuro mundo y lo hubiesen soltado en otro salón con decoración náutica, lleno de elegantes recordatorios del mar y cojines cubiertos de timones diminutos.

A todos los efectos, debería ser aterrador.

Tal vez lo sea. Salvo por los indicios de que, de hecho, es todo lo contrario.

Al menos, en lo que a mí respecta. Estoy segura de que el pánico de todos los demás está más que justificado.

Cuando le dije al cazarrecompensas que descubrí el cadáver, se quedó completamente blanco. Parecía que estaba a punto de echar la primera papilla en mitad de la calle. Durante esos segundos, el ceño fruncido desapareció y adoptó una pose protectora.

«Dime que saliste de la casa enseguida. Por si los asesinos seguían dentro».

Estaba preocupado por mí. ¡Qué tierno y sorprendente!

Estaría muy mal por mi parte no tener en cuenta su sonrisa.

Después de averiguar que tenía razón y que soy, efectivamente, maestra, compartimos una sonrisa separados por la calle, y todavía me siento... un poco alterada. Cuando este hombre sonríe, es muy guapo. Sus dientes, aunque blancos y rectos, parecen capaces de atravesar a mordiscos un cinturón de cuero o de aplastar una piedra, pero sí, cuando sonríe, su atractivo es innegable. Tiene un atractivo particular. No el atractivo clásico. No es como los hombres con los que salgo habitualmente. Hombres de negocios acicalados con uñas limpias y con posibilidades de ascenso en sus profesiones, que buscan la compañera ideal con la que comprar una primera casa y, al cabo del tiempo, tener hijos. Está todo marcado en nuestros perfiles de citas. Solo candidatos serios.

Me pregunto si el cazarrecompensas tiene un perfil de citas en internet.

Seguramente esté haciendo un corte de mangas en la foto de perfil.

Todas las mujeres adecuadas le darán un me gusta. Las que tengan almas aventureras con deseos de hacer autopista en el asiento trasero de su moto y..., ¿quién sabe?, comer ostras crudas en algún bareto que solo conocen los maleantes locales. O algo así.

Mi última cita fue en un restaurante de la cadena Cheesecake Factory.

No soy consciente de que estoy mirando al cazarrecompensas con el ceño fruncido hasta que él levanta una ceja.

—¿Alguna vez has estado en un Cheesecake Factory? —le pregunto.

—¿Dónde?

—Lo sabía. —Me obligo a retomar unos pensamientos más agradables y le hago una señal a Jude para que se siente. Sigue entre la cocina y el salón, como si se debatiera entre llamar a la policía o no—. En fin. ¿Te gustaría compartir tu primera impresión del escenario del crimen?

Lo veo dejar la cerveza de melocotón en la mesita del sofá envejecida y empujar el ofensivo brebaje con la punta de un dedo.

—No, renacuaja. No me gustaría. —Carraspea—. De todas formas, técnicamente los dos sois sospechosos hasta que os descarte. No sería muy sensato daros detalles.

—¿¡Sospechosos!? —exclamo con incredulidad—. ¡Pero si tenemos coartada! Ni siquiera estábamos en cabo Cod cuando se cometió el asesinato.

—¿Cómo podéis tener coartada cuando todavía no se ha dictaminado la hora de la muerte?

Cierro la boca de golpe. Tengo que prestarle más atención a *Grabado en hueso*. Es evidente que preparar mis clases a la vez ha hecho que me pierda lecciones importantes.

—Supongo que lo he supuesto por el olor a descomposición.

—Supongo que ya lo veremos. El departamento de policía de Barnstable está comprobando las grabaciones de las cámaras de seguridad del peaje para asegurarse de que no llegasteis antes. —El cazarrecompensas rota un hombro—. ¿Dónde está el libro de huéspedes?

Ahora que me ha sorprendido al llamarnos «sospechosos», siento la necesidad de devolverle el favor. De sorprenderlo. De hacerle saber que no está tratando con una yonqui inútil de los pódcast. Soy una maestra en tiempos de pandemia, ¡ya está bien! Eso básicamente me cualifica para presentarme a la presidencia. Un poco sorprendida por este ramalazo de seguridad en mí misma, enderezo la espalda.

—¿Te has fijado por casualidad en las astillas de la madera de las mirillas?

Levanta la cabeza a toda prisa. ¡Ja! Eso quiere decir que sí se ha fijado. Y mientras me clava la mirada, curiosa e irritada, me doy cuenta de que sus ojos son de una preciosa mezcla de castaño y verde musgo. ¿Por qué me resulta tan agradable esa combinación y me cuesta tanto dejar de mirar?

—Has vuelto desde que descubristeis el cadáver, ¿verdad?

—Pues claro que no. Está precintada —contesta Jude en mitad de un bostezo.

—Sí, y dejé el precinto tal como estaba —digo yo con la esperanza de que mi voz cantarina lo haga parecer muchísimo menos ilegal—. No como otros...

Jude apoya un hombro en la pared y me mira con expresión alucinada.

—¿De verdad has vuelto a esa casa sin decírmelo? ¿¡Sola!? —Me está mirando dividido entre la impresión y el espanto—. No es típico de ti, Te.

De repente, estoy nerviosa.

—Lo sé. —Los dos me están mirando como a un escarabajo en un microscopio. Mi hermano tiene razón, no es típico de mí. ¿Me gustan los enigmas? ¿Los misterios? Sí. Me encanta acabar los debates o las discusiones con una conclusión. Nada de cabos sueltos. Pero esas cosas suelen aplicarse a una partida de Cluedo. No soy la clase de persona que se cuela en el escenario de un crimen. Aunque lo que le dije al cazarrecompensas es verdad. Me sorprendí a mí misma al descubrir el cadáver de Oscar Stanley. Una extraña calma me corrió por las venas, marcando el ritmo de mi sangre, y empecé a funcionar con el subidón de adrenalina. Estoy más despierta que nunca. Me percato de todos los detalles. No quiero perder esa sensación. Quiero seguir explorando el subidón de confianza que me dio ser tan... resistente.

A lo mejor me dura poco.

A lo mejor solo estoy fingiendo ser una persona valiente.

Aunque me gustaría averiguar lo que es en realidad.

—Lo siento, Jude. Te mandaré un mensaje de texto la próxima vez.

Mi hermano me mira sin parpadear, y la risa hace que le brillen los ojos.

—¿La próxima vez?

—No va a haber una próxima vez —asegura la voz ronca del aguafiestas, alias el cazarrecompensas—. Dame lo que necesito y me voy.

Paso de él y sigo hablándole a mi hermano, porque no hemos terminado.

—Prometo que esto no interferirá con tus vacaciones. Quiero que vuelvas a casa relajado.

—Los dos necesitamos relajarnos, ¿entendido? —dice Jude en voz baja—. No solo yo.

—Lo sé, es que... En fin.

—En fin. Ya, lo sé.

Se hace el silencio en el salón. El cazarrecompensas nos mira con el ceño fruncido.

—¡Joder! ¿Estáis hablando en clave o algo?

Jude se echa a reír.

—Seguro que es lo que parece. —Se aparta de la pared y entra en el salón, dejándose caer en el otro extremo del sofá donde se sienta el cazarrecompensas, con el tobillo sobre la rodilla contraria—. Mi hermana ha usado gran parte de sus ahorros, pese a mis protestas, por cierto, en estas vacaciones porque he perdido a alguien muy cercano.

El hombre hosco consigue disculparse con mucho trabajo.

—Lo siento.

La palabra parece que le sabe a agua sucia.

—No pasa nada. Ya había llegado la hora. —Jude suspira y se mira las manos—. Bartholomew llegó a los veintidós.

El ceño del cazarrecompensas se acentúa.

—¿Veintidós?

—Bart era un panda. Soy cuidador de osos panda.

—Eres más que eso —digo e intento sin éxito ocultar el orgullo que siento porque no quiero avergonzarlo. Nadie avergüenza a mi hermano como yo. Cuando lo llamaron durante su ceremonia de graduación universitaria, me subí a la silla y grité más que nadie. Sollozaba tanto que tiré al que tocaba la tuba y me torcí un tobillo al intentar bajar. Nunca te subas a una silla barata de plástico con zapatos de tacón—. En el santuario donde trabaja Jude hay pandas desplazados o abandonados. Algunos son tan jóvenes que todavía no han aprendido a sobrevivir por sí solos. Así que Jude se viste como un panda y les enseña.

—¿Te vistes como un panda?

—Sí. Les enseño a moverse por la naturaleza, a comer y a trepar, a socializar con otros pandas. —Jude le guiña un ojo al hombre que está al otro lado del sofá—. El traje me queda genial.

—Bartholomew era el... padre oficioso del bosque, ¿verdad? —Me seco las lágrimas de los ojos—. Era un poco desagradable, como tú, cazarrecompensas, pero en cuanto Jude les enseñó a los nuevos de qué iba el asunto, empezó a ablandarse.

—Siento tener que decírtelo, pero aquí nadie se va a ablandar. —Nuestro invitado parece estar pensando en beberse la cerveza con sabor a melocotón por pura desesperación—. Soy cazarrecompensas y vosotros sois de las personas más raras que he conocido. —Guarda silencio un segundo antes de mirar a Jude—. ¿De verdad comes hojas?

Jude sonríe.

—No trago.

El cazarrecompensas lo mira sin dar crédito al oírlo, pero después me señala de repente.

—El libro de huéspedes. Ya.

—Muy bien, muy bien. Está arriba. —Nadie se ha levantado más despacio de una silla en la vida—. Voy a buscarlo. Pero mientras sigo aquí en el salón... —Un paso hacia la escalera. Me paro—. Ya no pareces estar tan convencido de la teoría del padre camionero.

—Solo estoy siendo diligente. —Se rasca con gesto distraído el brazo, ofreciéndome una visión más completa de sus tatuajes. ¡Ay, madre! Esa calavera tiene dos bolas de fuego por ojos—. Pero la teoría sigue en pie. Que sepamos, nadie más tenía motivos para matar a Oscar Stanley.

—¿Ves? Eso pensaba yo.

—Pero llevamos dos días viviendo en esta calle —añade Jude con sorna.

—Y hemos conocido a algunos de los residentes permanentes. Se podría decir que uno sobresale. —Agito los dedos en dirección a mi hermano—. Enséñaselo, Jude.

—No quiero que me enseñéis nada —asegura el cazarrecompensas.

Lo silencio.

Me mira boquiabierto.

Los dedos de Jude se mueven por la pantalla de su móvil para localizar la aplicación de *streaming* de música. Empieza a reproducir la primera canción de su lista y los Bleachers suenan por el altavoz bluetooth que está sobre la repisa de la chimenea. Tras indicárselo con un gesto de la cabeza, sube el volumen... y justo después se oye un estruendo fuera. Una puerta que se cierra de un portazo. Y luego alguien empieza a golpear el lateral de nuestra casa de alquiler con el mango de una escoba.

—Ese es Sal —le explico al cazarrecompensas—. Nuestro vecino. También lo hace cuando el hervidor silba y cuando yo... —Genial. Me pongo colorada—. Cuando canto en la ducha.

¿Detecto un ligero temblor en los labios del malote tatuado porque se está riendo?

El asomo de sonrisa desaparece cuando se oye la bronca de Sal.

—¡Bajad el volumen! ¡Se oye la música a través de las paredes! ¡Se supone que esto es una comunidad tranquila y vosotros, putos turistas, la estáis arruinando! ¡Estoy harto de esta mierda! —Y ahora es cuando empieza a golpear con fuerza la casa—. Me gustaría matar a los cabrones que lo permiten. ¿Qué pasa con mi derecho a estar tranquilo en mi casa, joder?

Jude detiene la música, lanza el móvil al aire, lo atrapa y se lo guarda en el bolsillo como un pistolero del Salvaje Oeste.

—Deberías oír a Sal cuando Taylor canta algo de Kelly Clarkson.

—«Since You've Been Gone» lo desquicia por algún motivo —añado con un estremecimiento—. Claro que puede que sea mi forma de cantar. Parezco un gato escaldado.

—No, de eso nada —me contradice Jude—. Lo haces genial.

Se me humedecen de nuevo los ojos.

—Gracias.

El cazarrecompensas echa la cabeza hacia atrás y suspira mirando el techo.

—¡Madre de Dios!

Doy un paso muy lento hacia la escalera.

—¿No vas a decir nada de Sal?

—He tomado una nota mentalmente —responde entre dientes. Parece que está a punto de decir algo más, pero Sal tiene algo que añadir.

Desde el otro lado de la ventana de la cocina, nuestro vecino temporal grita:

—¡Dile a esa imbécil que cierre la ventana cuando canta antes de que rompa todos los espejos de mi casa!

No he visto a nadie moverse tan deprisa en la vida.

El cazarrecompensas está sentado en el sofá. De repente, ha aparecido un brillo peligroso en sus ojos. Tan peligroso que me provoca un escalofrío. Y en un abrir y cerrar de ojos, lo veo salir de la casa y bajar los escalones del porche. Sal exclama algo que no se entiende, y luego se oyen unas palabras ininteligibles pronunciadas en voz baja por el cazarrecompensas.

Jude y yo nos miramos boquiabiertos por la sorpresa.

—¿Qué hace? —me pregunta mi hermano en un susurro—. ¿Quién es este tío?

No tengo tiempo de responder antes de que nuestro invitado regrese en tromba a la casa y cierre dando tal portazo que la puerta se sacude.

—El libro de huéspedes. Ya.

Corro escaleras arriba, subiendo los escalones de dos en dos.

En el último, me tambaleo un poco. Cuando miro hacia abajo para comprobar si alguien me ha visto, casi grito. Tengo al cazarrecompensas pegado a mí, y ni siquiera lo he oído moverse. Me fulmina con la mirada y me rodea la cintura con esas manos tan grandes para que recupere el equilibrio.

—Muévete.

—Muy bien —gimo.

Me sigue por el pasillo hasta entrar en el dormitorio principal. El corazón me da botes entre los oídos y la yugular. La parte de arriba del biquini y los pantalones cortos eran apropiados en la planta baja porque estamos a un paso de la playa y en el Cabo, pero ¿ahora? En este lujoso, incitante y, cómo no, náutico dormitorio, de repente me siento muy desnuda y vulnerable, y se me eriza el vello de todo el cuerpo.

Presa de la timidez, me pongo a la defensiva.

—No hace falta que me sigas. —Me arrodillo delante de la maleta y lo miro con el ceño fruncido por encima del hombro—. Ya te doy el libro.

Desde el suelo, a mi lado parece un rascacielos.

—Estás haciéndome perder el tiempo.

Aparto los sudokus que he traído conmigo en busca del libro de huéspedes. Sería mucho más fácil si abriera la maleta, pero mis bragas caras están en el bolsillo de rejilla, y creo que si este hombre las viera, me daría algo.

—¿Qué le has dicho a Sal? —le pregunto.

—No te preocupes por eso.

—Esto... Taylor, ¿estás bien ahí arriba? —pregunta Jude desde abajo—. Voy a subir.

—Tranquilo, no pasa nada —le contesto. ¿Tengo la extraña, y seguramente errónea, seguridad de que este hombre no me va a hacer daño? Sí. ¿Es un elemento volátil para cualquier otra persona? Sí. Lo último que quiero es que Jude se ponga en peligro—. Solo estamos hablando. —Me humedezco los labios mientras busco la manera de tranquilizar a mi hermano—. Jude... ¡Cocos!

—Que no se note tanto que estás usando una palabra clave, renacuaja —masculla el cazarrecompensas antes de dejarse caer de rodillas a mi lado.

Antes de poder impedírselo, abre la maleta por completo. Y allí están. Mis bragas rojas de encaje. Justo en el centro de la maleta, imposibles de pasar por alto.

«No te dejes llevar por el pánico».

A lo mejor se comporta con caballerosidad y no hace comentarios.

—¿Qué es eso? —pregunta al tiempo que les clava un dedo.

—Son... ¡Ya sabes lo que son!

Mira la maleta y después la cómoda.

—¿Por qué no las has guardado con el resto de la ropa?

Ahora estoy más colorada que las bragas.

—No sabía... si las iba a necesitar.

Lo capta.

—Las has traído por si conocías a alguien.

Permanezco en absoluto silencio. Después de rebuscar con gestos bruscos, le doy el libro de huéspedes. Pero ya no parece tan interesado en llevárselo y marcharse. Me observa por debajo de esas cejas tan pobladas.

—¿Tienes unas bragas para ligar?

—¡Qué va! —respondo—. Para poder llamarlas así, tendría que haber ligado con ellas una vez por lo menos.

¿Por qué?

¿Por qué he dicho eso?

¿Podemos avanzar deprisa ya hasta el final de mi vida?

—Pero tú sales con tíos, ¿no? —¿No va a dejarlo estar? Hace unos segundos, se moría por largarse ¿y ahora parece que quiere mantener una conversación?—. Seguro que lo haces a menudo.

—¿Por qué supones eso?

Pone los ojos en blanco.

—¡Ah! ¿Vamos a empezar con jueguecitos?

—¿Jueguecitos?

—Vas a fingir que no sabes que eres guapa para que te haga un cumplido. ¿Así es como van a ser las cosas, renacuaja? —Su carcajada es tensa—. Ni lo sueñes.

No voy a señalar que acaba de decir que soy guapa.

Lo que quiere decir que ya me ha hecho un cumplido.

Eso sería pueril.

—Salgo con hombres, sí. Pero no diría que tan a menudo. Más bien... casi nunca.

¿Tiene la frente llena de sudor aunque hace un segundo la tenía seca?

—Y nunca has podido usar tus bragas para ligar.

—Deja de llamarlas así. —Le doy un buen manotazo en un hombro, y ni se inmuta—. No soy virgen. Es que soy... exigente. Muy exigente. Por eso voy a acabar sola.

Procesa mis palabras con una expresión inescrutable.

—A ver si lo adivino: quieres un hombre que vaya al trabajo trajeado, que se ponga unos putos calcetines de hilo y que lea la sección económica del periódico durante el desayuno mientras susurra «Sí, cariño» y «No, cariño» como un robot.

—Te has pasado un poco de la raya.

Tuerce el gesto con desdén.

—¿Me equivoco?

Es el desafío que veo en su mirada lo que hace que me olvide de la educación para meterme en territorio desconocido. Tal vez descubrir al pobre y muerto Oscar también me haya llevado hasta aquí. Un lugar de claridad. No estoy segura. Pero mientras estoy arrodillada en el suelo junto a este gigante, oigo ecos en lo más profundo de mi mente. Personas a lo largo de mi vida, amigos de la Universidad, compañeros y, sobre todo, mis padres que me dicen que soy sensata. Que siempre voy a lo seguro. Incluso a mis alumnos de segundo de primaria les gusta señalar mis idiosincrasias. Se ríen cuando me ven comprobar la temperatura del café con el meñique antes de beber, incluso después de dar cinco o seis sorbos. Siempre mando a alguien a buscar a los niños que tardan más de cinco minutos en volver del baño, como una loca que siempre espera lo peor. Y no estoy diciendo que haber estado expuesta a un asesinato me haya convertido en la nueva Lara Croft ni nada por el estilo, pero me he sentido más atrevida y más al mando en estos dos últimos días que nunca.

Este matón no va a hacerme retroceder.

Además...

No siempre he querido ir a lo seguro. No en todos los aspectos de mi vida.

Siempre he tenido un pequeño..., o no tan pequeño..., deseo de darle un poco de... picante.

—Supongo que no me importaría conocer a un hombre trajeado, con esos calcetines y que leyera esa sección. No, eso me parecería bien. Mientras no me trate como una muñeca de porcelana en la cama. —¡Dios! Menuda satisfacción ver que la mueca burlona desaparece de su cara. ¡Chúpate esa, musculitos!—. Ahí es donde entra en juego la exigencia. Parece que no puedo tener ambas cosas. Por un lado, me gustaría un hombre que se gane bien la vida y que algún día quiera formar una familia. Por otro, me gustaría que me dieran órdenes de vez en cuando. En plan de que me pongan en mi sitio y me digan quién manda, ¿sabes? ¿Es demasiado pedir? Pero en las tres ocasiones en las que he salido con un hombre el tiempo suficiente para..., para..., para hacerlo, insistieron en tratarme con respeto en la cama. Fue la mar de decepcionante. Cero estrellas. No lo recomendaría.

El sudor es mucho más evidente ahora.

Al igual que su absoluta estupefacción.

Me gusta esta nueva versión atrevida de mi persona. ¡Acabo de dejar sin habla a un cazarrecompensas!

¡Y todavía me quedan cuatro días de vacaciones!

—Toma. —Le doy unas palmaditas en un enorme hombro—. Ya tienes tu libro. Hora de irse.

—¿Libro? —pregunta con un hilo de voz.

—El libro de huéspedes. —Es el mejor día de mi vida—. El que tienes en las manos.

—Claro.

—Puede que te interese saber que antes del grupo de chicas que se quedaron la semana pasada, nadie ha alquilado la casa desde el verano pasado. —Uso el borde de la cama para mantener el equilibrio y me pongo en pie—. Porque el propio Oscar estuvo viviendo allí durante diez meses.

—¿De verdad? —susurra el cazarrecompensas. Me mira el ombligo como si estuviera hablando por él. Podría fingir que no me gusta la atención que me presta, pero creo que ese barco está zarpando a toda máquina del puerto. Antes me resultaba atractivo pese a su hosca personalidad. Ahora, en este dormitorio, tras haberle dado unos detalles muy personales sobre mis anhelos sexuales, empieza a haber cierta intimidad entre nosotros. Potente. Visceral. Y no puedo evitarlo, es imposible impedir que mi cuerpo responda al suyo. Porque este hombre no es, ni por asomo, al que estoy buscando para sentar cabeza. Pero seguro que me puede proporcionar esa esquiva excitación física que parece que soy incapaz de encontrar por más que lo intente. O, al menos, ¿acercarse un poquito? Empiezo a pensar que la atracción animal, acompañada de amor y respeto, solo existe en los guiones de las películas y en las novelas románticas.

Baja la mirada y se detiene en la cremallera de mis pantalones cortos, deslizándose más abajo todavía. Se humedece los labios mientras me mira entre los muslos. El aire de mis pulmones se esfuma. ¡Ay, Dios! ¿Qué va a pasar? Nada. No puede pasar nada, ¿verdad? Es de día y mi hermano está abajo.

Al parecer, soy la única que está haciendo una lista mental de pros y contras, porque el cazarrecompensas extiende los brazos, me agarra de la cinturilla de los vaqueros, quemándome las caderas por el contacto, y tira de mí. Lo bastante rápido para que me tambalee un poco. Su cálido aliento se me enrosca en el ombligo, y le pongo las manos en la cabeza para meterle los dedos entre el pelo mientras la euforia me empapa como una catarata de un kilómetro de altura. Y después me da un lametón. Me lame la piel desnuda de la barriga de una cadera a la otra. Y luego me muerde el abductor. Lo bastante fuerte para arrancarme un gemido.

—Soy Myles —dice con voz ronca—. Así me llamo.

—Myles —susurro, con las rodillas a punto de flaquear.

—Taylor —dice Jude desde abajo, que empieza a ponerse nervioso—. ¿Estás bien ahí arriba?

—Cococos —intento decir, pero me sale un galimatías..., y eso hace que el cazarrecompensas se detenga.

Con un suspiro entrecortado, se pone de pie y me mira con los ojos entrecerrados. Me toma la barbilla con una mano y me obliga a levantar la cabeza para mirarme con detenimiento la cara.

—Puede que te quedes insatisfecha después de que te traten con guantes de seda. Pero... al menos hay afecto en eso. Yo no tengo nada de eso dentro. Nada. Créeme, te sentirías peor si nos acostáramos. Que te respeten es mejor que el sexo vacío. Eso es lo que yo te daría.

—A lo mejor es lo que quiero.

Se le dilatan un poco más las pupilas y da un paso hacia mí, entornando los párpados mientras me desliza los dedos por el pelo y cierra la mano con cuidado.

—Y, ¡joder!, me encantaría dártelo. Ese colchón nunca volvería a ser el mismo si te pusieras esas bragas rojas para mí. Pero es la peor idea que he tenido en años, y créeme, renacuaja, ya es decir. —Con evidente esfuerzo, me aparta la mano del pelo y retrocede para después pasarse una mano por la boca abierta—. No te metas en líos, Taylor. Y lo digo en serio.

¿Eso quiere decir que no va a volver?

Asiento con un gesto distraído de la cabeza en un intento por ocultar mi inmensa decepción por el hecho de que ya no me esté tocando. Siento el cuerpo acalorado y expuesto, y mis zonas más íntimas están en ebullición. Y él se va. El cerebro me dice que no hay alternativa. Tiene razón. No puedo tener una aventura con un cazarrecompensas. Con un hombre cruel, con aspecto, y actitud, de haber escapado del infierno, nada menos. ¿Estaré sobreestimando mi capacidad de tener una aventura loca? ¿Será que sufro un subidón por este comportamiento valeroso que tengo de repente, pero en el fondo no estoy hecha para el sexo sin ataduras?

—El vecino de al lado no volverá a molestarte. Canta Kelly Clarkson tan alto como quieras.

Parece que se siente un imbécil por decirlo, ya que mascula un taco y se da media vuelta para marcharse. Un segundo después, la puerta principal se cierra de golpe. Sin pensar siquiera, corro hacia la ventana y miro hacia abajo, y veo a Myles subirse a su moto (una Harley Davidson, según veo) y ponerse el casco. Me mira y arranca el motor, y que Dios me ayude, porque la punzada que siento ahí mismo hace que acabe cruzando las piernas.

Al final, él aparta la mirada y sale disparado por la calle.

Me dejo caer en la cama y clavo la vista en la nada, mientras le ordeno a mi libido que regrese a los niveles normales y razonables. Hay algo distinto en la habitación, pero tardo unos segundos en darme cuenta de lo que es. No lo hago hasta que Jude entra para comprobar que estoy bien y yo corro hacia la maleta de forma automática, para no tener que explicar dos veces el mismo día mi frívola compra.

Y entonces es cuando me doy cuenta de que las bragas rojas han desaparecido.

En su lugar está la tarjeta de visita de Myles.

5
Myles

Me falta algo.

No estoy seguro de lo que es, pero lo sabré cuando lo vea.

Es viernes, justo después del amanecer, y estoy de vuelta en casa de Oscar Stanley. Anoche fui a Worcester para hacerle mis propias preguntas a Judd Forrester, el camionero que le dio la paliza a Stanley, pero estaba trabajando y no volverá hasta última hora de la tarde. En la habitación del motel donde he pasado la noche hice un esquema preliminar de los acontecimientos, comprobé los antecedentes de los vecinos de Coriander Lane y de cualquier conocido de Stanley de su época de cartero, aunque prácticamente no hizo amistad con nadie. Tras revisar el libro de huéspedes, comprobé que sí, que Taylor tenía razón: Stanley llevaba diez meses viviendo en su propia casa antes de que llegara el grupo de chicas. No tuvo problemas previos con ningún inquilino. Todas las críticas son estupendas.

Sin embargo, algo me huele a chamusquina. No puedo explicarlo.

Me meto un antiácido en la boca, doy unas cuantas vueltas por el salón y mis ojos se desvían hacia la casa de Taylor. No es la primera vez. Ni mucho menos. Como me acerque un par de veces más a la ventana, voy a acabar desgastando las tablas del suelo.

Ha pasado medio día desde que le lamí la barriga, con esa piel tan suave y bronceada por el sol, y todavía estoy medio empalmado. ¡Dios! Sabía a manzana de caramelo. Así que tuve que darle un mordisco, claro.

Estoy seguro de que ella también me habría envuelto como el caramelo caliente.

«Deja de recordar cómo susurró tu nombre. Cómo tembló. Y olvida que tienes por ahí sus bragas desde ayer».

¡Joder! ¿Cómo es posible que esta mujer se me haya metido en la cabeza tan rápido? Porque ahí es donde está. Más me vale admitirlo. Si fuera un macho en celo, ayer la habría arrojado sobre la cama y le habría dado exactamente lo que me pidió.

«Me gustaría que me dieran órdenes de vez en cuando. En plan de que me pongan en mi sitio y me digan quién manda, ¿sabes?».

¡Joder!

No es fácil sorprenderme, y eso no lo vi venir.

A la maestra entrometida le gusta ir al grano.

¿Que como pude salir de la habitación después de que admitiera eso? Me costó la misma vida. Fue una tortura. Porque yo soy el primero en ir directo al grano. Pero ¿esta intuición mía? Al parecer, no solo funciona con los crímenes. No, el instinto me dijo que saliera rápido de ese dormitorio o de lo contrario no querría salir nunca, y no estoy dispuesto a llegar a ese punto.

Tengo un crimen que resolver.

«Piensa en lo que tienes que pensar, ¡joder!».

Si algo me ha enseñado el pasado es que las distracciones conducen a errores. Sé de primera mano lo que puede ocurrir, las vidas que pueden acabar destrozadas si un detective pierde de vista el objetivo. Aunque entregara la placa hace tres años, a todos los efectos, estoy investigando este caso. Le estoy haciendo un favor a un viejo amigo. Si soy incapaz de cerrar un caso sin cometer un error, no debí haberme graduado en la academia.

«Concéntrate».

Tras una última mirada hacia el otro lado de la calle, voy de nuevo al cobertizo. Busco la herramienta utilizada para crear la mirillas, con la esperanza de hacerme una idea del tiempo que llevan ahí. Pero no hay nada. Solo sillas de playa y una rueda de bicicleta desinflada. Una caja de trampas para ratones.

Entro de nuevo en la casa y, de repente, me paro de golpe.

Alguien está tarareando.

Una mujer. Y sé perfectamente quién es.

El nudo que siento en el estómago no presagia nada bueno para mi concentración.

Al doblar la esquina del salón, descubro a Taylor de rodillas, usando la linterna de su teléfono para buscar debajo del sofá.

—¿Buscas algo?

Suelta un grito. Por suerte, se interrumpe al ver mi reflejo en la ventana de detrás del sofá. Se da media vuelta con la mano pegada al pecho y se desploma contra el mueble, tapizado con una tela de rayas azules y blancas.

—No he visto tu moto fuera.

—La he aparcado a la vuelta de la esquina.

—¿Por qué?

—Para que no la vieras y vinieras corriendo a molestarme.

Eso es una mentira descarada. Me paré a tomarme un café un poco más abajo y, como la casa estaba tan cerca, no me apetecía mover la moto, así que he venido andando desde la cafetería.

—¡Ah! —dice ella, con un rictus desilusionado en la boca—. Entiendo.

Casi le digo la verdad. Casi. Solo para que deje de fruncir el ceño. ¿En qué me estoy convirtiendo?

En el tipo de persona que quiere decirle que está guapa con ese mono azul, desde luego que no.

—¿Qué haces aquí, renacuaja?

Frunce los labios en lugar de responderme.

—¿Por qué te empeñas en que estemos enemistados? ¿De verdad te parezco molesta o tuviste una mala experiencia en el pasado con una chica parecida a mí en Connecticut y te estás desquitando conmigo?

—Me molestas, sí.

Otra mentira. En realidad, me parece muy graciosa. Y persistente.

«Y está buenísima. Que no se te olvide».

—Gracias por la sinceridad. —Se levanta y se sacude el polvo de los pantalones cortos. Que van unidos al top. ¿Cómo se llama ese tipo de prenda? ¿Es un mono, no? ¿Cuál es la forma más fácil de quitarlo?—. ¿Sabes que muchas amistades se forman porque dos personas comparten un enemigo común? Pues ese es nuestro caso. Estamos unidos contra quien asesinó a Oscar.

—Yo trabajo solo. No estamos unidos en nada.

—Vale, pero los dos queremos lo mismo. Tenemos algo en común. Mis alumnos crean vínculos por su aversión a los deberes. Con el tiempo, se dan cuenta de cuántas otras cosas tienen en común. —Da una palmada enérgica—. Vamos a buscar parecidos. A la de tres, tenemos que decir algo que nos disgusta.

Me la imagino delante de la clase, llamando la atención. Llamativa con su ropa de colores, atractiva y creativa. Seguro que es increíble en su trabajo.

—No quiero jugar...

—Uno. Dos. Tres. Los estornudos gigantes.

—He dicho que no quiero... —Siento que una carcajada intenta salir de mi garganta y que casi lo consigue—. ¿Qué has dicho?

—Los estornudos gigantes. Esa gente que estornuda de forma tan exagerada que asusta a los demás. Eso me disgusta mucho.

—No puedes decir que lo odias, ¿verdad?

—No permito la palabra «odio» en mi clase.

—No estamos en tu clase —le recuerdo.

Aunque me gustaría verla allí.

Solo un vistazo, sin ninguna razón en particular.

—Tengo que practicar para no cometer deslices. —Rodea la mesita del sofá para acercarse a mí, y me fijo en las líneas más claras que le han dejado los tirantes del biquini en los hombros y que se le ven por debajo de los tirantes del top. Me pregunto dónde más las tiene. ¿En las caderas? ¿En los pechos? Seguro que tiene un triángulo blanco entre los muslos. ¡Mierda!—. Apuesto a que hay que ser muy malo para ser un cazarrecompensas. Tú estás practicando para eso, ¿no? —No le respondo. Más que nada porque el olor a manzana de caramelo es cada vez más fuerte y me está dificultando la capacidad para articular palabras—. ¿Te gusta tu trabajo? —me pregunta.

—Es solo un trabajo.

—Pero es violento. Y asusta.

No puedo estar en desacuerdo con eso, así que asiento con la cabeza mientras me pregunto adónde quiere llegar. Espero la siguiente palabra que salga de su boca como si fuera una recompensa, cuando en realidad debería echármela al hombro, llevarla de vuelta a su casa y ordenarle que se quede quieta.

—¿Alguna vez has buscado a alguien que luego te apetezca dejar que se vaya?

—No.

—¿Nunca?

—Una vez. —«¿Acabo de decir eso en voz alta?», me pregunto. No tenía intención de decírselo. Ni eso, ni nada. El plan era ser lo más grosero posible hasta que se marchara y se fuera a un lugar seguro a disfrutar de sus vacaciones. Lo más lejos posible de la investigación de un asesinato—. Una vez dejé que alguien se fuera.

—¿De verdad? —susurra, como si estuviéramos compartiendo un secreto.

No debería ansiar esta sensación de no estar solo. Normalmente no me importa. La soledad y el aislamiento. ¡Joder! Hasta lo agradezco. Pero debo de estar sufriendo un momento de debilidad. O tal vez estoy cansado por todo lo que busqué y leí anoche en internet. Porque estoy... hablando de forma sincera con esta maestra. Como no he hablado con nadie desde hace mucho tiempo. Años.

—Una mujer con tres hijos. Que tenía miedo de presentarse a su cita en el juzgado porque el padre de sus hijos amenazaba con estar presente. Con causar problemas y llevarse a los niños. Como venganza por haberlo abandonado. Es posible que alguien acabara entregándola a la policía, pero yo no fui capaz.

—¿Qué hiciste con ella?

—Nada. —Me mira fijamente hasta que me veo obligado a ponerle fin al silencio—. No sé qué pasó después de que los llevara a la casa de acogida.

El verde de sus ojos se suaviza. Un tono parecido al de una puta selva tropical. Y, de repente, me descubro acercándome demasiado a ella, como si quisiera verlos de cerca. ¿Por qué me mira así? Quiero parecer insensible y despectivo, no alegrarla.

—¿Cómo es la enseñanza? —mascullo para dejar de ser el centro de atención.

No porque quiera saber cosas de ella.

—Me encanta enseñar —contesta en voz baja—. Y solo he tenido que entregar a uno de los niños a la policía por no presentarse a una cita en el juzgado.

Me río y gruño al mismo tiempo. Es un sonido terrible, pero la hace sonreír. Una sonrisa que miro con demasiada atención. Me acerco mientras me pregunto a qué sabrá. Mientras me pregunto cómo se quitan los monos, si se rasgan por la mitad o qué.

—¿Ves? —murmura ella—. Te has reído. No puede ser tan malo tenerme cerca. Vamos a intentarlo de nuevo. A la de tres, di algo que te disguste.

Lo sabía. Me estaba atontando con una falsa sensación de seguridad.

—No —digo.

—Uno, dos...

—Las llaves Allen —suelto casi a voz en grito.

Al mismo tiempo que ella dice:

—La gente que se agolpa en el mostrador de Starbucks y mira con impaciencia al pobre camarero como si no se esforzara por darse prisa. La verdad, es... —Abre los ojos de par en par mientras inspira—. Un momento, ¿has dicho las llaves Allen? ¡A mí también me disgustan! ¡Tengo un cajón lleno de ellas porque me siento culpable si las tiro! Esto es bueno. Un par de coinvestigadores buscando puntos de unión.

—En esa última frase no hay nada cierto ni por asomo. —Ver la desilusión en su cara es como si me mordiera un caimán en la cintura. Antes de ser consciente de lo que hago, me descubrí suavizando el tono. Acercándome. Oliendo manzanas como si estuviera almacenando su olor para el invierno—. Mira, algo en este caso me huele a chamusquina y no me... gusta que estés... cerca. Nada más.

La veo parpadear.

—¿No te gusta que esté cerca de qué?

Está hurgando donde no quiero que se hurgue.

—Del peligro.

¿Cómo es posible que parezca tan confusa cuando prácticamente acabo de enseñarle mis cartas? ¿De qué manera puedo explicarle con más claridad que me pone nervioso verla cerca de un peligro potencial?

—Soy una adulta que sabe lo que hace. Yo elijo mis propios riesgos.

—No. —Meneo la cabeza—. No.

—Es muy difícil establecer un vínculo contigo —afirma, y parece que la estuvieran estrangulando—. Muy bien. —Antes de que me dé cuenta de lo que va a hacer, se aleja de mí. Llevándose consigo el olor a manzanas—. Me apartaré de tu camino por ahora...

Mientras anda hacia la puerta, pisa una de las tablas del suelo y es casi imperceptible, casi, pero veo que uno de los extremos se levanta, como si no estuviera unida a la base. Por desgracia, Taylor también lo ve.

Nos abalanzamos sobre la tabla de madera suelta al mismo tiempo para hacer palanca juntos...

Y descubrimos un sobre blanco y delgado.

La sorpresa hace que me caiga de culo al suelo.

¿Quién encuentra en la vida real una tabla del suelo suelta que oculta un sobre debajo?

Eso ni siquiera ocurre en *Grabado en hueso*.

A menos que ocurra y que el público nunca se entere, porque la persona que encuentra una carta oculta sea la siguiente víctima. Cuando abramos el sobre, ¿descubriremos algunas divagaciones burlonas al estilo de Sam Berkowitz?

—¿Se puede saber qué...? —murmura Myles, agachándose y sacando el sobre de su escondite. No consigue ocultar su preocupación cuando me mira—. Deberías irte, Taylor.

Probablemente tenga razón.

La cosa se está poniendo espeluznante.

Descubrí un cuerpo a treinta metros de este lugar y, para ser sincera, algo me huele mal desde que encontré las mirillas. Se supone que estoy de vacaciones relajantes con mi hermano; pero, en cambio, tengo la impresión de hundirme poco a poco en terreno desconocido.

Claro que no estoy atemorizada. Solo un poquito asustada.

Porque esto tampoco es el fin del mundo.

Quizá tenga la misma fortaleza que los demás. O más.

Nunca lo sabré si huyo ahora. Volveré a ser la segura, responsable y obsesiva con las rutinas Taylor en busca de una pareja segura, responsable y obsesiva con las rutinas. O puedo quedarme aquí y averiguar qué hay en el sobre.

Por supuesto que tengo que quedarme.

Puede que incluso tenga que enviar un mensaje de correo electrónico a *Grabado en hueso* sobre esto. A no ser que se trate de una lista de la compra que se ha colado accidentalmente por las rendijas de una tabla suelta. Algo me dice que no es el caso. Mi teoría se confirma cuando Myles saca un trozo de papel, lo desdobla y ojea el contenido con expresión muy seria.

Sin duda, es algo importante.

Myles está a punto de guardárselo en el bolsillo de la camisa sin enseñármelo, y... ni hablar. No voy a permitirlo. Ahora que he tomado la decisión de quedarme a investigar, no va a privarme de la oportunidad de examinar nuevas pruebas. Me abalanzo hacia el papel por encima de su regazo. Algo que lo pilla por sorpresa. Como le sucedería a cualquiera que me conozca, aunque estoy segura de que mis alumnos estarían animándome a voz en grito.

Le quito el papel de los dedos antes de que lo guarde, aunque no he sopesado bien las consecuencias de dicho movimiento. No del todo. Porque aterrizo boca abajo sobre sus muslos con un «¡uf!». Consciente de que, tal vez, solo tengo tres segundos antes de que me quite el papel, ojeo las palabras garabateadas en él lo más rápido posible.

Vas a caer conmigo.
Todos sabrán quién eres.
Yo lo he sabido siempre, pero el secreto saldrá a la luz
muy pronto.

Apenas he terminado de leer la última amenaza cuando Myles se mueve y extiende un brazo por encima de mí para robarme el papel, momento en el que yo me giro hacia la derecha y me caigo al suelo desde su regazo. Él intenta atraparme al tiempo que suelta una palabrota y me desliza uno de sus fornidos brazos por debajo del cuerpo para amortiguar mi caída, y así es como acabo de espaldas, boca arriba, con cien kilos de puro músculo encima de mí. El orgullo debe de ser lo que me mueve, porque hago el ridículo intentando sostener el papel por encima de la cabeza, a fin de mantenerlo fuera de su alcance, arqueando la espalda para extender el brazo todo lo posible.

«Más lejos, más lejos...».

Lo oigo gemir.

Me quedo sin aliento, a punto de soltar una carcajada, porque el simple intento de mantener cualquier cosa alejada de este cazarrecompensas duro y profesional es para echarse a reír, pero... de repente descubro que no hay nada divertido en nuestra postura. Nada en absoluto. Sus caderas están sobre las mías, presionándome contra el suelo. Percibo cierta dureza entre nuestros cuerpos que va creciendo de forma reveladora con cada jadeo que intercambiamos. Miro hacia abajo, reconociendo a regañadientes que quiero comparar nuestra diferencia de tamaño. Verlo encima de mí. Creo que sé lo que voy a encontrar, pero la realidad que descubro es asombrosa.

Casi se me han salido los pechos del mono y de la parte superior del biquini que llevo debajo. El escote se ha bajado debido al forcejeo, y mis pezones están a punto de hacer una aparición muy entusiasta. Sí, entusiasta, porque están duros como piedras, y siento un dolor palpitante en ellos cuanto más rato pasa este hombre, tan grande y tan frustrado, encima de mí. En este momento, no solo estoy pensando en nuestra diferencia de tamaño. También pienso en que es mayor que yo, por lo menos ocho años. Sin duda tiene más experiencia con el sexo. Con la intimidad. Y seguro que es peligroso. Malvado y peligroso, y yo estoy debajo de él, tentándolo. Haciendo que se le ponga dura como una piedra.

—Voy a levantarme —dice, respirando con dificultad.

—De acuerdo —susurro, dejando caer el papel.

Cuando lo hago, cuando lo suelto, ya no hay nada por lo que luchar. Es solo un hombre encima de una mujer, sujetándola por las muñecas. Inmovilizándola contra el duro suelo. Como si quisiera comérsela entera. De un gran bocado.

Eso es lo que quiere mi cuerpo.

Está palpitando, ansioso, suplicando que separe los muslos para rodearle las caderas con ellos y que levante el cuerpo, que lo provoque, que haga cualquier cosa para que me toque. Para que use su fuerza conmigo. Ya.

—Por favor.

—Por favor ¿qué? —Engancha un dedo en el top y tira de él para bajarlo ese último centímetro que deja al descubierto mis pezones endurecidos.

Siento el gemido que brota desde el fondo de su pecho nada más verlos—. ¿Quieres que te chupe estas tetas tan bonitas? ¡Joder! Sabía que las tendría más blancas por el biquini. ¡Joder!

Y así, sin más, me conquista.

Solo por...

Hablar así.

Como hace todo el tiempo. Sin rodeos. Incluso con crudeza. Y acaba de... ¿hacerme un cumplido? No entiendo por qué oírlo decir esas palabras tan abrasivas consigue que mis caderas empiecen a moverse impacientes debajo las suyas. Arqueo la espalda todavía más, deseando que haga justo lo que acaba de describir en términos tan explícitos. Sí, ¡sí! Lo que ha dicho es lo que quiero.

—Por favor.

El pelo le rodea la cara, y como lo lleva tan largo, apenas puedo distinguir sus rasgos. Solo lo justo para saber que están tensos. Que ha separado los labios. Que tiene una mirada penetrante.

Me suelta un instante una muñeca y se quita la pistola de la parte posterior de la cintura, tras lo cual la desliza con cuidado por el suelo. Después levanta esa misma mano despacio. Muy despacio. Y la coloca justo encima de mis pechos desnudos, sin tocarlos. Siento un escalofrío en la barriga. Una serie de espasmos incontrolados provocados por la expectación de lo que va a hacer. De dónde me va a tocar. Y solo porque ha levantado una mano. Contengo la respiración, a punto de gemir. Estoy temblando. ¡Estoy temblando! Esperar que me toque es casi insoportable.

—En la vida he visto nada que me ponga tan cachondo. Y tú también lo estás, ¿verdad? —La punta de su lengua asoma sobre su labio inferior mientras baja el dedo índice hacia uno de mis pezones sobre el cual traza un círculo casi sin tocarlo—. Sí que lo estás.

Suelto un gemido ahogado que acaba en una nota aguda, tensándome y derritiéndome a la vez bajo su cuerpo. No sé lo que viene después ni lo que quiero exactamente. Solo sé que lo necesito ya. De inmediato. Y no quiero pensar. Quiero que él piense y decida por mí. Por nosotros.

El resto del día es para pensar y decidir. En este momento solo quiero que me quiten esa opción.

Mi otro pezón recibe la misma caricia con la punta del dedo, una tortura lenta y delicada.

—¿Quieres que te bese esa boquita tan preciosa?

—¿Sí?

—Cariño, dilo con más seguridad.

—Sí.

Esa mano. Esa mano con la que me acaricia con tanta delicadeza sigue ascendiendo, sigue subiendo hasta rodearme el cuello. Me resulta tan inesperado que jadeo, y siento que me derrito entre los muslos, que se separan con naturalidad. Como si no les quedara alternativa. Él se mueve contra mí con facilidad y se ríe, aunque es un sonido carente de humor.

Acerca la boca a la mía. Me humedezco los labios para prepararme.

Y oigo que la puerta de un coche se cierra de golpe en el exterior.

¡No! A través de la repentina neblina que me ha provocado la lujuria en el cerebro, me doy cuenta de que es más bien la puerta corredera de una furgoneta. En la entrada de la casa. A ese sonido, lo siguen el del motor de más vehículos que se detienen y unas voces emocionadas. Pasos. Distintos tipos de calzado, entre ellos el repiqueteo de unos tacones altos.

—Nos instalaremos aquí. Sin pérdida de tiempo —dice una mujer mayor.

Myles deja caer la cabeza hacia delante con un taco y después se aparta de mí, rodando sobre el suelo antes de ponerse en pie. Tras colocarse bien los vaqueros para disimular la erección, se agacha y me ayuda a levantarme. Justo entonces da un apretón en una cadera y roza mi frente con la suya, y me doy cuenta de lo mucho que me apetece esa muestra de... ¿qué? ¿De consuelo? Sin embargo, en cuanto la recibo, los nervios que me atenazaban el estómago desaparecen. Me mira a los ojos hasta que asiento con la cabeza, y ni siquiera sé por qué lo hago. Solo sé que me ha gustado que me atrape, que me rodee el cuello con la mano. Me ha puesto tanto que necesito que me mire a los ojos y que me acaricie con más ternura para volver a la realidad. Al asentir con la cabeza, le estoy comunicando algo importante que no necesito decir en voz alta.

¡Qué raro!

Cruzamos juntos el salón hasta la ventana y descubrimos a un grupo de personas frente a la casa. Una mujer de pelo oscuro vestida con un elegante traje pantalón de color morado. Un hombre joven con un portapapeles y unos cuantos operadores de cámaras.

—¿Qué diablos pasa ahora? —murmura Myles. Echa a andar hacia la puerta principal y hace ademán de salir, aunque de repente se detiene y me atraviesa con una mirada—. No te muevas.

—Ni hablar.

Desaparece por la puerta soltando una retahíla de palabrotas. Después de asegurarme de que llevo la ropa en su sitio, corro hacia el jardín delantero detrás de él. Cinco cabezas se vuelven en nuestra dirección. El chico del portapapeles me mira fijamente, con el bolígrafo sobre el papel. La sonrisa de la mujer trajeada parece haberse congelado en sus labios. Los técnicos siguen con lo que parece ser su misión de organizar una miniconferencia de prensa, trasladando un atril de cristal con ruedas.

—¿Qué está pasando aquí? —exige saber Myles.

—Yo podría preguntar lo mismo —responde el muchacho. Tras mirar con expresión guasona a doña Trajeada, se coloca el portapapeles debajo del brazo y se acerca a nosotros con una mano extendida, que estrechamos por turnos—. Soy Kurt Forsythe, el asistente de la alcaldesa. —Sonríe por encima del hombro, y luego me mira a mí, momento en el que la sonrisa se ensancha—. Seguro que conocen a la alcaldesa, Rhonda Robinson.

—No somos de la ciudad. —¿Acaba de acercarse Myles a mí?—. ¿Vais a grabar algo?

El muchacho ladea la cabeza.

—¿Es usted el dueño de la propiedad?

El asistente plantea la pregunta de tal manera que resulta evidente que conocía la respuesta de antemano. Myles no se molesta en responder. Se limita a cruzarse de brazos y a mirar al tal Kurt como si fuera una pulga.

—Ya decía yo —añade el asistente de la alcaldesa al tiempo que retrocede un paso sin disimular mucho para alejarse de Myles—. Esto... ¿Le importaría decirme que están haciendo aquí?

—Me ha contratado la familia. De forma privada. Para investigar el asesinato de Oscar Stanley.

—Yo estoy de vacaciones —aprovecho para decir—. Y también lo ayudo a investigar.

Myles empieza a negar con la cabeza.

—Eso no es cierto.

Kurt nos mira con expresión socarrona.

—Muy interesante.

—¿Ha alquilado usted una casa? —me pregunta la mujer del traje morado. La alcaldesa, al parecer—. Tal vez debiera taparse las orejas para no oír lo que voy a decir —añadió con una sonrisa sarcástica—. Estoy a punto de ir a por los inquilinos de las casas de alquiler. —Tras apoyar las manos en el atril, le hace un gesto con la cabeza al cámara. El encargado de la iluminación asiente para dar su aprobación y, acto seguido, una luz roja parpadea en la cámara—. Buenas tardes, residentes. Sé que todos estamos conmocionados por los últimos acontecimientos que han tenido lugar en nuestra querida comunidad. Le han arrebatado la vida a una persona, y desde mi oficina queremos enviarle a la familia del fallecido, Oscar Stanley, nuestro más sentido pésame. —Llegada a ese punto, la alcaldesa cambia la postura.

Kurt, el asistente, suspira encantado mientras mira a su jefa con evidente orgullo.

—Estoy al tanto de vuestras preocupaciones. Les doy la importancia que merecen —sigue Rhonda Robinson—. Sin embargo, esta desafortunada muerte forma parte de un problema mucho mayor: los alquileres vacacionales. La discordia competitiva que crean y el trastorno que causan en nuestra vida cotidiana. Es un problema constante en la comunidad, y siempre os he prometido, desde el principio, que regularizaría este mercado para que no se apodere de nuestro barrio de Falmouth y lo convierta en una zona de fiesta. Hoy quiero aseguraros que estoy duplicando mis esfuerzos para frenar los molestos ruidos, de modo que podamos volver a disfrutar de nuestros tranquilos veranos con la familia y los amigos al estilo de cabo Cod.

Se produce una larga pausa.

La luz roja de la cámara se apaga.

La sonrisa de la alcaldesa desaparece mientras se aleja del atril a toda prisa.

—Perfecto, alcaldesa —dice Kurt, al tiempo que hace un gesto con el pulgar para enfatizar sus palabras.

—Que lo suban al sitio web de inmediato, por favor —ordena Rhonda mientras mira su móvil—. Envíalo a la cadena de noticias local y pídeles el espacio de las seis.

Veo que Kurt está tomando notas en su portapapeles.

—Ya estoy en ello. —Se vuelve hacia nosotros, hacia mí más concretamente, y sonríe de forma más relajada que antes—. Tengo que asegurarme de que la alcaldesa llega a su próxima cita. —Se frota una ceja con la goma del lápiz, al tiempo que mira de reojo a Myles—. Entonces ¿solo sois compañeros de trabajo o...?

—Lárgate, Kurt —lo interrumpe Myles, que hace un gesto con la mano.

Para espantarlo.

Sin decir nada más, el asistente de la alcaldesa se da media vuelta y se aleja para marcharse con su jefa.

—Eso ha sido muy grosero.

Además, esa muestra de posesividad no me ha gustado.

Ni un pelo.

¿O sí...?

—Si todavía te sorprende mi brusquedad, es cosa tuya, cariño —dice con los ojos entrecerrados, mientras mira a la alcaldesa, a su asistente y al equipo de grabación, que están subiendo a sus respectivos vehículos—.

Tengo que ir a Worcester para interrogar a Judd Forrester. —Al mirarme se da cuenta de que no sé de quién me está hablando—. El padre de la chica que agredió a Oscar Stanley.

—Ah, ya. —Supongo que vamos a pasar por alto que hemos estado a punto de liarnos en el suelo hace unos minutos. En el suelo. ¡La carta! Recuerdo de repente el increíble descubrimiento que hicimos antes de casi besarnos—. ¿Crees que esa carta amenazadora es de Judd Forrester? ¿Crees que fue él quien se la escribió a Stanley?

—No lo sé. —Myles entra de nuevo en la casa con paso firme, y yo lo sigo para ver que se agacha y recupera el papel del suelo, donde lo dejamos. Tras enderezarse y volverse hacia mí, me recorre el cuello y la boca con los ojos. Aunque se alejan con determinación. Claro que no antes de que mis zonas erógenas griten pidiendo atención. ¡Por Dios! ¿A qué vienen las chispas entre nosotros? ¿Esto es normal?—. Pero teniendo en cuenta que Oscar vivió en esta casa durante casi un año, lo más probable es que supiera lo de la tabla del suelo suelta. O incluso que la soltara él. Por lo tanto...

—¿Stanley fue quien escribió la carta? ¿Para enviársela a alguien?

—Eso es lo que creo.

—Lo que también podría significar que... no dejaron aquí la cámara para grabar a los inquilinos en general, sino para grabarlo a él.

—Sí. Lo vigilaban por un motivo concreto. Se convirtió en un objetivo y por eso lo mataron. —Sus ojos recorren las tres líneas de la amenazadora carta—. Puede que incluso se lo ganara a pulso.

6

Myles

—Yo no he matado a ese hombre. Lo juro por Dios. —Judd Forrester se seca el sudor de la frente—. No por falta de ganas, en serio. Estuve a punto de hacerlo. Pero cuando me fui, todavía respiraba.

Por una vez en la vida, desearía no tener un instinto tan obstinado. La intuición me dice que este hombre no ha matado a Oscar Stanley y, aunque suene fatal, me encantaría que lo hubiera hecho. Porque eso facilitaría la tarea de cerrar este caso y pasar página. Por desgracia, en cuanto Forrester abrió la boca, una vocecilla me susurró desde el fondo de la cabeza que aquí no iba a encontrar nada.

Hace unas dos horas que salí de casa de Taylor para hacer el trayecto hasta Worcester. El jefe de policía de Barnstable, ya que fueron ellos quienes respondieron al aviso y examinaron el escenario del crimen, se muestra muy reacio a darme cualquier información relacionada con el caso. Ningún policía da saltos de alegría cuando un cazarrecompensas, o en este caso un investigador privado, llega a la ciudad y empieza a investigar el mismo crimen sin las ataduras de la burocracia que ellos sufren, pero está claro que todos se ponen las pilas.

El día anterior tuve que prometerle al jefe de policía que compartiría cualquier información que encontrara para conseguir que me diera la noticia de que Forrester había salido bajo fianza. Sin embargo, localizar al hombre era cosa mía. Él se negó a darme la dirección. Gracias a Dios, para eso está internet. Y cuando esas búsquedas no dan resultado, siempre puedo recurrir a mis contactos en Boston. Supongo que no puedo enfadarme mucho porque la policía me mantenga al margen, ya que no pienso compartir la carta amenazadora que Taylor y yo encontramos. La compartiré con ellos en algún momento. Pero, para empezar, no hay nada de malo en retener la nueva prueba si al final resulta relevante.

Intento volver a concentrarme en el hombre que tengo sentado enfrente. Que Forrester saliera bajo fianza tan rápido debería haberme dejado claro que no tenían muchas pruebas de que hubiera matado a Oscar Stanley. Sin embargo, necesito verlo por mí mismo para poder tacharlo con seguridad de la lista de sospechosos. Todavía no estoy preparado para hacerlo. No cuando tenía un motivo y una oportunidad. Sin embargo, la sinceridad que detecto en su voz me provoca ardor de estómago.

Este caso tiene miga de la buena. Lo que significa que no voy a alejarme de Taylor a corto plazo. Y necesito alejarme de ella de verdad. Que sí, que estoy aquí sentado, pero mi mente está con ella. Pensando en su seguridad. Sé muy bien lo que ocurre cuando me involucro emocionalmente en un caso. La última vez que ocurrió, el resultado fue tan inaceptable que entregué mi placa de policía. Me guste o no, Taylor Bassey está involucrada en esta situación. Vamos, que todavía no he podido eliminarla a ella ni a Jude como sospechosos. Va a seguir en la periferia de esta investigación y es una distracción demasiado bonita e interesante que no puedo permitirme.

Además, hace que me sienta de un modo que no me gusta.

No necesito que me sorprenda ni que me desafíe. Quiero seguir siendo un observador imparcial de la vida y ya está. Una persona de paso. Solo de paso. Llevo tres años sin hablar siquiera con mis padres y con mi hermano, porque el apego hacia cualquier cosa o persona después de lo que ocurrió en mi último caso con la policía de Boston...

duele, ¡joder! Odio el peso que me provoca el apego en el pecho. Los vínculos con la gente solo son responsabilidades, y no las quiero. No necesito gente cercana a mí para ver su decepción cuando meta la pata, si llego a meterla. Y en esta línea de trabajo, meter la pata es inevitable, ¿verdad? La gente muere. Desaparece. Que el Señor ayude a quienquiera que se preocupe por una víctima. Así que no necesito distraerme por culpa de una mujer porque corro el riesgo de perder de vista mi trabajo. Que es resolver un asesinato.

Cuando lo resuelva, podré volver a subirme en la moto y largarme de aquí.

Cuanto antes, mejor.

Me ladeo en la silla para acceder al bolsillo, saco la carta que encontramos debajo de la tabla del suelo de Stanley y la coloco en la mesa, delante de mí. Forrester no reacciona. Aunque no parece reconocerla, le pregunto de todos modos.

—¿Reconoces este sobre?

—No.

Saco el papel del interior, lo desdoblo y lo aliso, sin apartar los ojos de él en ningún momento.

—¿Le enviaste esto a Oscar Stanley antes de asesinarlo?

—¡No! ¡Por Dios! Te he dicho cien veces que no he matado a ese cerdo.

Vuelvo a guardarme la carta en el bolsillo.

—¿Tienes algún arma de fuego?

Titubea. Se humedece los labios y mira a su alrededor.

Eso es un sí, pero se resiste a compartirlo.

La policía le habrá hecho esta pregunta, ¿no?

¿Por qué me da la impresión de que es la primera vez que la oye?

—A ver, carezco de la autoridad para multarte por no tener permiso. Dime cuántas tienes y ya. —Preparo el bolígrafo para escribir—. Y qué modelos.

Ya tengo la información de sus armas registradas, pero a lo mejor tiene más que lo cambia todo. De forma drástica. Siempre hay algo extra escondido en alguna parte.

Se frota los ojos mientras suspira.

—Dos rifles de caza y una Glock para protección personal. Nada del otro mundo.

No me mira a los ojos.

—¿Y cuál es la que no tiene licencia?

Una gota de sudor le baja por un lado de la cara.

—La Glock —susurra.

—¿Te importa que le eche un vistazo?

—Se la he prestado a un amigo —responde. ¿Demasiado rápido?

Forrester se comporta de forma sospechosa, pero hay algo que en mi opinión no lo sitúa en el escenario del crimen. Aunque no tiene coartada porque afirma haber estado solo en casa, dispararle a un hombre en mitad de la frente requiere de una frialdad y de una precisión que no me cuadra con el temperamento de este hombre. En las paredes hay montones de fotos enmarcadas con sus trofeos de caza, y en todas ellas está rodeado de amigos, con la cornamenta en una mano y una lata de cerveza en la otra. Cuando le dio la paliza a Oscar Stanley, también tuvo público. Su hija y su grupo de amigas.

Forrester no se conformaría con un asesinato silencioso y solitario. A mi modo de ver, no encaja, aunque todavía no pueda tachar su nombre de la lista.

Repasamos su historia una vez más, y me concentro en detectar esos sutiles cambios que pueden desenmarañar un caso, pero él se mantiene firme en los detalles y se impacienta por mi presencia en su cocina. Ya es tarde cuando regreso a mi moto y pongo rumbo al motel donde me alojo en el Cabo. Mientras la noche convierte la autopista en un mar de faros, intento sin mucho éxito no pensar en cierta morena de ojos verdes. No es una hazaña sencilla porque sus bragas rojas me están quemando el bolsillo.

Al cabo de un rato, entro en la habitación que he alquilado y las saco, dejándolas sobre la mesita de noche. Aliso la parte transparente de la zona de las caderas. Solo dejarán a la vista una pizca de piel.

¿Significa eso que es una provocadora en la cama?

Sí.

Sí, estoy seguro de que me pondría a mil por hora antes de permitirme que se las quitara. Que se la metiera hasta el fondo.

¿Se puede saber qué estoy haciendo con sus bragas?

Estos impulsos que Taylor ha despertado en mi interior en tan poco tiempo... no son habituales en mí ni mucho menos. No soy celoso, pero no me ha gustado ni un pelo que el imbécil del asistente de la alcaldesa le sonriera. Y aunque jamás he sido posesivo, cuando la he tenido debajo de mí... he sentido que quería que la dominara. Le ha gustado que le rodeara el cuello con la mano. Le ha gustado que la inmovilizara. ¿Y la actitud que ha demostrado pidiéndome que la tranquilizara después de todo eso? No tengo experiencia en tranquilizar a las mujeres. La simple idea habría sido ridícula esta misma mañana. De todas formas, he sabido exactamente qué hacer. Por Taylor. Como si pudiéramos comunicarnos sin decir una sola palabra.

A diferencia del desastre de lo que sucedió con mi exmujer, con la que no era capaz de comunicarme ni con palabras reales. ¡Por Dios! No, la intuición que he creído desarrollar con Taylor debe de ser fruto de mi imaginación.

Estar conmigo no la beneficiaría en absoluto. Estaría con ella por el sexo. Y Taylor es de las mujeres que se involucran emocionalmente en todo. Llora por los pandas y esas cosas. ¡Por Dios! Pensar en verla con unas bragas de encaje rojo es lo último que debería hacer, porque no solo estoy fantaseando. No solo estoy pensando en lo bien que lo pasaríamos.

Estoy pensando en ella...

Sonriéndome.

Diciéndome lo bien que se lo pasa conmigo.

Estoy pensando en sus dedos metidos entre mi pelo y acariciándome la espalda.

Estoy pensando en... su expresión confiada.

—Ni hablar. No, no y no. —Quito las bragas de la mesita de noche y me las guardo de nuevo en el bolsillo—. Voy a devolverlas. Las vas a devolver —me ordeno.

¿Para que se las ponga cuando esté con otro?

De repente, siento que la tensión está a punto de romperme la mandíbula.

Por eso estoy tan distraído cuando suena el móvil que ni siquiera miro la pantalla para ver quién es. Me limito a pulsar el botón verde y a mascullar:

—Soy Sumner. ¿Qué quieres?

—Hola, Myles Sumner —la voz y la respiración de Taylor en mi oído me retuercen las entrañas—. ¿Un cazarrecompensas no debería tener un apodo intimidatorio? ¿Como Perro del Infierno o Lobo Solitario?

—Solo si es un idiota exagerado. —Oír su voz en mitad del tira y afloja mental que me ha provocado me hace saltar. Pero no estoy irritado con ella. Lo estoy conmigo mismo, por el alivio que me inunda al oír su voz—. ¿Por qué me llamas, renacuaja? Estoy ocupado.

—¡Ah! —Se produce un largo silencio. Oigo el mar de fondo. Las olas. Más fuertes de lo que suenan desde su casa de alquiler. ¿Está en la playa? No lo sé, pero cuanto más se alarga el silencio, más culpable me siento por haber sido tan brusco con ella. Si ese sentimiento de culpa no es una señal de alarma de que esta mujer tiene la capacidad de hacerme sentir lo que no quiero sentir, que baje Dios y lo vea—. En fin, no quiero interrumpir lo que sea que estés haciendo...

«Estoy pensando en ti con las bragas rojas puestas».

«Estoy pensando en ti mientras gimes y me dices que la tengo del tamaño perfecto para metértela».

—Estoy trabajando en un caso, Taylor.

—Muy bien. —Suspira, y siento otra punzada de culpabilidad en el estómago—. Entonces, ¿guardo yo sola el arma del crimen y la llevo a la policía?

Mi cerebro da un chasquido como el de una goma elástica.

—¿Qué has dicho?

—Perdona que te moleste.

—¡Taylor!

—¿Mmm?

—¿Dónde estás?

—En la playa, a unos cuatrocientos metros de la casa donde me alojo. —El viento arrastra un poco sus palabras, y no me gusta. No me gusta que esté en una playa y cerca de un arma cuando sopla el viento, sobre todo después de que se haya puesto el sol. No sin que yo esté allí—. Jude ha conocido hoy a unos surfistas y nos han invitado a comer hamburguesas. Tienen una vista muy buena del océano y estaba precioso, así que he salido para seguir bebiendo aquí. Iba a mojarme los pies, pero empecé a caminar y vi algo brillante entre la maleza. Antes de que me preguntes, no lo he tocado.

Ya estoy a medio camino de la puerta de la habitación del motel, con las llaves en la mano.

—¿Sabes cómo se llama la calle en la que estás?

—No. Hemos venido a la playa andando, no en coche.

¿Por qué siento de repente un sudor pegajoso sobre la piel, por debajo de la camiseta?

—Llama a tu hermano y dile que salga a esperar contigo hasta que yo llegue, Taylor.

—¡Ah, no! —Su tono sugiere que es una idea ridícula—. No quiero interrumpirlo mientras se lo pasa bien. Por fin empieza a relajarse. Myles, perder a Bartholomew ha sido muy duro para él. Esto solo conseguiría estresarlo de nuevo.

—¡Aaah! No quiera Dios que nos estresemos. —Cambio al Bluetooth mientras corro por el aparcamiento—. No ha habido ningún asesinato ni nada.

La oigo resoplar.

—Que sepas que el sarcasmo hace que me encierre en mí misma. Cuando éramos pequeños, vivíamos cerca de un chico muy desagradable que me acosaba llamándome «jirafa» delante de todo el barrio. Se metía conmigo siempre. No podía pasar por delante sin que me dijera que hiciese un mate en su canasta de baloncesto. A día de hoy, no puedo ni ver un partido, algo que es muy injusto. Es un deporte estupendo.

Aprieto los dientes.

No sé si para no gruñir o si para no reírme. A estas alturas, ya no sé ni cómo me llamo.

Salgo del aparcamiento del motel a ochenta kilómetros por hora y derrapo en la carretera antes de poner rumbo a Coriander Lane.

—¿Caminasteis hacia el este o hacia el oeste por la playa?

—¿Te crees que soy una brújula o qué? —Me la imagino haciendo un mohín con la nariz, y eso hace que acelere—. Bajamos a la playa por la escalera que hay al final de nuestra calle. Y giramos a la derecha. ¿Te sirve eso?

—Envíame tu ubicación.

—¡Ah! Pues sí. Ahora mismo. —Siento la vibración del móvil en el bolsillo al cabo de un momento y me detengo el tiempo suficiente para trazar una ruta hacia la calle más cercana al lugar donde está ella—. ¿Tienes todo lo necesario para recoger una prueba de forma segura?

«Ni se te ocurra sonreír. Vas cuesta abajo y sin frenos».

—Sí, Taylor —contesto con un suspiro.

—Genial. Pues hasta dentro de un rato.

—¡Ah, no! —Aprieto con fuerza el manillar—. No te atrevas a colgar.

—¿Por qué?

—Porque estás sola en la oscuridad y puede haber un asesino en la zona.

—¿Estás preocupado por mí, Myles? Pues verás, además de estar aquí sola e indefensa, resulta que mi alijo de bragas de emergencia se ha visto reducido misteriosamente. Me preocupa que estemos tratando con dos criminales. Un asesino y un ladrón de bragas. Esto debe de ser una especie de récord en el cabo Cod.

—Eres muy graciosa, renacuaja. —Encaje rojo. Mi pulgar presionando a través de la tela, justo en el lugar adecuado, frotando hasta que se moja. ¡Por Dios!—. ¿Acabas de encontrar la posible arma del crimen y quieres hablar de ropa interior?

—Me resulta curioso que tú seas claramente un ladrón y yo, sin embargo, una sospechosa de asesinato.

—No sospecho de ti. Es que no ha habido motivos para eliminarte todavía. Y si quieres que nos pongamos técnicos, encontrar de milagro el arma del crimen no exonera exactamente a una persona.

—Ojalá no te hubiera llamado.

Esa afirmación no debería hacerme sentir como si me hubiera tragado una vela encendida, ¿verdad?

—Muy bien, jirafa —replico para defenderme contra la quemadura—. Pero no cuelgues.

La oigo jadear.

El sonido del mar se corta al instante.

—Genial. —La culpa ha vuelto. Más pesada que nunca—. Ha colgado.

Acelero mientras mascullo un taco y con los nervios de punta.

7
Taylor

Ni siquiera miro a Myles cuando llega.

Con la mirada fija en el océano, hago un gesto con la barbilla en dirección a la duna en la que he visto antes el arma, sin decir una sola palabra. En cuanto oigo el crujido de la bolsa de plástico donde se guardan las pruebas y estoy segura de que ya tiene el arma, echo a andar en dirección a Coriander Lane y a la casa de alquiler. Ya le he enviado un mensaje a Jude para informarle de que me voy a casa, aunque seguramente no lo vea hasta dentro de una hora. Cuando se enzarza en una conversación, tal como ha sucedido en la improvisada reunión de esta noche, se queda absorto y se olvida de mirar el teléfono. Esa es otra de las cosas que me gustan de él. Esa capacidad para prestarle toda su atención a alguien y para hacerlo sentir como si fuera el único ser humano que queda en el planeta Tierra.

Y ahora que pienso en pocos seres humanos en el planeta, si solo quedáramos Myles y yo, ese sería el triste final de la raza humana.

Además de su reticencia a eliminarme de la lista de sospechosos, su ingratitud no tiene nombre. La única razón por la que no he llamado a la policía de Barnstable es por el rechazo que demuestran para investigar a otra persona que no sea Judd Forrester. Pero la próxima vez que descubra un arma, los avisaré directamente. En mi mente, ya he borrado el número de Myles Sumner de mi teléfono. ¡Zas! ¿Qué cazarrecompensas?

No me puedo creer que me haya llamado «jirafa».

—Taylor —oigo que dice a mi espalda. Con esa voz tan grave y sensual—, ¿de verdad vas a pasar de mí?

No respondo.

«¡Chúpate esa, amigo!».

—Cuando estoy preocupado por algo, suelo hacer el tonto —me asegura, y frunzo el ceño—. Tienes razón, estaba preocupado por ti. ¿Puedes ir más despacio?

Lo que hago, en todo caso, es apretar el paso, alarmada.

No reconozco la sensación que estoy experimentando, como si..., como si todo se cayera dentro de mí. Empieza en el pecho y baja hacia el estómago, arrastrando cosas a su paso. Cosas que no esperaba que Myles tocase. Nadie me ha afectado nunca de esta manera, y no me gusta nada que este hombre (que además acaba de burlarse de mi trauma infantil con tanto desprecio) tenga ese poder sobre mí.

—Por si no te has dado cuenta, no soy precisamente un hombre sensible. Esa es una de las razones por las que me he divorciado.

¡Vaya por Dios! Ahora tengo curiosidad.

Está divorciado. Ese detallito es como un cordón de zapato desatado. La necesidad de hacer un lazo es arrolladora. Es inútil fingir que no me muero por saber más sobre este hombre hosco y antipático, ¿verdad? Unas cuantas preguntas no harán daño, siempre y cuando las haga como si tal cosa, ¿o no?

Aminoro un poco el paso.

—A ver, dime. —Cruzo los brazos con fuerza por delante de las tetas para compensar mi concesión—. ¿Cuáles son las otras razones por las que te has divorciado?

Lo oigo refunfuñar a mi espalda. El silencio se alarga.

—Antes de empezar de cazarrecompensas, era detective de la policía de Boston. Como mi padre y mi hermano. Es tradición familiar. —Carraspea—.

Mi hermano y yo... estábamos barajando la posibilidad de salir del cuerpo antes de la jubilación y crear una agencia de investigación privada. Lo estaba preparando todo para presentar la documentación en Recursos Humanos, pero antes quería dejar atado el caso de Christopher Bunton. Un secuestro. Yo... En fin, no sé. El niño al que se habían llevado me recordaba a un amigo de la infancia. A Bobby, mi mejor amigo. Tenía una enfermedad y no la superó.

Aminoro mucho el paso y dejo caer los brazos a ambos lados del cuerpo.

—Paul, el que me contrató para hacer este trabajo, también conocía a Bobby. Éramos un trío de grandes amigos, y seguramente por eso me sentí, no sé, responsable. Me refiero a cuando me llamó para pedirme ayuda con el asesinato de Oscar Stanley.

—¡Ah! —Suelto el aire que he contenido, pero eso no me ayuda a aliviar la creciente tensión que se ha instalado en mi pecho—. Ni lo había pensado. No se me había ocurrido que fueras tan amigo del novio de Lisa.

—No pasa nada. De todos modos, el niño al que secuestraron era igual que Bobby. Me involucré demasiado. Dejé de ir a casa. El caso... me absorbió hasta obsesionarme, y eso es el beso de la muerte para un policía. Cuando dejas de ser objetivo y permites que tus emociones empiecen a tomar decisiones por ti..., la cagas. Así fue como me cargué el caso y mi matrimonio. —Se ríe, pero es un sonido amargo—. Un día, volví a casa y me la encontré vacía, tal como sospechaba que iba a suceder. Recibí los documentos del divorcio un mes después más o menos. Me había mantenido tan apartado que ni siquiera recordaba la última vez que hablé con mi mujer.

Hay muchos huecos en blanco que rellenar en la historia, pero su cortante final me dice que ha dicho todo lo que está dispuesto a decir.

—No te veo proponiéndole matrimonio a alguien.

—¿Por qué no?

—No sé. Porque es un momento vulnerable. Ahí plantado mientras esperas una respuesta.

—Tienes razón. No me gusta ponerme en esa posición. Ni tampoco me gustan las relaciones. —El silencio se alarga de nuevo. Tanto que vuelvo la cabeza y miro por encima del hombro para ver si todavía me sigue. Y sí que está. Esos ojos penetrantes me observan en la oscuridad—. Por eso he venido, Taylor. Para trabajar en el caso, no para perseguirte por la playa mientras finges estar enfadada.

Atrapada entre la indignación y la vergüenza, me doy media vuelta de repente.

—¿¡Mientras finjo estar enfadada!?

Myles sigue avanzando hasta que nuestros cuerpos se chocan y nos quedamos pegados el uno al otro, con las bocas separadas por un suspiro.

—Exacto. Te he calado. Lo que intentas es que me fije en ese culito tan sexi que tienes mientras te contoneas delante de mí.

De repente, lo veo todo rojo.

—Vamos, que tengo ganas de marcha, eso es lo que estás diciendo, ¿no?

—No te pondría la mano encima sin permiso, Taylor. ¿Tienes ganas de marcha? —Menea la cabeza—. No, eso no es lo que iba a decirte. Córtate un poco, anda.

—Mi intención no es esa —murmuro, intentando con todas mis fuerzas no excitarme por la sorpresa que me provoca. Por su forma de contenerse, aunque noto perfectamente su erección contra mí—. No me estaba contoneando.

—¿De verdad? —me pregunta—. ¿De quién son los dedos que me están desabrochando los vaqueros?

Pues los míos, sí.

Que están intentando sacar el botón metálico de su ojal.

Retiro las manos como si hubiera tocado una estufa caliente. Una comparación acertada, teniendo en cuenta el calor que irradia ese abdomen tan duro. Su boca. Sus ojos. Todo él. Nunca había experimentado nada semejante. Irritación y deseo al mismo tiempo. Es un hormigueo que me recorre todo el cuerpo. Que me consume... y que no viene a cuento, la verdad.

—¿Insinúas que te estoy enviando señales contradictorias? Porque estás aquí plantado diciéndome que deje de ofrecerte... placer físico...

—Sexo, Taylor. Se llama «sexo».

—Y, sin embargo, me has robado las bragas de encaje y esta mañana estuviste a punto de besarme. ¿Quién es el que envía mensajes contradictorios? —Aprieta tanto los dientes que casi los oigo rechinar, pero no dice nada—. Acostarme contigo sería un desastre. Tienes la disponibilidad emocional de un plátano.

—Exacto. «Disponibilidad emocional». —Su expresión se transforma en una mueca ufana—. ¿Lo ves? Te mientes a ti misma diciendo que quieres echar un polvo guarrillo y sudoroso. Pero eres carne de relación seria. En el fondo, te mueres por organizar una boda en primavera y lo sabes.

Mi jadeo resuena en la playa.

Le doy un empujón en el pecho, pero soy yo quien acaba trastabillando hacia atrás, porque él tiene la constitución de un tráiler, de manera que al final me tiene que sujetar de un codo.

—Retira lo de la boda.

—¿El resto es cierto?

—Nunca he mentido sobre mi deseo de querer sentar cabeza. No hay que avergonzarse de querer un marido y una familia con los que ir a Disneylandia con camisetas a juego. Si recuerdas bien, también dije que quería polvos guarrillos y sudorosos. No deberían ser cosas mutuamente excluyentes.

¡Por Dios! ¡Este hombre parece que esté masticando plástico ardiendo!

—Quizá no sean mutuamente excluyentes. Pero no hay nada en ti que insinúe siquiera que deseas que un hombre te dé órdenes en la cama. Ni de lejos.

Me acaba de dejar con la mosca detrás de la oreja. Odio darle la satisfacción de querer saber más, pero mi instinto me dice que se está guardando algo. Algo que tal vez no me convenga saber, pero que a lo mejor es información valiosa.

—¿Qué significa eso?

—Significa que me has sorprendido y que soy un detective curtido. No das la sensación de... ¿De ser una gata salvaje? —Empieza a moverse a mi alrededor, muy despacio—. Nada más verte, lo primero que pensé fue que eras muy guapa. Desde entonces he modificado esa opinión. La he mejorado muchísimo. Pero los hombres a los que quieres dar caza...

—Dar caza —repito con un resoplido.

—Si están interesados en el matrimonio, son la mitad de inteligentes que yo. En el mejor de los casos. Esperas demasiado de ellos. Porque cuando te miran, solo ven a la chica agradable y educada de la puerta de al lado, como yo.

—Lo que me estás diciendo es que necesito proyectar una energía diferente si quiero encontrar a un hombre que sea un caballero en el día a día, pero que en la cama me domine. ¿Es eso?

Tras completar el círculo, se detiene delante de mí, y lo veo abrir y cerrar la boca como si la conversación lo desconcertara.

—Lo que digo es que estás hecha para casarte. Que eres una chica que exige respeto...

—En vez de la falta de respeto que yo busco, ¿verdad? —Medio aturdida, me doy media vuelta y sigo andando por la playa como si flotara, analizando la conversación desde todos los ángulos. ¿Tiene razón Myles? ¿Espero demasiado de los hombres que están ahí fuera? ¿Cómo van a saber que tengo un apetito sexual diferente si para quedar con ellos me visto con jersey y rebeca a juego, y zapatos planos de color beige?—. Nunca he conseguido lo que quiero en la cama, no solo porque no lo pido, sino porque los hombres con los que salgo... se resignan a comportarse como suponen que lo desea una mujer previsible que busca casarse.

—No hay nada malo en ser previsible. ¡Deberías serlo!

—¡Oh! —Me llevo una mano al pecho, sobresaltada—. ¿Sigues aquí? En sus ojos aparece un brillo peligroso.

—Sí —masculla—. Sigo aquí.

—¿No deberías ir a examinar la posible arma del crimen? Supongo que se la entregarás a la policía de Barnstable una vez que lo hagas.

—No hemos terminado la conversación.

—Yo creo que sí. Me has dado mucho que pensar.

—Has malinterpretado mis palabras —dice al tiempo que agita uno de los índices en el aire. Sus dedos son largos y romos—. Lo que te he dicho y lo que tú has interpretado se parecen como un huevo a una castaña.

Dejo de andar y me pongo delante de él, haciendo todo lo posible para no fijarme en ese pelo largo que se agita con el viento, haciendo que parezca un *highlander* escocés de vuelta de una batalla o algo así.

—¿En qué sentido lo he malinterpretado? Me estás diciendo que transmito una imagen demasiado inocente para atraer a hombres que... quieran ser agresivos conmigo.

—Taylor... —Se pellizca el puente de la nariz, y veo que le late una vena en una sien—. «Agresivo» no es la palabra correcta, ¡joder! Mataría a cualquiera que fuese agresivo contigo. —Añade algo más en voz baja que no alcanzo a oír, pero creo entender algo parecido a «¡Lo mataría de todas formas!» o «¡Madre mía cuántas focas!». No estoy segura.

—Me he equivocado al salir con hombres. Doy la imagen de esposa cariñosa y no la de gata salvaje. Porque lo oculto todo bajo la superficie. Tal como tú has dicho, los hombres necesitan que se les expliquen las cosas con un rotulador rojo de punta gruesa, y yo he usado un lápiz de mina fina. Y lo que acabo dibujando es de lo más aburrido, claro. —En mi mente, ya estoy haciendo ajustes en mi perfil de citas. Porque se me ha ocurrido una cosa. Le sonrío al cazarrecompensas con desaprobación para agradecerle su aportación—. Olvida las bragas de ligar, necesito un conjunto completo.

Mientras yo me alejo, Myles sigue mirando el lugar donde yo estaba con las manos un poco levantadas como si intentara razonar con un fantasma. ¿Por qué tiene la cara tan roja?

Estoy a medio camino de la escalera de acceso a la calle donde está la casa de alquiler cuando Myles me alcanza.

—No estoy seguro de que me guste lo que he provocado —mascula al tiempo que se pone a mi lado, aunque sus piernas son tan largas que tiene que subir dos peldaños a la vez—. Por eso suelo mantener la boca cerrada.

—¿Ah, sí? —Me muerdo el labio para no reírme—. No me había fijado en ese rasgo de tu carácter.

—La culpa es tuya —protesta, mirándome—. Robas libros de huéspedes. Encuentras pruebas. Me obligas a venir a verte.

—¡Ay, madre! ¡Siento haberte complicado tanto las cosas!

—Sí, bueno, es una complicación porque siempre estás tan guapa que me cuesta trabajo mantener las manos quietecitas. —Una vez que llegamos a la acera de en frente de mi casa, me detiene. Claro que, de todas formas, no creo que hubiera podido seguir andando, porque sus palabras me han transformado las piernas en gelatina—. Olvida lo que he dicho en la playa. No cambies. Ni a la hora de vestirte ni en tu forma de ser. En algún momento, aparecerá un hombre que no sea un imbécil y...

—¿Captará mi energía de gatita salvaje?

Myles traga saliva. Y lo oigo.

Me desliza esas enormes manos por las caderas y se me corta la respiración. Noto que se me endurecen los pezones. Es una pérdida de tiempo fingir que no me atrae. Llevo cinco minutos tratando de pasar por alto ese hecho, distrayéndome con nuevas combinaciones de colores en mi perfil de citas, y ahora, cuando lo miro a los ojos, sé por qué necesitaba distraerme. Me duele estar alejada de él. No sé por qué. No sé cómo es posible cuando lo conocí ayer mismo. Pero nada más verlo, sentí algo que nunca he experimentado con otro hombre. Como si hubiera un diminuto pero poderoso imán en mi interior y Myles sostuviera su polo opuesto.

—Tú sí percibes mi energía de gatita salvaje, ¿verdad, Myles?

—Sí —murmura con brusquedad al tiempo que se acerca para enterrarme la nariz en el pelo. Inhala—. ¡Dios, sí, Taylor! Ya lo sabes. Pero no puedo...

—No espero nada más de ti.

Levanta la cabeza al instante y busca mis ojos con recelo.

—¿Qué quieres decir?

—Quiero decir...

¿Qué quiero decir?

De repente, lo veo todo claro mientras miro la cara de este hombre. Este hombre que era un desconocido esta misma mañana, pero que ahora, por un descabellado giro del destino y una valentía transitoria, es la única persona del mundo que conoce mi secreto. Puede que sea brusco, antipático y un tanto peligroso, pero siento que mi secreto está a salvo con él. Habla de mi situación en términos muy prácticos, sin juzgarme. Además, me siento muy atraída por él, estoy de vacaciones y es muy probable que no vuelva a verlo cuando me vaya de aquí.

¿Quiero volver a mi aburrida lista de posibles citas adecuadas y conformarme?

¿O quiero volver a casa, a Connecticut, y exigir más con la confianza que solo puedo obtener mediante la experiencia?

Tras hacer caso omiso de la desagradable punzada que siento en el pecho solo con pensar en no volver a ver más a Myles, me agarro a la pechera de su camiseta y me deleito al oír el gruñido que resuena en su pecho.

—Ayúdame a descubrir lo que quiero de verdad. Y a pedirlo.

Me acerca a él dándome un tirón de la falda y nuestros cuerpos acaban pegados. Ambos nos mordemos los labios y soltamos el aire con dificultad por el contacto. La prueba inequívoca de que me desea.

—Eres el tipo de mujer que trae ataduras, Taylor.

—Es po-posible. —Me obligo a decir la siguiente parte. A ser sincera. Pase lo que pase, debo recordar que este hombre no es para mí. No es para nadie. Lo ha dejado claro y no cometeré el error de pensar que puedo hacerlo cambiar de opinión—. Puede que traiga ataduras, pero no las usaré contigo.

Lo veo fruncir el ceño.

Después, abre la boca para hablar y la cierra.

Y, de repente, su mirada me abrasa justo cuando un dique se rompe en su interior, me levanta del suelo para apoyarme en uno de sus hombros y me lleva a casa.

8
Myles

¿Qué estoy haciendo?

Algo malo. Algo muy imprudente.

«Bájala. No es para ti».

Díselo a mi puto estómago. O a mi pecho. Ambos se cerraron a cal y canto nada más verla de pie en la playa. Primero por el alivio de verla a salvo. Y después por una profundísima satisfacción que ni siquiera he empezado a analizar. Solo sé que me gustó que me esperara. Me gustó que llegáramos al mismo destino y que respiráramos el mismo aire. Ni siquiera cuando está enfadada conmigo, que ha sido lo habitual desde que nos conocimos, se me ocurre alejarme de ella. O largarme. Lo natural es quedarme a su lado. O seguir el contoneo de ese culo, que es como el canto de una sirena, hasta llegar a casa. ¡Por Dios! ¿Qué me ha pasado?

Es una mujer para casarse con ella.

La futura esposa de alguien.

Esa debería ser razón más que suficiente para regresar a la habitación del motel y beber *whisky* hasta que este intenso olor a manzana que llevo en las venas se diluya por completo. En cambio, pensar en que se convertirá en la futura esposa de alguien es la razón por la que abro de una patada la puerta mosquitera trasera, todo empalmado. Estoy celoso. ¡Dios! No me extraña que la gente haga estupideces cuando se siente así. Es como su tuviera las tripas obstruidas y no me funcionaran. Estoy sudando y tengo todos los músculos tensos. Lo único que quiero es impedir que esté con otro.

Al parecer, los celos van de la mano del egoísmo.

Eso me hace reflexionar.

El egoísmo. Ese es un pecado con el que estoy familiarizado.

No quiero ser así con Taylor.

No puedo. Me... gusta. Me gusta su sentido del humor y su forma de pasar en un instante de una emoción extrema a otra, como si sintiera demasiado de todo. Es un montón de salpicaduras de colores intensos en el lienzo gris que he estado mirando mientras vivía mi vida medio despierto. Es traviesa y ni siquiera me permite ser brusco con ella. ¿Por qué no lo odio? ¿No debería?

En resumen, esto es un lío. La atracción entre nosotros es un puto lío que lo complica todo, y sería un irresponsable, un cabrón, si cedo. Yo soy el experimentado. Cuando dice que sus ataduras no van a afectarme, no debería creerla; ni tampoco debería desear matar a sangre fría al hombre que se las gane. Sin embargo, sé que si ese hijo de puta sin nombre y sin rostro se presentara delante de mí ahora mismo, no tardarían mucho en encerrarme para cumplir cadena perpetua.

No.

«Echa el freno». Solo estoy viviendo el momento, ¿verdad?

Voy a tocarla. Pero estoy demasiado cachondo como para intercambiar orgasmos.

Nunca había experimentado nada parecido, así que seguramente esté exagerando mis emociones. En cuanto zanjemos la tensión sexual, volveré a tener la cabeza en su sitio.

Solo tengo que asegurarme de que ella está en el mismo punto que yo, para no arrastrarla.

—Taylor —digo mientras me la aparto del hombro. El movimiento me hace sentir el roce de sus tetas, que acaban aplastadas contra mis pectorales. ¡Joder! Me detengo en cuanto sus ojos quedan a la altura de los míos, lo que significa que sus pies están a más de treinta centímetros del suelo y me esfuerzo por no pensar en el deseo de protegerla que eso me provoca. La estrecho con más fuerza. Con demasiada fuerza—, oye, esto es algo físico. Nada más. ¿Lo tienes claro?

—Sí —responde al tiempo que asiente con la cabeza mientras esos brillantes ojos verdes se clavan en mi boca—. Te lo prometo. Eres una herramienta de autodescubrimiento para mí. Nada más.

—Bien. —¿Por qué de repente me siento como si fuera de piedra?—. De acuerdo.

Siento algo raro en la garganta. A lo mejor es que solo necesito que se explique.

—Cuando dices herramienta...

—¿Me quito la ropa? —Me mira con expresión seria—. ¿O lo haces tú?

Estupendo. ¡A la mierda! Soy una herramienta de autodescubrimiento. Punto.

—Yo. Yo te desnudo.

Ni siquiera sé adónde vamos. Solo que, de repente, atravieso el salón hacia la parte trasera de la casa para alejarla de la multitud de ventanas que dan a la calle. Entramos en uno de los dormitorios, uno que parece estar desocupado, y cierro la puerta de una patada tras lo cual dejo a Taylor de pie en el suelo.

Me sudan las palmas de las manos mientras la miro, consciente de nuestra diferencia de altura y de su expresión confiada. De que tiene los pezones duros; el pelo, alborotado; y las mejillas, sonrojadas. Estoy a un segundo de hacerla retroceder hasta la cama, levantarle la falda y colocarme entre sus piernas. Pero esto no es un polvo rápido, ¿verdad? Me ha pedido otra cosa.

—Ayúdame a descubrir lo que quiero de verdad. Y a pedirlo.

Esto tiene un propósito. Si lo olvido...

Es la prueba fehaciente de que Taylor me está afectando.

«No lo está haciendo», me digo para tranquilizarme, mientras saco mi arma. Tras ponerle el seguro, la coloco sobre la cómoda.

—Una cosa, Taylor —digo con la voz tan áspera como el papel de lija—. No sabrás lo que te gusta hasta que lo hayas probado. Puede que ni siquiera te guste...

Sus pestañas ocultan por un instante su mirada, como si fuera tímida. ¡A la mierda, pero acaba de ponerme más cachondo todavía!

—¿El sexo duro? —acaba por mí.

Se me seca la boca.

—Sí. La brusquedad. —Doy un paso hacia ella, y se me acelera el pulso de repente—. Te lo demostraré. Si me paso de la raya, me lo dices de inmediato.

—¿Vamos a... pactar una palabra segura?

—No la necesitamos. Solo tienes que decirme que pare. —El impulso de consolarla gana antes de que tenga la oportunidad siquiera de enfrentarme a ella. La acerco a mí dándole un tirón del top y no paro hasta besarla en la frente—. Sé lo que significa parar, cariño.

Ella asiente con la cabeza. Confía en mí.

El corazón se me acelera más.

Se está volviendo demasiado personal. Esto no es lo que me ha pedido y, de todos modos, no tengo nada que darle. Le bajo con mucha más fuerza de la que pretendía la cremallera de la falda y se la deslizo por las caderas. Antes de que la suave tela vaquera le caiga en torno a los tobillos, la agarro sin miramientos por el culo y la pongo de puntillas. El jadeo que suelta contra mi garganta me quema vivo. Estoy a un paso de aplastarla contra el colchón y de follármela como un poseso para acabar con esta tensión, pero de alguna manera consigo contenerme aunque la tengo como una piedra.

—¿Sigues pensando que quieres que te pongan en tu sitio y te digan quién manda?

A mitad de mi pregunta, ya está asintiendo con entusiasmo.

Con dulzura.

¿Dulzura? No reconocería lo que es ni aunque me mordiera en el culo.

Aprieto los dientes y la hago girar para que quede de frente al espejo de cuerpo entero situado en un rincón del dormitorio. Nuestras miradas se encuentran. Analizo el contraste entre nosotros. Ella con el top de tirantes y las bragas. Guapa. Con los ojos muy abiertos. Y yo a su espalda. Un cabrón cínico con barba de tres días que casi la dobla en tamaño. Pero esto es lo que me ha pedido. ¿No es así? Sigue de puntillas, con este culo tan sexi pegado a mi erección, contra la que se está frotando y por un motivo. Lleva un tiempo hambrienta y no le han dado de comer lo que quería. ¿Cómo es posible que eso me alivie y, al mismo tiempo, me parezca inaceptable?

Agarro el bajo de su top de tirantes y me detengo unos segundos para rozarle el abdomen con el pulgar, porque, ¡joder!, es muy suave. Deja el culo quieto de repente y parpadea varias veces. Le gusta. Por mucho que quiera un polvo brusco y guarrillo, también le gusta que la toquen con suavidad, y sabiendo que no debería hacerlo, me guardo esa información para más tarde. ¿Para más tarde? Sí. No puedo evitarlo. No puedo evitar fijarme en cómo se le acelera el pulso en la parte inferior del cuello cuando le quito el top pasándoselo por la cabeza, de manera que se queda solo con las bragas de color crema y un...

—¿Qué es esto? —le pregunto mientras acaricio con el dedo índice el delgado tirante y me asomo por encima de sus hombros para mirar estas tetas tan redondas y preciosas cubiertas por el encaje. Veo cómo suben si tiro del tirante. ¡Joder! Estoy a punto de soltar un gruñido—. No es un sujetador, pero tampoco es apto para que te vean con él en público.

—¡Ah! Mmm... Sí. —murmura, subiendo y bajando el pecho—. Es un *bralette*.

No había oído esa palabra en la vida.

—Es elegante.

Sus ojos se clavan en los míos a través del espejo.

—No quiero ser elegante.

—En ese caso, supongo que será mejor que nos lo quitemos.

Observo cómo clava los dedos de los pies en la alfombra. Está nerviosa, pero excitada.

—De acuerdo.

En vez de subirle la delicada prenda de encaje por la cabeza, la sorprendo bajándole los tirantes por los brazos, tras lo cual sigo descendiendo despacio hasta dejar atrás el abdomen y las caderas. Llegado a ese punto me detengo y acerco la boca a su oreja.

—Bájalo hasta los tobillos.

Contiene la respiración.

Sabe que se avecina algo y tiene razón.

Sin embargo, no estoy jugando según un plan trazado de antemano. Actúo en función de las reacciones de esta mujer. De sus movimientos, de su respiración o de sus jadeos. Es como si hubiera sintonizado directamente con su canal y algo desconocido en mi interior supiera lo rápido o lo lento que debo moverme y cuándo está preparada para dar un paso más. La visión de su cuerpo bronceado en el espejo, con las marcas blancas del biquini, me tiene demasiado hipnotizado como para preocuparme por el hecho de que todo esto que está pasando es nuevo para mí. Solo me ha pasado con ella.

Taylor se muerde el labio un momento y, al instante, agarra el *bralette* y se lo baja por las caderas de tal forma que se le mueven las tetas desnudas. Las tiene redondas, turgentes y coronadas por unos pezones bien duros. Gimo porque me la está poniendo durísima y desvío la mirada de sus pechos hacia abajo para observarla inclinarse hacia delante vestida tan solo con unas bragas diminutas, mientras se pasa la prenda de encaje por las rodillas, por las pantorrillas y desde allí hasta el suelo.

Sin embargo, no dejo que se enderece.

Le meto los dedos entre el pelo y la mantengo inclinada, al tiempo que tiro de su cabeza hacia atrás. Solo de la cabeza. Aumento la presión, tirándole del pelo, hasta que gime.

—¡Dios! Mírate. —Le agarro la parte posterior de las bragas con la mano libre y empiezo a retorcérselas hasta oírla gritar por la fricción contra su vulva, ya que le ha separado los labios y las nalgas para clavárselo en medio—. ¿Crees que alguien te diría ahora que eres elegante?

Todavía está inmovilizada con el cuerpo encorvado y mira su reflejo con los ojos vidriosos.

—No —susurra—. No.

—No. Yo tampoco. —Me inclino un poco hacia atrás al tiempo que ladeo las bragas retorcidas y gimo al ver lo que dejan a la vista—. Bueno, a ver, hay algo elegante en este culito, pero ahora mismo no lo tengo muy claro. —Me aprieto contra ella para que sienta el doloroso efecto que está provocándome—. Porque eres una mujer a la que le gustan los polvos guarrillos.

Un estremecimiento le sacude el cuerpo, y siento el fuerte impulso de estrecharla contra mi pecho y calentarla. De decirle lo preciosa que es. Aunque no voy a fingir que no estoy disfrutando con esto. Con lo que estamos haciendo ahora. Viéndola mirarse en el espejo. Viendo su sorpresa al descubrir el cambio en su imagen. Está casi desnuda, inclinada delante de un hombre sin escrúpulos, con las tetas a la vista, los labios hinchados y las pupilas tan dilatas que no se le ven los iris.

Cachonda. Esa es la palabra.

¡Por Dios! Yo estoy igual.

En la vida la he tenido tan dura.

O, al menos, eso es lo que creo. Hasta que busca mis ojos en el espejo.

Y dice:

—Quiero más.

La sangre desciende tan rápido por mi cuerpo que estoy a punto de doblarme sobre ella. Me apetece bajarle las bragas y metérsela con fuerza por detrás, así. Está mojada. No necesito tocárselo para saberlo. Lo tengo clarísimo. Mi cuerpo lo sabe. Casi está temblando delante de mí y no para de restregar el culo contra la bragueta de mis pantalones. No me cabe duda de lo que me está pidiendo.

Le retuerzo las bragas con el puño una vez más, y el encaje se le clava en esa zona tan sensible, arrancándole mi nombre, que pronuncia con un grito al tiempo que los muslos empiezan a temblarle.

—¿Quieres que te dé un azote en este culo tan bonito?

—Sí.

Mi mano ya se está moviendo, pero no para azotarla. Todavía no.

No, la introduzco entre sus muslos y la acaricio con brusquedad mientras me inclino hacia delante para murmurar contra su espalda. La acerco tanto a mí que no acabo de distinguir dónde acaba ella y dónde empiezo yo. Estoy perdiendo el control. Mis pensamientos no son objetivos. Me estoy dejando llevar por las sensaciones y por la avidez de verla bien satisfecha. Como nunca lo ha estado. En cuanto empieza a apretarse contra mi mano, se la saco de entre los muslos y le doy un azote en la nalga derecha.

No sé bien lo que espero obtener. Gratificación, sí. La sensación de ser quien manda, seguro.

Eso no lo dudo.

Si embargo, al igual que sucedió por la mañana, me invade el poderoso impulso de asegurarme de que está bien. Como si fuera mi trabajo. Mi derecho. Le acaricio el lugar donde le he dado el azote y se lo froto mientras la beso en el centro de la espalda y luego en el pelo.

—Muy bien. Así se hace.

Mientras la beso en el cuello, lamiéndola en las zonas más erógenas y susurrándole palabras al oído, levanto de nuevo la mano y le asesto otro azote más fuerte que el anterior. Al sentirlo, ella gime:

—Sí, sí, sí.

De manera que le doy el gusto. Repito el patrón tres veces más. Un azote, seguido de caricias, otro azote y más caricias... hasta que las rodillas dejan de sostenerla.

—Quiero más —susurra.

Y esa es la gota que colma el vaso. ¡Joder!

Aunque yo esté en la posición dominante, ella me ha conquistado.

La dejo que se arrodille y me enderezo mientras intento bajarme la cremallera de los vaqueros. He perdido la compostura por completo. Solo soy consciente de que me pide más. Más fuerte. Solo puedo pensar en metérsela en esa preciosa boca, algo que ella también quiere, o no me estaría ayudando a bajar la cremallera sobre la dolorosa erección que tengo. No estaría exhalando sobre mi abdomen, besándomelo y lamiéndome con total desenfreno, justo antes de colocarse en la posición perfecta para que se la meta en la boca directamente, sin esperas y sin juegos previos. Sí. ¡Dios, sí!

Con urgencia. Con brusquedad.

—Si te parece grande, tú tienes la culpa. En la vida la he tenido así de dura. Me he empalmado solo con verte mover ese culito. ¡Joder! Así de fácil. Me pones hasta cuando te enfadas, nena.

Movido por el afán de darle lo que necesita —¡joder!, ¿en qué momento he deseado otra cosa?—, le agarro el pelo con las dos manos y me lo enrollo en torno a las muñecas mientras me hundo en esa dulce boca y empiezo a mover las caderas como un animal, algo que a ella le encanta. Que Dios me ayude, me permite que se la meta hasta el fondo, algo que no esperaba, además de acariciármela de arriba abajo con la lengua y con una mano. He muerto y he ido al cielo. No, más arriba. Estoy en un paraíso que nadie ha descubierto todavía.

—Muy bien, Taylor. Así me gusta, ¡joder! Acaríciala ya que me la has puesto así. Chúpamela. —Soy consciente de que no me sentiré completo a menos que me corra dentro de ella. Quiero besarla en la boca. Quiero inmovilizarla con mi cuerpo. Necesito sentir su piel, su olor, su calor—. A la cama ahora mismo, quiero ver esa boquita en la cama —le digo con voz ronca al tiempo que se la saco de la boca y la invito a ponerse en pie para avanzar hacia la cama—. De espaldas, Taylor. Quítate las bragas. Te juro por Dios que te voy a follar de lado.

—Me gustaría mucho —replica sin aliento, al tiempo que se tumba de espaldas y forcejea para bajarse las bragas. Verla tan mojada me hace la boca agua.

Un cristal se rompe detrás de mí.

No pienso. Me tiro encima de Taylor, cubriéndola por completo con mi cuerpo y le rodeo la cabeza con los brazos. Los afilados cristales me caen en la espalda y algunos se me clavan porque siento el dolor y cómo brota la sangre. Veo con el rabillo del ojo que una gran boya roja y blanca se detiene en el suelo, cerca de la cama, y una rabia cegadora se apodera de mí.

Taylor podría haberse llevado un buen golpe.

—¿Qué... qué ha sido eso? —susurra, y el miedo que destila su voz me provoca un nudo en el estómago.

—Tranquila. Conmigo estás segura.

«Mantén la objetividad», me digo. Aunque es más fácil decirlo que hacerlo. Estoy casi mareado por culpa de la rabia. Espero varios segundos para asegurarme de que no van a arrojar nada más y después bajo a Taylor de la cama y corro hacia la puerta de la habitación, interponiéndome entre ella y la ventana en todo momento.

—Entra en el cuarto de baño y cierra la puerta.

Ella titubea y se pone de puntillas para mirar la ventana rota por encima de mi hombro.

—¡Ay, por Dios! Hasta los actos vandálicos siguen la temática decorativa náutica.

¿¡Se pone a bromear en un momento como este!? Me la imagino inconsciente y sangrando en el suelo de la habitación. He bajado la guardia. La he bajado.

—¡Vete al cuarto de baño!

En cuanto desaparece en el interior de la estancia y oigo el clic del pestillo, me abrocho los vaqueros lo más rápido posible y corro hacia la parte delantera de la casa, pistola en mano. Al pie de la cuesta, veo las luces traseras de un coche que está a punto de enfilar la carretera principal, pero está demasiado oscuro para distinguir qué tipo de vehículo es, mucho menos para verle la matrícula.

—¡Joder! —mascullo al tiempo que saco el móvil para llamar a la policía.

Una voz me responde al cabo de un momento, pero tengo que colgar, porque no estoy preparado para responder. Sigo pensando en la mujer que hay en la casa. En lo absorto que he estado en ella durante la última media hora. Tanto que he dejado de prestar atención y eso ha puesto en entredicho mis capacidades. Y por eso ella podría haber resultado herida. Solo llevo un día cerca de Taylor y no es que haya incumplido la regla de mantener alejadas mis emociones de un caso, es que la he pulverizado.

Y ahora que es evidente que existe una amenaza real hacia ella, no puedo permitir que eso vuelva a ocurrir.

9
Taylor

Anoche fue un desastre.

En muchos sentidos.

Lo que pasó con Myles...

No estoy segura de lo que ha pasado con Myles.

Debo de ser muy ingenua, porque cuando me llevó a la casa, pensé que nos íbamos a liar. Un beso. Quizá, como mucho, alguna caricia. No culpo a las mujeres por irse a la cama con alguien la primera vez que quedan. De hecho, me parece un maravilloso ahorro de tiempo, descubrir por adelantado si es un desastre o no. Hasta ahora he necesitado quedar varias veces con un hombre para sentirme cómoda estando a solas con él, ya no digamos ir directos al tema.

Solo me ha ocurrido un par de veces en la vida. Soy muy difícil de convencer.

Aunque parece que ese no es el caso con Myles. En cuanto me puso las manos encima, fue una carrera hasta la línea de meta. Necesitaba sentirlo más cerca. Necesitaba que me diera más. El pulso acelerado, la boca seca, las piernas temblando, las bragas empapadas. A ver, ¿quién era esa mujer?

Me gusta.

Tras salir de la ducha, me seco despacio y me miro en el espejo, girando la cabeza a izquierda y a derecha para observar las tenues marcas que su barba me ha dejado en el cuello. Siento un escalofrío abrasador que me recorre por entero hasta detenerse en los dedos de los pies, donde me provoca un hormigueo. Todavía estoy excitada. El calentón no se me ha pasado en toda la noche, aunque la policía llegó para tomarnos declaración y hablar con un Myles cabreadísimo. En cuanto me dejó salir del baño, se puso detrás de mí con los brazos cruzados y el ceño fruncido mientras yo hablaba con la policía. Y luego me llevó arriba, me dejó sin contemplaciones en el dormitorio... y no volvió.

Me hago con la parte de arriba del biquini que he dejado en la percha y me la pongo. En cuanto me roza los pezones, que tengo muy sensibles, suelto el aire de golpe. Cierro los ojos automáticamente, y los recuerdos comienzan a pasar por mi mente, tal como ha sucedido durante toda la noche. Su forma de mirarme los pechos. Con deseo. Mis bragas enrolladas en su puño, tensando el encaje entre mis muslos de tal forma que un tironcito podría haberme provocado un orgasmo. Sentirlo en mi boca, tan suave y tan grande mientras se movía contra mí sin delicadeza. Imponiéndome su voluntad por completo. Nunca me he sentido tan bien. Tan atrevida.

Me inclino hacia delante y apoyo los brazos en el lavabo. Todavía estoy un poco húmeda por la ducha y aprieto los muslos. Con fuerza. Veo que mi aliento empaña el espejo. Pienso en él detrás de mí, tan corpulento e irritable. Se quita la camiseta y la tira al suelo, me agarra de las caderas y tira de ellas hacia atrás, hacia su regazo.

«Así me gusta», dice. Y apenas contengo un gemido. ¿Por qué me gusta tanto? Debería odiarlo, en vez de desear que me ponga de rodillas y se tome libertades con mi boca cuando ha sido tan desagradable conmigo. Sin embargo, me atrae tanto que hasta me duele. El escozor de sus azotes en el culo despertó algo en mí, me hizo jadear en busca de aire, cambiar mis esquemas mentales. Me sentí despierta como nunca, y aunque quiero más, estoy preocupada. Le dije que mis ataduras no lo afectarían y lo dije en serio.

Lo digo en serio.

Sin embargo, no esperaba responder como lo he hecho. Así que seguramente lo mejor haya sido que anoche no volviera para acabar lo que empezamos. Es mejor que dé un paso atrás.

Claro que no hay ninguna ley que me prohíba fantasear.

En cuanto llego a esa conclusión, se me aflojan las piernas. Se me acelera la respiración mientas me inclino hacia delante sobre el lavabo y aprieto la boca contra la flexura del codo al tiempo que me acaricio con dos dedos. Sigo húmeda por la ducha. Al tocarme el clítoris suelto un gemido. Rodeada como estoy por el vapor de la ducha, el baño me resulta un lugar íntimo. Estoy sola. Puedo hacerlo. Me muerdo la sensible piel de la parte interior del brazo mientras sigo acariciándome con más brusquedad de la habitual en un intento por alcanzar el subidón de la noche anterior, pero sé (lo sé de alguna manera) que él es el único que puede provocármelo.

Aunque de todas formas, puedo encontrar cierto alivio. Puedo...

—¡Taylor! —Oigo la voz de mi hermano a lo lejos, procedente del otro lado del cuarto de baño y del dormitorio. Del pasillo—. El desayuno está en la mesa. He hecho gofres. Me apetecía probar el jarabe casero de moras que compramos ayer por la mañana en el mercadillo de los agricultores.

Golpeo el espejo con la frente.

—¡Joder! —susurro, con la respiración agitada, sin saber si todavía estoy mojada por la ducha o cubierta de sudor. No puedo creer que no haya metido el vibrador en la maleta, aunque me pareció extraño hacerlo para irme de vacaciones con mi hermano. Me falta mucha práctica con la masturbación manual. Es posible que tarde toda la mañana y acaben enviando a un grupo de búsqueda y salvamento que me encontrará aquí, intentando que me vibren los dedos.

—¿Todo bien ahí dentro? —me pregunta Jude.

—Sí —contesto con voz áspera, tras lo cual carraspeo y me aparto del lavabo. Anoche, mientras me interrogaba la policía, mi hermano entró por la puerta principal y se quedó blanco al ver la escena. No me apetece preocuparlo más—. Ahora mismo bajo.

Me abanico el cuello enrojecido de camino al dormitorio y me pongo la parte inferior del biquini y un pantalón holgado de algodón negro. Al menos, mi noche de insomnio ha tenido una cosa buena. Para distanciarme un poco del cazarrecompensas y recuperar el control de estas vacaciones, he hecho una reserva con descuento para una clase de buceo. En la otra punta del cabo Cod.

Sí. Distancia.

Perspectiva.

Ambas cosas son buenas.

Por eso me coloco junto a la ventana y miro hacia abajo, donde Myles durmió anoche. En el porche de la casa, con una pistola metida en la cintura. Ahí sigue, mirando su móvil. Tiene un cuaderno sobre un muslo.

«De espaldas, Taylor. Quítate las bragas. Te juro por Dios que te voy a follar de lado».

Siento un espasmo entre los muslos al recordar lo que estuvimos a punto de hacer. Habría sido salvaje. Yo me habría dejado llevar por completo y habría recibido encantada toda su fuerza, suplicándole incluso más. Y me lo habría dado. No puedo evitar sentirme agradecida con él. Por primera vez he encontrado a un hombre que no me trata como si fuera buena para presentársela a su madre y nada más. Anoche fui un ser sexual. Una mujer.

Por desgracia, no solo me sentí físicamente unida al cazarrecompensas. Para que se haya ganado mi confianza de esta manera hace falta mucho más. Más de lo que creía. Y ver que anoche no regresaba me dejó descolocada. Como una cometa al viento. No fui consciente en ningún momento de que tendría ese tipo de efecto sobre mí y no creo que me convenga volver a repetir la experiencia. No cuando ha dejado muy claro que repudia el amor, la tradición y todo lo que yo busco.

Como si sintiera mis ojos paseándose por sus anchos y fuertes hombros, él echa la cabeza hacia atrás y nuestras miradas se encuentran a través de la ventana. Su expresión se acalora y aprieta los labios, que adoptan un rictus serio. Al sentir que el hormigueo que ha empezado en mi estómago va descendiendo, doy un apresurado paso hacia atrás y agarro el cepillo que he dejado en la cama para peinarme con rapidez. Me aplico crema hidratante con protección solar y bálsamo labial de manzana antes de salir del dormitorio. Cuando bajo, descubro a mi hermano esperándome a la mesa de la cocina sin haber tocado su plato de gofres.

—Deberías haber empezado sin mí.

—Hola —me saluda sin hacer ni caso a mi comentario y me pasa el jarabe de mora en cuanto me siento—. ¿Cómo estás?

Ambos nos giramos para mirar la habitación de invitados de la planta baja. Ya no hay cristales en el rincón y la ventana está tapada con un plástico grueso.

—Bien. ¿Crees que debo llamar a Lisa y explicarle lo que ha pasado con la ventana? Odio molestarla por algo tan estresante cuando está de luto por su hermano.

Jude muerde las púas de su tenedor.

—Seguramente Myles ya la ha llamado. Dijo que solo ha aceptado este trabajo por hacerle un favor a su novio, pero supongo que tendrá que mantenerla informada de todo lo que pase. Y que arrojen una boya a través de la ventana es digno de mención.

—Pues sí —susurro con un suspiro—. Seguro que tienes razón.

Nos quedamos en silencio mientras untamos los gofres con mantequilla y los bañamos con jarabe.

—Hablando del detective... —Jude me mira con un ojo entornado y baja la voz—. Cuando le dijiste a la policía que Myles y tú solo estabais «hablando» en el dormitorio durante el incidente de la boya, me fijé en que parpadeabas muy rápido, como siempre te pasa cuando mientes. —Tuerce el gesto para disimular una sonrisa y pincha un trozo de gofre con el tenedor—. No estoy curioseando. Solo... En fin. Es que me sorprende tu elección de pareja para las vacaciones. ¡No en el mal sentido! Lo que quiero decir es que jamás me lo habría esperado.

Siento la cara roja como un tomate.

—A ver, sí que hablamos en el dormitorio. No fue una mentira completa.

Jude me mira mientras mastica, con expresión guasona y sin decir nada.

—Yo... Mmm... —Toqueteo los cubiertos—. Bueno...

—No hace falta que me digas nada, Te.

—Quiero hacerlo. Lo que pasa es que normalmente eres tú quien me cuenta su vida amorosa. Esto no es lo normal.

Sonríe mientras mastica.

—Eres muy amable al llamar «vida amorosa» a mis rollos de una noche, Te.

—¿Has hablado con Dante últimamente? —le pregunto antes de pensarlo siquiera.

Jude deja de masticar y clava la mirada en su plato. Cuando por fin traga, es como si se hubiera comido un anzuelo. ¿Se puede saber por qué he tenido que decir eso? ¡Qué imbécil he sido al mencionar a su mejor amigo mientras nombrábamos su vida amorosa! Ahora parece que estoy mezclando una cosa con la otra y no es así ni mucho menos. Creo. No lo sé.

—No. Me parece que está rodando. —Se ríe, pero me doy cuenta de que es una risa forzada—. La semana pasada estuvo en Singapur. Esta semana está en Nueva York. No lo sé. Soy incapaz de seguirle la pista. Ya es que ni lo intento.

«Déjalo estar», me digo.

Aunque de un tiempo a esta parte, no se me da muy bien hacerlo.

—Antes te llamaba los domingos. ¿Ya no lo hace?

Jude titubea.

—Sí, pero siempre me pilla... ocupado. O se lía con la diferencia horaria y estoy durmiendo. —Rota un hombro—. Ya coincidiremos algún día.

Asiento con la cabeza.

—Pues sí. Dale recuerdos.

—Lo haré. —Mi hermano señala con la cabeza hacia el porche, donde Myles está paseándose de un lado para otro mientras habla en voz baja por teléfono—. Se ha pasado la noche ahí acampado. Vigilándote.

—Vigilándonos —lo corrijo mientras lamo el jarabe que tengo en la punta de un meñique—. Creo que su intención es pillar al culpable cuando vuelva al escenario del crimen.

—¿Estás segura? —Me alegra ver que su cara adopta de nuevo la expresión guasona habitual en él. Aunque no me hace gracia que sea por esto—. A mí me parece que está coladito.

Suelto una carcajada escéptica.

—¿Qué entiendes tú por «estar coladito»? Porque si no recuerdo mal, anoche me dijo que me muero por organizar una boda en primavera...

Jude se atraganta, y me levanto de un salto, preparada para realizar la maniobra de Heimlich.

Sin embargo, me mira con los ojos llorosos y me hace un gesto para que me aparte.

—Estoy bien. ¡Por Dios! Dime que es una broma.

—¡Qué va! Me lo soltó así sin más.

—¿Y aun así estuviste... hablando con él? ¿Antes de que lanzaran la boya contra la ventana?

—Sí. —Agarro el tenedor, pero vuelvo a soltarlo con un golpe—. ¡Ay, madre! ¡Me enrollé con él después de que me dijera que estoy obsesionada por casarme! ¿Qué me pasa?

Jude suspira.

—A lo mejor te atrae su sinceridad.

—Es posible. O a lo mejor le meto este tenedor por el recto...

Alguien carraspea en la puerta de la casa.

Mi hermano y yo volvemos la cabeza y descubrimos a Myles apoyado en el marco de la puerta, con el cuaderno en una mano. Nos está observando. Con recelo, como siempre.

—Buenos días —dice mientras se aparta del marco y entra en la cocina—. Voy a robaros un poco de café. Supongo que no os importará, ya que me he pasado la noche protegiendo vuestros culos.

—Nadie te ha pedido que lo hagas —replico con alegría—. Podemos cuidar de nosotros mismos.

Lo oigo resoplar y veo que se le mueven los músculos de la espalda por debajo de la camiseta mientras se sirve café en una taza.

No me interesa en lo más mínimo cómo se le ciñen los vaqueros al culo.

No me interesa.

Jude nos mira, primero a Myles y luego a mí, cada vez más incómodo. Mi hermano detesta los silencios prolongados. La verdad es que nos sucede a los dos, porque mis padres impusieron la norma de no hablar durante la cena después de llegar a casa tras unas jornadas de trabajo agotadoras. Estaban cansados. Nos habían catalogado de tal manera que nada de lo que yo dijera podría modificar la impresión que tenían de mí. Si montaba en bicicleta sin manos durante cinco segundos o me ofrecía para leer el Juramento de Lealtad a la Bandera por el altavoz en el colegio, para ellos seguía siendo la Taylor que siempre iba a lo seguro. En algún momento, cejé en mi empeño de hacerlos cambiar de opinión sobre mí. Y me dejé llevar.

Hace años, Jude y yo nos sentábamos en silencio en la mesa del comedor, uno al lado del otro, repletos de noticias de la escuela y de nuestros amigos, y nos veíamos obligados a tragárnoslas hasta poder hablar más tarde, a solas en el trozo de pasillo que quedaba entre nuestros dormitorios. Ahora, ya siendo adultos, acostumbramos a parlotear para llenar cualquier vacío de conversación, sobre todo durante las comidas.

«Esta vez no», intento decirle con un movimiento de cabeza a Jude, pero él se pone rojo por la necesidad de decir algo, cualquier cosa.

—Hazte un gofre si quieres —acaba diciendo mientras expulsa el aire como si fuera un globo reventado—. La gofrera sigue encendida.

El cazarrecompensas me sonríe por encima de ese hombro tan musculoso.

—No me vendría mal.

Jude me pide disculpas articulando las palabras con los labios. De repente, su móvil se enciende y nos distrae. Acto seguido, traga saliva y se guarda el teléfono en el bolsillo de sus pantalones cortos. El gesto me llama la atención, pero ahora mismo no puedo preguntarle qué pasa. No con un ogro entre nosotros.

—¿Qué hay en la agenda del día, grandullón? —le pregunta mi hermano al cazarrecompensas—. ¿Una persecución de coches? ¿Un tutorial para trazar contornos con tiza?

Meneo la cabeza mientras lo miro, decepcionada.

—No comparto pistas con los sospechosos —responde ese hombre tan exasperante.

—¿¡En serio!? —pregunto—. ¿Seguimos siendo sospechosos aun después de que alguien lanzara una boya a través de nuestra ventana?

—Jude no tiene coartada para ese momento. Podría haber sido él en un intento por despistar.

A juzgar por su tono de voz despreocupado (y por el hecho de que está de espaldas a mí, pese al surtido de cuchillos que hay en la mesa), está claro que en el fondo no sospecha de nosotros. Pero el hecho de que no nos quite de la lista ni comparta libremente información me cabrea de todas formas.

—Debería haber llamado a la policía anoche cuando encontré el arma en vez de llamarte a ti. El agente Wright es mucho mejor a la hora de comunicarse.

—Wright se va demasiado de la lengua. Para empezar, no debería haberte dicho absolutamente nada. —Sus palabras me dicen que yo estaba equivocada. En realidad, no está relajado en absoluto. Cuando se da media vuelta, tiene los nudillos tan blancos alrededor de la taza de café que me preparo para que se rompa—. Estas son las consecuencias de que haya compartido información confidencial contigo. Ahora hay alguien ahí fuera cabreado porque estás indagando. Lo bastante cabreado como para hacer algo que acabe hiriéndote. ¿Lo entiendes?

Me retuerzo en mi asiento.

—Estamos justo al lado. No hace falta que me grites.

—No estoy gritando.

—¡Pues menos mal!

Me mira como si me hubiera salido un cuerno en el centro de la frente.

—¿Qué planes tienes para hoy? No quiero que vayas a ningún sitio sin mí.

—A no ser que quieras ir a bucear, lo llevas crudo.

—A bucear. —Se detiene justo antes de echar la masa en la gofrera—. Alguien te envió anoche una clara amenaza ¿y tú te vas a bucear?

—A Jude se le dan fenomenal todas las actividades acuáticas —contesto al tiempo que le acaricio un brazo—. Una ventana rota no es motivo para arruinarle las vacaciones.

—Nuestras vacaciones —me corrige mi hermano.

—Sí, eso es lo que quería decir.

El silencio se instala de nuevo en la cocina, y me doy media vuelta para descubrir a Myles frunciendo el ceño. Parece que quiere decir algo, pero acaba carraspeando contra un puño, tras lo cual se vuelve para echarle un ojo al gofre.

—Eres una de esas personas que planean un montón de actividades en vacaciones en vez de tumbarse en la playa y tomárselo con calma como todo el mundo, ¿verdad?

—Puedo tumbarme y relajarme en casa. Las vacaciones son una oportunidad para hacer cosas. —Me echo más jarabe de mora en el plato—. ¿Cómo te diviertes tú durante las vacaciones? ¿Haces rabiar a los niños? ¿Subes a las ancianitas a los carros de la compra y las tiras cuesta abajo?

Jude resopla con la taza de café en los labios, muerto de la risa.

Sin embargo, Myles no nos da la satisfacción de una respuesta. Lo que hace es soltar el plato sobre la mesa y sentarse, tras lo cual bebe un buen sorbo de café.

—Cancela lo del buceo, ¿de acuerdo?

—Ni hablar.

—Voy a reunirme hoy con la policía. Han accedido a compartir una copia del informe de balística. El forense no tardará mucho en dictaminar la hora de la muerte, a más tardar lo hará mañana. No tengo tiempo para hacer de niñera mientras buceas para ver estrellas de mar.

—La hora de la muerte —le susurro a mi hermano a través de la mesa.

Jude suelta su taza, ofendido.

—A ver, una cosa —dice, mirando a Myles—. Está claro que tú estás mucho más cualificado para hacer de guardaespaldas, pero yo estaré con ella cuando vayamos a bucear. Jamás permitiría que le pasara algo a mi hermana.

—Tienes razón, yo estoy mucho más cualificado —replica Myles sin perder comba.

Todo rastro del carácter afable de Jude ha desaparecido.

—Puedo arreglármelas solo.

Myles lo mira y levanta una ceja poniendo en duda sus palabras mientras se bebe fríamente su café.

Y esa es la gota que colma el vaso. Me lo cargaba ahora mismo si pudiera.

Doble homicidio en el Cabo. Seguro que saltaba directamente a los primeros puestos de las listas de pódcast.

—Pareces dudar de mí. ¿Por qué? —Jude se echa hacia atrás en su silla—. ¿Porque soy gay?

El cazarrecompensas estira el brazo tranquilamente para hacerse con el bote de jarabe.

—No. Mi hermano es gay y asustaría a cualquiera.

Jude me hace un gesto con la cabeza.

Como si quisiera decirme: «Esto no me lo esperaba».

Ya somos dos. Este hombre me ha sorprendido desde que lo conocí. De hecho, ahora recuerdo que la noche anterior se sinceró conmigo en la playa sobre su divorcio y el caso del secuestro. Lo compartió conmigo. Y mi instinto me dice que hacerlo no fue fácil para él. Ni tampoco lo normal. Es imposible encasillar a este hombre. ¡Me desquicia!

—Me dijiste... —Sigo comiendo porque necesito ocupar las manos con algo—. ¿No me dijiste que tu hermano es policía en Boston?

El cazarrecompensas asiente secamente con la cabeza.

—Lo último que supe de él es que está a punto de conseguir un ascenso.

—¿No hablas con él a menudo? —pregunta Jude.

—Nunca. Y antes de que lo preguntes, no es porque sea gay. —Se lleva a la boca un trozo de gofre y sigue hablando, sin modales ningunos—. No hablamos porque es idiota —Agita el tenedor en el aire—. ¿Adónde vas a bucear? Llamaré en tu nombre y lo pospondré.

La sonrisa que le regalo es pura dulzura.

—Acompáñanos si quieres, pero no vamos a posponer nada. Ya he pagado.

—Oye —me dice Jude al tiempo que levanta su móvil, cuya pantalla está llena de mensajes—. ¿Te importa si invito a los chicos de las hamburguesas de ayer?

Se me escapa una risilla.

—¿Así es como los has guardado en la lista de contactos?

Jude sonríe.

—Sí. Y además he añadido un asterisco para señalar una nota. —Se lleva el teléfono a los labios—. Al rubio le gustan las hamburguesas con cebolla asada y chucrut. Atrás, Satanás.

—Di que sí. —Me levanto y empiezo a recoger los platos—. Se llaman Jessie, Quinton y Ryan. E invítalos, por supuesto. Cuantos más seamos, mejor.

Jude titubea mientras mira primero a Myles y luego me mira a mí.

—Ryan es el heterosexual que acaba de hacer el Máster en Dirección y Administración de Empresas, ¿verdad?

Tengo que pensarlo. Anoche estaba distraída pensando en el caso. Y en cierto cazarrecompensas gruñón, ¡pero eso no lo admitiré ante nadie!

—Sí, creo que sí.

Mi hermano murmura un «¡Ajá!».

—Me preguntó por ti, Te. Después de que te fueras. Se llevó una decepción porque no volviste.

Myles deja que su cuchillo chirríe sobre el plato.

Lo miramos fijamente a la espera de una explicación.

Los segundos pasan.

—Mantén las distancias con los de las hamburguesas —dice por fin—. También son sospechosos.

Jude y yo levantamos las manos.

—¡Venga ya! Eso no tiene ningún sentido —protesto—. ¿Qué motivo podrían tener?

—Puede que no esté claro hasta que sea demasiado tarde. —El cazarrecompensas señala a Jude con un gesto de la barbilla—. ¿Los conociste en la playa?

—Sí... —responde mi hermano con recelo.

—¿Se acercaron ellos o te acercaste tú?

—Se acercaron ellos. —Jude se frota una mano sobre la camisa, como si estuviera sacándole brillo a una manzana—. Me pasa a menudo.

—El culpable suele encontrar la manera de introducirse en la investigación. —La silla chirría sobre el suelo cuando la arrastra para levantarse, tras lo cual lleva el plato al fregadero, y nos mira con el ceño fruncido—. Que yo sepa, podéis estar todos confabulados.

Por fin lo entiendo. Se está quedando con nosotros.

—Nos estás tomando el pelo, ¿no? Pareces un oso con una zarpa metida en una colmena, pero en realidad estás bromeando.

Myles pasa por completo de mí mientras echa a andar hacia la puerta principal.

—Voy al centro para recordarle a la policía que sigo aquí. Vuelvo dentro de media hora. —Se pone unas Ray-Ban, que no logran ocultar su expresión agria—. Supongo que nos vamos a bucear.

—¡Gracias de antemano por espantar a todos los peces!

La puerta traquetea por la fuerza con la que la cierra.

—¡Por Dios! —Jude se echa hacia atrás en su silla, con una expresión guasona en la cara—. La tensión sexual entre vosotros ha aumentado. No creía que fuera posible.

—No hay... —Encorvo los hombros y finjo que lloro—. Muy bien. Ya lo sé.

—Quizá sea la aventura perfecta para las vacaciones —replica al tiempo que me señala con el tenedor—. Ni siquiera os gustáis. Es imposible que os encariñéis.

En ese momento, se oye que arranca la moto, tras lo cual acelera y se aleja rugiendo.

Hasta que desaparece.

—Sí. —Me obligo a sonreír—. Es perfecto.

Unos minutos después, estoy en el fregadero lavando los platos del desayuno cuando llaman a la puerta. Intercambio una mirada de sorpresa con mi hermano, que sigue sentado a la mesa, mirando su móvil.

—Ya voy yo —dice.

Saco un cuchillo de carnicero del bloque de madera de la encimera.

—Te acompaño.

Jude se lleva una mano a la boca para contener una carcajada.

—Eres incapaz de usar eso para otra cosa que no sea cortar cebolla.

—Podría clavárselo a alguien —susurro—. Lo justo para sorprenderlo y que salga corriendo.

Me revuelve el pelo, me atrae hacia su lado y nos acercamos juntos a la puerta. Cuando llegamos a la entrada, se inclina para echar un vistazo por la mirilla, tras lo cual se endereza, mucho más relajado.

—Es una mujer. Joven. No la reconozco.

Me toca a mí echar un vistazo por la mirilla.

—¿Querías algo? —le pregunto a través de la puerta mientras levanto el cuchillo y finjo que estoy preparada para apuñalarla. A Jude le tiemblan los hombros por la risa.

—¡Sí! ¡Hola! —responde la mujer con alegría—. Tengo una preguntilla sobre el reciente asesinato que sucedió al otro lado de la calle. ¿Podrías ayudarme?

—¿Qué quieres saber?

La desconocida titubea.

—No me siento muy cómoda hablando a través de la puerta.

Me encojo de hombros mirando a mi hermano. Él también se enco-ge de hombros.

—Somos dos. Ella está sola —susurra—. Además, tú vas armada.

—Muy bien. —Abro el pestillo—. De acuerdo, vamos a salir.

En cuanto se abre la puerta, aparece un hombre.

Con una cámara al hombro.

La mujer se saca un micrófono que llevaba escondido a la espalda y me lo planta en la cara.

—¿Es cierto que tú descubriste el cadáver?

Parpadeo al ver mi reflejo en el objetivo de la cámara.

—Mmm...

Mi hermano suelta un taco, me empuja para entrar de nuevo en casa y cierra la puerta. Pero no antes de que la periodista pueda lanzar una segunda pregunta.

—Nuestras fuentes aseguran que anoche alguien lanzó una boya a través de tu ventana. ¿Es cierto que te están atacando?

Jude echa el pestillo.

Nos alejamos despacio de la puerta.

—Atacando —resoplo—. Un poco exagerado, ¿no?

—Bastante —conviene Jude, que añade—: ¿Verdad, Te?

No he tenido tiempo para analizar las repercusiones de la boya que tiraron por la ventana, pero sacarlo a relucir de forma tan cruda me provoca un nudo en el estómago.

—Mejor no le mencionamos esto al cazarrecompensas. Por si acaso no le entusiasma que nos hayamos plantado delante de una cámara que, sin duda, estaba grabando —sugiero al tiempo que suelto el cuchi-llo en la superficie más cercana—. Seguramente no tenga importancia. Tampoco es que le hayamos contestado.

La risa desaparece de la cara de mi hermano, que traga saliva de golpe.

—¡Ajá!

—Quizá deberíamos irnos antes de que vuelva.

—Me has leído el pensamiento.

10

Myles

Ni que decir tiene que no estoy de muy buen humor cuando llego al aparcamiento de Al agua patos. Buceo y Diversión. El coche de Taylor está aquí, junto con otros dos que no reconozco. Ya odio a quienes los conducen.

Se han ido sin mí.

Volví del centro y su coche no estaba. Tardé menos de diez segundos en forzar la cerradura de la puerta trasera, y fue una maravillosa sorpresa encontrar un cuchillo de carnicero ahí fuera, como si nada y sin nadie a quien poder pedirle una explicación de su presencia. La acidez de estómago me está matando. Estoy seguro de que me han cambiado los antiácidos por un placebo. Debería estar investigando el asesinato de Oscar Stanley; en cambio, estoy persiguiendo a una maestra de segundo de primaria por todo el puto Cabo. Porque la posibilidad de que ella corra algún peligro me tiene de los nervios.

Y porque también es una sospechosa, me obligo a recordar.

Es evidente que no estoy cruzando la playa con botas de puntera reforzada con acero porque la idea de que esté en biquini delante de otros hombres me provoque un dolor de cabeza horrible.

Eso no tiene nada que ver.

Demuestro que soy un mentiroso casi de inmediato. Veo a Taylor en la cala: con la parte inferior de un biquini y una camiseta de neopreno, sonriendo y asintiendo con la cabeza como una empollona a todo lo que dice el instructor. Junto a él, hay otros cuatro hombres. Por suerte, Jude está en el grupo. Su hermano no me molesta. Parece legal. Pero hay un tío, supongo que es Ryan el del Máster en Dirección y Administración de Empresas, que parece más interesado en el cuerpo de Taylor que en la masa de agua que tiene detrás, y el ardor se me sube a la garganta como un géiser.

¿Cuántos hombres se interesan por ella al día? ¿Diez? ¿Veinte? Esto empieza a ser ridículo.

Me estoy metiendo un puñado de antiácidos en la boca cuando Taylor me ve.

—¡Oh! —susurra—. Nos has encontrado.

Clavo una mirada letal en Ryan mientras aplasto las pastillas blancas con los dientes.

—¿Co-cómo nos has encontrado? —me pregunta Taylor.

—He buscado la academia de buceo con el nombre más tonto —le contesto—. Solo tú escogerías un sitio llamado «Al agua patos».

Ella jadea y mira al instructor.

—Está bromeando.

—Tranquila. Mi hija le puso el nombre cuando tenía once años. —Hay una bolsa de red llena de equipo de buceo en la arena, a los pies del hombre, que la señala—. ¿Vas a..., esto..., unirte a nosotros? Es que no sé si tengo aletas lo bastante grandes...

Me quito las botas con los pies. Dejo los calcetines en la arena.

—Me las apañaré.

El instructor empieza a repartir el equipo. Gafas de buceo con tubos y aletas. Chalecos salvavidas. Acepto todo lo que me da, pero me doy cuenta enseguida de que nada me va a quedar bien, así que no me lo pongo. Taylor me mira con el ceño fruncido. Bien. ¡Estupendo!

—Muy bien, vamos a dividirnos por parejas —dice el instructor.

—Taylor... —la llama Ryan.

Ella se vuelve para mirarlo.

Por encima de la cabeza de Taylor, le prometo a Ryan una muerte lenta con la mirada.

—Vete a la mierda —articulo con los labios con suma precisión.

—Iré con Quinton —dice él de forma aturullada mientras finge interés en una de las hebillas de su chaleco—. Pe-pero nos vemos en un ratín, ¿vale?

Los demás recorren como patos mareados la playa con el equipamiento puesto, mientras escuchan las indicaciones del instructor para que no se les empañen las gafas. En vez de seguirlos, Taylor cruza los brazos por delante del pecho y saca cadera, cubierta solo por el biquini, haciendo que me ardan los dedos por las ganas de deshacerle el lazo del cordoncillo.

—¿No lo has oído? —Suelto todo el equipo menos las gafas y el tubo—. Te verá en un ratín.

Si las miradas matasen, yo estaría tirado en la arena. Tengo tantas ganas de besarla que se me ha puesto el estómago del revés. «Ni se te ocurra». No puedo acostumbrarme a tener las manos y la boca sobre ella. No puedo convertirlo en una costumbre, porque luego será imposible dejar de hacerlo. Estoy decidido a mantener las distancias con esta mujer, porque si no, corro el peligro de distraerme demasiado.

Si me pongo de nuevo en la situación de cometer otro error de vida o muerte, ¿qué sentido habría tenido irme de Boston? ¿No entregué la placa y me marché para no tener la potestad de malinterpretar pruebas y arruinar otro caso? ¿Otro montón de vidas?

Es evidente que interpreta mi silencio como irritación —con ella—, de modo que se da media vuelta y se aleja contoneándose hasta el otro extremo de la cala.

Por supuesto, la sigo, fascinado mientras observo que el biquini se le va subiendo poco a poco hasta meterse en la raja de su precioso culo, dejando cada vez más al aire.

—Ya lo has oído, renacuaja —digo con voz gruñona—. Esto va por parejas.

—Es evidente que nunca seremos pareja. —Aminora un poco el paso—. A menos que quieras compartir con la clase lo que hayas averiguado en la comisaría.

—No. ¿Quieres decirme por qué hay un cuchillo junto a la puerta principal de tu casa?

—No.

Aprieto los dientes. No solo porque estamos enfadados y resulta que no me... gusta. Mostrarme agresivo con los demás es normal en mí. Así es como se comunicaba mi familia. Con hechos fríos, peleas e insultos. La verdad, me importa una mierda si la gente cree que soy un imbécil desagradable. Y resulta vergonzoso, al menos para mí, saber que me gustaría que Taylor me sonriera más. Lo hizo ayer, ¿no? ¿Qué tengo que poner de mi parte para que haya más sonrisas?

No hay nada peligroso ni irresponsable en sonreír.

Es más seguro que acostarnos, ¿verdad?

Anoche, en la playa, después de que le contara algunos de los episodios más negros de mi pasado, ella hizo mucho más que sonreírme. Debo asegurarme de que no llegamos tan lejos de nuevo (por su seguridad y por el bien del caso), pero cuanto más tiempo pasa cabreada conmigo, más intranquilo me siento. ¿Por qué no puedo comportarme con ella de forma distinta de como me comporto con los demás?

No tengo respuestas. Solo sé que no me gusta que se aleje de mí estando enfadada.

Decepcionada.

La confianza que depositó en mí anoche... Es imposible que no quiera otro chute.

Tengo que ceder un poco para conseguir algo, ¿no?

¡Mierda!

—Oye, Taylor... —La tomo del codo y la detengo mientras intento no obsesionarme con lo suave que es su piel. Toda ella. Aunque ya puesto, bien puedo admitirlo. A estas alturas, he perdido la batalla con lo de no obsesionarme con su cuerpo, algo que queda demostrado porque llevo sus bragas rojas de encaje en el bolsillo trasero desde el jueves—. La hora de la muerte ya se sabe. Oscar llevaba muerto veinticuatro horas cuando lo encontraste. Vuestras coartadas son firmes. Así que...

Se le ilumina la cara y mis ardores desaparecen.

—¿Ya no somos sospechosos?

—No.

—¡Ah! —Suelta una carcajada ahogada—. No te ha gustado ni un pelo tener que decírmelo, ¿verdad?

—Sí. —¡Guau! Lo he dicho demasiado deprisa como para resultar creíble. Pongo los brazos en jarra, pero bajo las manos casi al punto—. No, no me ha molestado en absoluto.

Me mira con los ojos entrecerrados por el sol. No lleva gafas.

Sin pensar, me quito las mías y se las pongo.

Le quedan tan grandes que se le caen hasta la punta de la nariz, y se queda bizca un segundo mientras las ve deslizarse. ¿Por qué tengo la sensación de que alguien está dando saltos en mi pecho?

—En fin. —Señalo la cala con la cabeza—. Vamos a mirar los putos peces.

Ella estalla en carcajadas y las gafas se le caen del todo.

Las atrapo antes de que caigan a la arena.

—¿Qué tiene tanta gracia?

—Bueno... —Echa a andar contoneándose hacia la formación roco- sa, y allá que voy de nuevo, manteniéndome a su altura—. Se me ha pasado por la cabeza que si fueras uno de mis alumnos, te pediría que me dibujaras cómo te sientes. Y seguro que tus sentimientos parecerían la portada de un disco de death metal.

La propia palabra «sentimientos» me pone nervioso, así que cam- bio de tema. Porque al menos me está hablando. Todavía no me sonríe, pero hay tiempo.

«No, no lo hay. Se supone que estás investigando un asesinato».

—¿Cómo eres? —le pregunto, con más curiosidad de la que tengo derecho a sentir—. Como maestra.

—Bueno... —Entramos por una abertura en la formación de rocas y nos detenemos delante de una piscina natural poco profunda. Por encima, un saliente de las rocas bloquea el sol, y ella me mira en la oscuridad, como si estuviera decidiendo si puede hablar conmigo. Si puede confiar en mí. Repaso mentalmente nuestras interacciones desde que nos conocimos. Fui cruel, lo que viene siendo mi comportamiento normal, hasta anoche, y en cuanto me abrí un poco, ella se relajó. Confió en mí. Fui cruel de nuevo esta mañana y perdí esa confianza. A lo mejor debería dejar de ser cruel. Ese parece ser el único camino si quiero...

Si quiero ¿qué?

¿Caerle bien?

¿Qué ventajas va a tener caerle bien? ¿Y que ella me caiga bien a mí, ya que estamos?

—Lloro mucho —contesta al final, y mis preocupaciones quedan relegadas. De momento—. Lloro a todas horas. Soy famosa por irme a llorar al cuarto del material.

Eso no me gusta ni un pelo.

—¿Por qué?

—Por los niños. Dicen las cosas más bonitas y sinceras del mundo. Son demasiado pequeños para mostrarse cautos, y se nota sobre todo en los niños más que en las niñas. ¿Sabes a lo que me refiero? La mayoría de los hombres aprende pronto a guardarse los sentimientos, pero mis alumnos todavía no lo han aprendido. —Cuando me fijo en la humedad de sus ojos, siento tanta opresión en el pecho que retrocedo un paso, pero ella no parece darse cuenta—. El último día de clase, uno de ellos me dijo: «Gracias por ser mi mamá en el colegio, señorita Bassey». Y casi me tienen que poner oxígeno.

—¿Vas a necesitarlo ahora?

—No. —Se seca los ojos como si llorar abiertamente fuera lo más normal del mundo—. ¿Por qué? Esto no es nada. Lágrimas de primer nivel como mucho.

—¡Madre de Dios!

—¿Te incomodan? —Se quita las sandalias con los pies y se mete en el agua, clavando su mirada curiosa en mí—. No hace falta que contestes.

Parece que un calamar gigante te esté estrujando. A mis padres tampoco les gustaban las lágrimas.

Me quito la camiseta con un gruñido y la dejo en la orilla. Después de ponerle el seguro a mi arma y dejarla cerca, la sigo a toda prisa. Las rocas son muy resbaladizas por aquí. Debería quedarme cerca de ella por si se resbala.

—¿Tus padres eran de los duros como los míos?

—No duros. Solo muy valientes. Su trabajo hace que sean muy sensatos y altruistas todo el tiempo. Que se concentren en el bien mayor. No tienen tiempo para derrumbarse ni para ceder a emociones complicadas. Es una pérdida de tiempo. Sin duda, tú estás de acuerdo con eso, ¿ver...?

Deja la palabra a medias mientras me mira.

De repente, deja de andar por el agua y se pone colorada.

Levanto una ceja, preparado para indicarle que termine. Pero luego me doy cuenta del motivo de su distracción. Habría jurado que me quité la camiseta anoche cuando estábamos prendiéndole fuego al mundo, pero parece que no. Su expresión estupefacta deja claro que es la primera vez que me ve desnudo de cintura para arriba. Esos párpados suyos se van entornando cada vez más. ¡Joder! Le gusta lo que ve. En contra del sentido común, me guardo ese detalle también. A Taylor le da igual que sea tan musculoso. Que tenga vello en el torso y que esté tatuado.

Le da igual que tenga cicatrices de navajazos.

¡Qué va! Le gusta todo lo que ve. ¡Madre del amor hermoso! ¿Cómo voy a mantener las manos quietas con esta mujer?

—¿Qué decías, Taylor?

—¿Decía algo?

Su voz ronca va directa a cierta parte de mi anatomía que se alegra de oírla.

—Me preguntabas si estaba de acuerdo con tus padres en lo de que llorar es una pérdida de tiempo.

—Preferiría que no contestaras. Arruinarás... —Agita una mano hacia mi torso—. Esto. Eso.

¡Joder! Ha dicho directamente que le gusta mi cuerpo. Me sorprende tanto como me excita. El hecho de que estoy totalmente desconcertado por su descarada respuesta seguramente explique mi siguiente pregunta.

—¿Mejor que un máster?

Aprieta los labios, reacia a darme esa satisfacción.

—¿Mejor? —Se da media vuelta y sigue adentrándose en el agua mientras se aparta el pelo y se lo echa a la espalda—. Pues no sé qué decirte. Puede que diferente.

Aprieto los dientes mientras la sigo, con la boca seca al ver el agua que le va subiendo por las piernas y le lame la parte posterior de los muslos. Unos muslos por los que mataría por sentirlos alrededor de la cara si creyera por un segundo que podría tener una aventura con Taylor y mantener la cabeza fría mientras estoy en el cabo Cod. En lo que respecta a mi concentración, por desgracia, ya estoy en la cuerda floja.

—Sí. Estoy de acuerdo con tus padres. Pero eso no quiere decir que todo el mundo tenga que vivir... reprimido. Siendo sensato a todas horas. El mundo sería un lugar muy frío sin los que lloran.

Me coloco junto a ella y me mira despacio. Con cautela.

—¿Eso crees?

—Sí. —Carraspeo para librarme de la sensación extraña que tengo en la garganta, disfrutando de la esperanza que veo en sus ojos un pelín más de la cuenta. Sobre todo porque va dirigida a mí—. Eso sí, ¿la gente que canta canciones de Kelly Clarkson en la ducha? Seguramente podamos vivir sin ella.

Una sonrisa aparece en su cara, y su risa argentina reverbera por la cueva. Cuando por fin refrena la alegría, estoy a punto de agarrarla por los hombros y sacudirla para que vuelva a aflorar. Con suavidad, claro.

—¿En qué estás pensando?

Es la primera vez en la vida que le hago a alguien esa pregunta; un hito histórico.

—Estaba recordando que Jude solía animarme a llorar cuando se daba cuenta de que necesitaba desahogarme. Menos mal que tengo a mi hermano.

Muy bien, es más que un tío decente. A lo mejor también tengo que ser amable con él. ¡Lo que me faltaba, joder!

—Y luego he empezado a preguntarme por qué no te hablas con tu hermano.

Una sensación incómoda se me enrosca en el estómago.

—Ya te lo he dicho. Es un imbécil.

—Pero ¿no podríais comportaros como imbéciles juntos?

Sonríe para indicarme que está bromeando, y estoy a puntito de devolverle la sonrisa pese al incómodo tema.

—No está muy de acuerdo con la profesión que he elegido. Quiere que vuelva a Boston y abramos una agencia de investigadores privados, como planeamos. —Me paso los dedos por el pelo con gesto irritado—. Como si no hubiera pasado nada, ¿sabes?

—¿Te refieres al secuestro de Christopher? —me pregunta en voz baja.

—Sí —contesto casi a voz en grito antes de bajar la voz por ella. ¿Se acuerda del nombre?—. Sí.

—¿Qué opina tu hermano de lo que pasó?

—¿Kevin? Cree... —Decir esto en voz alta es como que me arranquen los órganos con pinzas—. Justo después de que pasara, me dijo que siempre hay un caso en la carrera de todo policía que duele más y que ese era el mío. Y que era peor porque había un niño de por medio. Según él, no había una solución correcta clara, pero me cuesta mucho creerlo cuando yo repaso lo sucedido y la veo perfectamente.

¡Dios! Es lo último de lo que me apetecía hablar hoy. O cualquier otro día.

Aunque a lo mejor es algo bueno, porque me recuerda que no estoy aquí para fingir ser el novio de una maestra de escuela sexualmente reprimida que vive en Connecticut y que quiere hijos, un marido y toda la pesca.

—Solo estoy investigando el asesinato de Oscar como favor a un amigo, pero esto no es lo mío. Las investigaciones oficiales. Es algo que solo voy a hacer esta vez.

—Y tienes miedo de meter la pata.

Hago ademán de negarlo; pero, ¡joder!, ha acertado.

—Sí, claro. ¿Quién no lo tendría?

—No sé —susurra ella mientras me observa con detenimiento. Con demasiado detenimiento—. A lo mejor alguien que no se esté castigando tanto.

Se me forma un nudo en la garganta.

—No tienes ni idea de lo que dices, Taylor.

Pese a mi tono cortante, ella sigue insistiendo. ¿Eso me alivia o me cabrea? No lo sé. Lo que sí sé es que no voy a ceder en esto y ella tampoco.

—Sé que te involucraste más de la cuenta en el caso por tu amigo de la infancia al que perdiste. No por motivos egoístas. Ni por negligencia..., ¡qué va! Tienes razón, no conozco todos los detalles, pero sé que debías de tener buenas intenciones.

—Las buenas intenciones no bastan en una situación de vida o muerte. Como esta. —La necesidad de distraerla de las heridas que llevo dentro, unas heridas que se hacen cada vez más visibles, gana—. Lo que pasó anoche no volverá a repetirse, ¿de acuerdo? Soy responsable por dejar que llegara tan lejos y lo siento. Pero solo quiero resolver el caso y volver a localizar a mis fugados para cobrar la recompensa. No hay cabida para una distracción.

—Muy bien. —Lo dice muy a la ligera, pero se guarda algo bajo la manga. Lo sé. Y, por cierto, ya quiero retirar lo que acabo de decir, aunque no puedo. Porque ponerle freno a esta floreciente... lo que sea es lo mejor para los dos—. Pero hazme un favor, Myles. Si no te interesa distraerte conmigo, no me espantes al resto de los candidatos.

¡Mierda! Me ha pillado.

—¿Cómo...?

—He visto tu reflejo en las gafas de sol de Ryan. Idiota.

Oírla pronunciar el nombre de otro me retuerce las terminaciones nerviosas como un tenedor retuerce los espaguetis.

—¡Ah! Lo siento. —Me inclino hacia delante hasta que las puntas de nuestras narices se tocan—. ¿Te interesa el colega del ratín?

—Mejor que el ladrón de bragas. —Menea la cabeza—. A ver, ¿por qué las robaste? El rojo no te sienta bien.

«Las quemo antes que dejar que te las pongas para otro». Ese es el resumen del caos absoluto que tengo en la cabeza. Y ni borracho voy a dejar que salga de mi boca.

—Estoy impidiendo que te las pongas para un hombre así... y que te lleves un chasco.

Pega su nariz, esa naricilla preciosa y perfecta, a la mía.

—A ti ni te va ni te viene para quién me las pongo.

Se me está olvidando a marchas forzadas la decisión de mantener las distancias. De tratarla menos como una mujer deseable y más como parte de la investigación. Mi cerebro no deja de lanzar señales de alarma en un intento por recordarme lo que pasa cuando dejo de ser objetivo. Estoy sintiendo demasiadas cosas a la vez en lo que a ella respecta y no sé cómo reprimir algo tan intenso.

Lo peor de todo es que a ella le gusta mi lado más rudo. Me lo pidió anoche sin ningún pudor. Prácticamente me está invitando a mostrárselo ahora mismo con esa mirada vidriosa. Tiene los ojos clavados en mi boca y me traza los abdominales con los dedos.

—¿En serio? —Pego los labios más a los suyos. Hasta que se tocan por completo. Hasta que intercambiamos los alientos acelerados—. Aleja esa boca de mí antes de que me la folle de nuevo.

Su inhalación es sibilante. Seguida de un trémulo gemido. Y estoy perdido.

Estoy perdido sin remisión.

Y casi cabreado por lo mucho que me afecta. Que me tienta. Agarro las cintas de su chaleco salvavidas con las manos y tiro de ella hasta ponerla de puntillas; su jadeo me baña los labios y la miro sin más. La miro a los ojos mientras intento averiguar qué diablos la hace tan distinta. Lo que resulta ser un gran error. Garrafal. Porque ni siquiera parpadea. Me deja mirar y no se amilana ante la intimidad, como siempre he hecho yo para evitar las situaciones en las que me veo obligado a bajar la guardia. No, ella me demuestra que eso no la asusta y me reta a reunirme con ella, aunque le late el pulso acelerado en la garganta. Esa solo es una de las cosas que la hacen diferente, ese valor tan vulnerable, y, como he dicho, estoy perdido.

Porque tiene la boca lista, húmeda y con un leve mohín. Y sé el placer que ofrece cuando está excitada. Estoy empalmado y el sudor me cae por la espalda. Sería incapaz de impedir que mi boca se frotara a un lado y a otro de la suya aunque tuviera la voluntad de mil hombres. Suelto un gemido que me brota de lo más hondo del pecho y dejo de luchar contra una necesidad que es demasiado grande. Sin dejar de mirarla a los ojos, le desabrocho el chaleco salvavidas y lo tiro al agua. Le quito la camiseta de neopreno y también la arrojo a un lado, dejándole las tetas cubiertas únicamente por unos triangulitos de nailon. ¡Dios! ¡Qué sexi es! La deseo. La necesito. Sin impedimentos entre nosotros, casi se derrite mientras le cuelo las manos por debajo del biquini para agarrarla por el culo y levantarla con fuerza contra mí.

Nos fundimos en un beso cuando ella aterriza contra mi cuerpo, rodeándome la cintura con las piernas, y el alivio de tenerla tan cerca como lo necesito hace que me tambalee hacia atrás. El arrollador deseo que me invade exige que me desabroche las bermudas y termine lo que empezamos anoche. Que remate la faena aquí mismo, metidos en el agua hasta las rodillas. Un polvo rápido, furioso y necesario. Pero luego gimotea contra mi boca, nuestras lenguas se acarician y nos damos un beso de verdad, de los que hemos estado evitando sin lanzarnos de lleno, y resulta que... mis putas rodillas se convierten en gelatina.

¿Qué está pasando?

No lo sé. Estoy demasiado ocupado saboreándola todo lo que puedo. Me muestro egoísta. Desesperado. Le tuerzo los labios con los míos, a la derecha y luego a la izquierda, mientras le meto la lengua en la boca una y otra vez, con afán posesivo, con familiaridad, y gruño cuando ella me coloca los talones en el culo y se sube más por mi cuerpo, clavándome las uñas en la cabeza y en la espalda. Es un beso más personal, más íntimo, que el sexo; al menos, más íntimo que cualquiera que haya dado antes, y soy físicamente incapaz de parar. Es muy dulce.

Muy adictiva y... encaja con algo que llevo dentro, por más miedo que me dé admitirlo. Pero no tengo tiempo ahora mismo para asimilarlo. No cuando sabe a manzanas, a brisa marina y a vainilla, y no para de frotarse arriba y abajo contra mi erección con un afán inconsciente y ansioso que yo aliento agarrándola mejor por el trasero.

—Tengo un condón en la cartera —consigo decir cuando nos apartamos para respirar entre jadeos—. ¿Vamos a usarlo, cariño? ¿Quieres que lo use y que te la meta fuerte?

—Sí. Sí. —Me besa la barbilla, la boca, me clava las uñas en los hombros—. Y luego a lo mejor puedo volver a tomar decisiones inteligentes.

Esas palabras, dichas entre jadeos, me clavan un destornillador en las costillas, aunque comprendo muy bien por qué las dice y no puedo enfadarme con ella. Sería incapaz de enfadarme con ella ahora mismo aunque me tumbara de un puñetazo. No cuando se agarra a mí y me ofrece una confianza que no estoy seguro de haberme ganado. Soy incapaz de hacer nada que no sea adorarla. ¡Por Dios! Solo quiero adorarla.

Le aparto una mano del culo a regañadientes y me la llevo al bolsillo, abro la cartera con la boca y saco el condón con los dientes. Sin apartar la mirada de sus preciosos ojos verdes, tiro la cartera a la orilla y abro el envoltorio antes de meterme el condón de látex por debajo de las bermudas, y tengo que morderme la lengua para no soltar una palabrota cuando me topo con mi erección. ¡Joder! La tengo durísima. Voy a correrme deprisa, así que tendré que prestarle mucha atención a su clítoris para que se corra conmigo. No pienso dejarla atrás, ni hablar.

—Voy a sentirte enorme dentro, ¿verdad? Grande y duro —me susurra contra la boca. Acto seguido, se desliza hacia abajo y me roza el cuello con los dientes antes de lamer la piel para calmar el dolor, y veo una explosión de colores, ¡colores, joder!, detrás de los párpados—. Vas a tener cuidado, pero me va a doler un poquito al mismo tiempo, ¿a que sí?

No hay palabras para describir el sonido que emito. Es un gemido ronco, animal y sorprendido, y solo puede proceder de un hombre que ha llegado a un punto en el que no hay marcha atrás. Me está matando.

No sabía que me gustaba que me... halagasen. A lo mejor no me gusta. A lo mejor solo me gusta viniendo de ella. A lo mejor ya estoy enganchado. Sí, lo estoy.

—Cuidado —mascullo con voz pastosa mientras la llevo hasta las sombras y le doy unos cuantos tirones al cordón de las bermudas—. Cariño, claro que voy a tener cuidado, contigo siempre. Voy a llenarte a tope y a besarte cuando termine...

—¡Socorro!

Al principio, juro por Dios que creo que es mi rabo hablando. Porque necesita que lo socorran de inmediato. Me palpita, ya estoy goteando en la punta del condón y esta preciosa mujer tiene la espalda arqueada a la espera de que se la meta, de que se la meta por fin y le proporcione el polvo de su vida.

Aunque no es eso lo que pide ayuda.

Es otra persona. Alguien que grita fuera de la cueva.

No.

Es una pesadilla. Estoy dormido en la cama y esto es una puta pesadilla.

—¡Socorro! —grita de nuevo esa voz.

Y después:

—¡Taylor!

Ella pone los ojos como platos, me quita las piernas de la cintura y golpea el agua con los pies.

—¡Ay, por Dios, es mi hermano! Parece herido. —Agita las manos y se mira el cuerpo excitado. Tras un breve titubeo, se agacha y se echa agua encima, algo que (si me preguntas) no ayuda en absoluto. Porque ahora está excitada y el biquini se le pega a todo el cuerpo, incluidos los pezones endurecidos. Sin embargo, intenta salir de la cueva de esa guisa.

Le rodeo la cintura con un brazo y la detengo en el aire.

Todavía incapaz de hablar por el peor caso de congestión escrotal que se haya visto en la vida, la llevo hasta la camiseta de neopreno y se la doy sin decir palabra.

—Gracias —susurra al tiempo que se la pone y vadea hasta la orilla antes de salir corriendo al sol.

Necesito varios ejercicios de respiración y recordar el escenario de un crimen especialmente sangriento para que se me baje, pero al final lo peor pasa y sigo a Taylor mientras me pongo la camiseta y vuelvo a colocarme el arma en su sitio.

Todos están en la playa alrededor de Jude, observando a Taylor, que revolotea junto a él como una gallina clueca.

¡Por Dios! Se le ha puesto el pie como un melón de grande.

—Le ha picado una medusa —me explica el instructor cuando me acerco al grupo—. No hay que preocuparse. Uno de los colegas ya se le ha meado encima.

—Ese he sido yo —le dice Ryan a Taylor antes de mirarme, momento en el que se pone blanco y se aleja un gran paso de ella.

—Parecía una ortiga de mar. A menos que sea alérgico al veneno, solo le dolerá un par de días —dice el instructor—. No debería pasarle nada.

—Al menos, físicamente —replica Jude, aturdido—. Pero me han meado encima, así que... ¿psicológicamente? Esto pide vodka.

—Vamos a llevarte a la casa. —Taylor le ofrece un hombro para que se apoye en él—. Te pondremos en el sofá con un poco de hielo y...

Dan un paso y Jude hace una mueca mientras sisea entre dientes.

—¿Te duele al andar? —Taylor parece a punto de echarse a llorar.

En vez de quedarme parado y reconocer que sus lágrimas me provocan una desazón enorme en el pecho, meto los pies en las botas sin molestarme en ponerme los calcetines ni atarme los cordones. Suspiro y me adelanto.

—Ya me encargo yo. Tú prepara el asiento trasero del coche.

—¿Te encargas tú? ¿Cómo...?

Levanto en brazos a su hermano y me lo pego al pecho antes de echar a andar por la playa.

—Taylor —la llamo por encima del hombro—. El asiento trasero. Prepáralo.

—Sí. Ya voy. —Corre para adelantarnos a Jude y a mí, y me roza el brazo y me mira con expresión agradecida al hacerlo. Observo su espalda con un gruñido mientras absorbo cada detalle de un vistazo.

No se ha puesto las sandalias.

El asfalto del aparcamiento va a quemarle los pies, ¡joder!

Aprieto el paso por si también necesita que la lleve.

—El rescate sería mucho más romántico si no le estuvieras haciendo ojitos a mi hermana —dice Jude, que se ríe aunque es evidente que le duele—. Pero de todas formas es un gesto muy bonito por tu parte.

—Solo intento ahorrar tiempo. Habríais tardado una semana en llegar al aparcamiento a saltitos, y yo tengo prisa.

—Lo que tú digas. —Lo miro con el ceño fruncido, pero le tiemblan los labios por la risa contenida—. Parecías un pelín contrariado al salir de la cueva, cazarrecompensas.

—Cierra la boca.

Se echa a reír.

Llegamos al coche un minuto después y dejo a Jude de pie con cuidado, de modo que se pueda apoyar en el coche. Como supuse, Taylor está dando saltitos de un pie a otro en un intento por no quemarse las plantas de los pies. Le rodeo la cintura con un brazo y la pego a mí.

—Ponte sobre mis botas.

—¡Oh! —susurra ella, que me pone las manos en el pecho y se sube a mis pies sobre el grueso cuero—. Gracias.

Asiento una vez con la cabeza antes de echar a andar para rodear el coche hasta llegar a la puerta del conductor, paso a paso, con el antebrazo pegado a la base de su espalda. Seguro que parecemos dos idiotas y sí, podría llevarla en brazos sin más, pero esta postura tiene algo que me gusta. Tal vez porque me mira a los ojos. O porque los movimientos coordinados de nuestras piernas parecen trabajo en equipo. Sea cual sea el motivo, es peligroso, pero eso no me va a entrar en la cabezota hasta que ella se aleje en coche y yo pueda salir del trance que me provoca.

—Esta noche voy a prepararte tacos —me dice con la mirada tímidamente clavada en mi barbilla—. Tienes que alimentarte para la investigación, ¿verdad? Tienes que... Qui-quiero decir que, si te apetece venir, sería lo menos que puedo hacer después de que hayas traído a mi hermano hasta el coche como un héroe de acción.

—Venía hacia aquí de todas formas.

Me mira con una sonrisilla torcida.

«No la beses. Ni se te ocurra». Pero, ¡por Dios!, esos labios me lo están suplicando.

—Estaré vigilando fuera de la casa por si el lanzador de boyas vuelve. Eso forma parte del trabajo. Pero no puedo ir a cenar, Taylor.

Lo digo con la firmeza necesaria para que ella sepa que el distanciamiento es por algo más que los tacos. Es la imagen completa. Pasar tiempo juntos. Cada minuto que estoy a su lado, avanzamos un paso más pese a mis buenas intenciones. Pese a las advertencias que no dejo de darme. Esto tiene que parar. Porque estoy segurísimo de que si vamos más allá de lo que hemos ido en la cueva, acabaré prometiéndole la luna. Le prometeré cosas que no puedo darle, ni ahora ni en el futuro. No tengo motivos para creer que, de repente, se me darían bien las relaciones. La última que tuve fue tormentosa desde el principio, no porque hubiera muchas discusiones, sino porque me importaba más mi trabajo. ¿Ahora? Tengo un montón de equipaje, pero no una dirección permanente, ¡por el amor de Dios!

—Muy bien. —Se muerde el labio inferior un segundo antes de ponerse de puntillas y besarme en la mejilla—. Adiós, Myles.

Me sale un gruñido del pecho.

Y después se baja de mis botas y se sube al coche para ponerse al volante. El instructor le pasa las sandalias a través de la ventanilla del acompañante y Jude le da las llaves desde el asiento trasero. Después de mirarme por última vez a través de la ventanilla, arranca y se va.

Ya no la estoy tocando. Y, ¡joder!, bien que me gusta hacerlo; razón por la que me llevo una mano al bolsillo trasero para acariciar el encaje de sus bragas rojas. Para tener algún tipo de contacto...

No están.

Doy un respingo y me busco en el otro bolsillo. No, tampoco están.

Taylor ha recuperado sus bragas de ligar. Me las ha birlado del bolsillo. ¿Cómo sabía que las tenía ahí? ¿Y qué quiere decir que las haya recuperado?

«A ti ni te va ni te viene para quién me las pongo».

—¡Mierda! —mascullo al tiempo que me meto un antiácido en la boca.

Vuelvo al motel con la sensación de tener el estómago lleno de cristales y decidido a repasar las notas del caso y a planificar los siguientes pasos. Nada de pensar en pamplinas como bragas de encaje rojas y mujeres que lloran porque los niños son amables los unos con los otros.

«Haz el trabajo y vuelve a casa».

«Acabarás olvidándote de ella».

Dentro de un siglo más o menos.

A lo mejor.

Ni por asomo.

«¡Joder!».

11
Taylor

Con el rabillo del ojo, veo pasar la moto de Myles por delante de la casa por segunda vez en una hora. El cielo empieza a oscurecerse, el olor de las barbacoas de los sábados flota en el aire. Se ha nublado un poco, como suele ocurrir en la costa de Massachusetts. Hay probabilidad de lluvia, como de costumbre, pero eso no impide que los veraneantes disfruten del mar, de los porches llenos de flores y de los margaritas en grandes jarras heladas o las cervezas en lata. Las risas de los niños y las conversaciones de los adultos llegan desde la playa entre canción y canción, colándose por las ventanas abiertas de la casa de alquiler.

Estoy en la cocina cortando rábanos. Las cebollas se están encurtiendo en un cuenco junto al fregadero.

Myles no sabe lo que se pierde. Mis tacos son alucinantes.

Por cierto, ¿qué problema hay en venir a cenar? Solo es comida.

Detengo el cuchillo mientras corto un rábano.

«Lo que pasó anoche no volverá a repetirse, ¿de acuerdo? Soy responsable por dejar que llegara tan lejos y lo siento. Pero solo quiero resolver el caso y volver a localizar a mis fugados para cobrar la recompensa. No hay cabida para una distracción».

Lo distraigo. Por eso no vendrá a comerse mi delicioso taco.

Mis tacos. En plural.

He tenido tiempo para pensar desde que volvimos de la desastrosa excursión de buceo. Me he dado un baño larguísimo y luego he paseado por la playa mientras Jude leía un libro de David Sedaris en la hamaca del patio trasero. Y empiezo a sospechar algo. Cuando le dije a Myles que esta relación era temporal y que mis ataduras no lo afectarían, es evidente que no me creyó.

¿Por qué iba a hacerlo?

Lo he invitado a cenar. Le he hablado de mi infancia. He llorado delante de él.

«¡Por el amor de Dios, Taylor!». Lo menos que puedo hacer es comportarme como una mujer dispuesta solo a tener una aventura. Es normal que él intente mantener las distancias. Está siendo... decente, ¿verdad? Intenta hacer lo correcto al mantenerme lejos. No solo por el bien de su investigación, sino también porque es evidente que no cree que pueda tener un simple rollo sin sentirme culpable.

Y puede, solo puede..., que tenga razón.

No sé qué pasó esta mañana, pero cuando llevó a Jude al coche, es posible que algo me diera un vuelco en el pecho. Uno bastante grande. La clase de vuelco que me llegó hasta los dedos de los pies y que me motivó a... En fin. A hacer lo que cualquier mujer de sangre caliente haría cuando siente ese tipo de vuelco en el pecho.

Me vine derecha a casa y lo busqué en Google.

«Detective abandona el cuerpo después de error en secuestro».

Cuando vi el titular, casi cerré la pestaña del navegador. Lo que me llevó a seguir leyendo fue la foto de Myles. Bien afeitado y con el pelo oscuro muy corto, mientras bajaba los escalones de un edificio gubernamental vestido con un traje. Sus marcas distintivas estaban todas ahí. La corpulencia de sus hombros y el gesto irritado de su barbilla. Pero parecía muy diferente. Más joven, menos curtido.

Ya estaba al tanto del principio de la historia. Myles investigaba el caso de Christopher Bunton. Pero el artículo de hace tres años me ayudó a rellenar los huecos. Centró la investigación en el sospechoso equivocado. Un vecino con antecedentes por agresión. Un hombre sin coartada. Un solitario. Pero el culpable resultó ser el padrastro, un hombre muy involucrado en la investigación y muy respetado en su comunidad que quería más libertad. Menos gastos para su cuenta corriente. Conspiró con su hermana para llevar a Christopher a otro estado y vendérselo a una pareja que encontró por internet, dispuesta a pagar por una adopción ilegal. Cuando la investigación cambió de rumbo, Christopher llevaba un mes viviendo en su nueva casa. En malas condiciones. Sin que lo alimentaran como era debido. Compartiendo habitación con otros cuatro niños. Obligado a mendigar en la calle todos los días para llevar a casa lo que conseguía.

«Niño traumatizado regresa con su madre».

Ese era el segundo artículo que hablaba del detective Myles Sumner.

Se le olvidó mencionar que había resuelto el caso. Que consiguió llevar al niño a su casa.

Por supuesto que omitió esa parte.

Myles es cruel y borde (de hecho, es tan borde que resulta cortante), y también muy vulgar. Pero me tiene intrigadísima, porque sus actos evidencian que hay mucho más detrás de su mal genio y su pésima actitud, y la atracción que siento por él me ha hincado bien el diente. Unos dientes afiladísimos que se hunden un poco más cada vez que oigo el rugido de su moto y siento la vibración entre los muslos al tiempo que el estómago se me encoge. Ya me he quedado a dos velas en dos ocasiones, me he puesto cachondísima, pero no ha llegado a nada, y no voy a mentir: empieza a pasarme factura.

Mañana a primera hora, me voy al *sex shop* más cercano.

La necesidad manda.

Y lo necesito.

De ninguna de las maneras voy a aguantar cinco días más sin un orgasmo después de que me hayan dejado a punto de caramelo. Compraré el último modelo, el que tenga todas las prestaciones, y después me lo llevaré para darme el baño en bañera con garras más largo de la historia. Mañana por la mañana empiezan de verdad estas vacaciones.

Myles pasa de nuevo en moto.

Clavo la punta del cuchillo en el rábano.

Aunque esta vez sucede algo distinto. Se detiene y aparca delante de la casa. Oigo la voz de una mujer mezclada con su voz grave. ¿Está hablando con alguien? Suelto el cuchillo, salgo de la cocina y cruzo el salón para mirar por la ventana delantera.

Lisa Stanley. La hermana de Oscar está fuera. Ha subido la mitad de los escalones del porche, pero parece haberse parado para hablar con Myles.

—He pensado que podía pasarme para ver cómo va la casa. Y los Bassey, claro —dice con voz cantarina—. Mañana van a cambiar la ventana rota, y quería asegurarme de que estarán aquí para abrirles la puerta.

El gruñido de Myles me llega a través de la puerta. Esbozo una sonrisa torcida.

Empiezan a gustarme esos efectos de sonido de cavernícola.

El silencio se alarga.

—En fin —sigue Lisa con incomodidad—, seguro que estás ocupado con la investigación para la que te contratamos...

—Entro con usted. De todas formas, tengo que hacerle unas preguntas.

El tono del cazarrecompensas no deja lugar a discusiones. Mmm... ¿sospecha de Lisa? Antes de terminar la pregunta siquiera, meneo la cabeza. Pues claro que sospecha de ella. Myles sospecha de todo el mundo. Salvo de nosotros ahora, por suerte.

Como no quería que me encontrasen agazapada detrás de la puerta, la abro y miro a Lisa con una sonrisa triste. Ni me imagino la semana que ha tenido.

—Hola, Lisa. ¿Cómo estás?

Salta a la vista que está aliviada de verme después del abrupto encuentro con Myles.

—Voy tirando, cariño. ¿Y tú?

Me descoloca un poco que la hermana de Oscar me abrace. Con la barbilla de repente sobre su hombro, observo a Myles subir los escalones mientras encoge los dedos a los costados, como si quisiera extender los brazos hacia mí. ¿Hacia nosotras? ¿Qué le pasa?

—Hola, Myles —susurro.

Me saluda con una inclinación de la barbilla y una mirada intensa, pero cauta.

—Taylor.

Me aparto de los brazos de Lisa y hago un gesto hacia la casa. A través de la mosquitera, oigo que Jude entra desde el patio a trompicones.

—Estamos a punto de cenar tacos, si quieres acompañarnos. Solo tengo que dorar la carne.

—¡Ay, no! No voy a entreteneros —rehúsa Lisa, que se frota la nuca. Seguramente porque Myles se la está taladrando con la mirada. La hermana de Oscar le echa una miradita nerviosa—. ¿Estaréis aquí mañana entre la una y las tres? Solo necesito que le abráis al de la ventana.

—Pues claro. Me aseguraré de que uno de los dos estemos.

Jude aparece por la puerta a mi derecha y les ofrece unas cervezas abiertas a nuestras visitas.

—¡Gracias a Dios que habéis venido! —dice mi hermano—. Alguien tiene que ayudarnos a bebernos toda esta cerveza.

Lisa suelta una risilla y titubea un segundo antes de aceptar el botellín.

—Solo le daré unos sorbos. Bien sabe Dios que me los he ganado. Hoy ha sido un día infernal. ¡El segundo de esta semana!

Le hago un gesto a Lisa para que entre, y ella pasa a mi lado para entrelazar el brazo con el que le ofrece Jude. Mi hermano le explica su herida a nuestra casera temporal de camino a la cocina, donde le ofrece uno de los taburetes que hay delante de la isla antes de sentarse en frente de ella. Myles los observa por encima de mi cabeza, con un tic nervioso en el mentón.

—¿Se puede saber qué te pasa? —le pregunto en voz baja.

—Tú no te separes de mí.

No me deja alternativa. Me sigue pegado a los talones hasta la encimera, donde apoya una cadera junto a la cocina. Parece estar pendiente de todo a la vez. De Lisa, de la carne que estoy preparando. Me levanta un poco el codo cuando estoy añadiendo chile en polvo, y le doy un manotazo..., y el gesto hace que Lisa y Jude dejen de hablar de inmediato.

—Desde luego que parece que os lleváis muy bien —comenta la mujer, lo que hace que me ponga como un tomate.

—Esa boya fue una clara amenaza. Podría haber resultado herida. —Myles mira a Lisa con una expresión tan intensa que es un milagro que no estalle en llamas—. Pienso averiguar quién lo hizo. El departamento de policía de Barnstable no puede prescindir de un coche patrulla para vigilar a estos dos turistas de Connecticut, así que solo voy a estar yo. De momento.

—¿Has pedido protección para nosotros? —le pregunto, con la espátula suspendida por la sorpresa.

—Pedí protección además de la mía. No le confiaría tu seguridad a otra persona. —Le da un buen sorbo a la cerveza—. Vas a quemar la carne, renacuaja.

Cierto.

Busco a toda prisa el mando del quemador y lo giro hasta apagarlo.

—¿Qué más te da si la chamusco? Dijiste que no ibas a cenar con nosotros.

—Eso fue antes de oler lo que se estaba cociendo aquí. —Señala hacia la isla, donde he dispuesto los tacos—. ¿Estás encurtiendo esas cebollas?

—Pues sí.

Su gruñido tiene un claro tono de aprobación.

Lo miro meneando la cabeza a la vez que sonrío. Se me está yendo la pinza.

—Disculpa —le digo al tiempo que le hago un gesto para que se aparte unos pasos porque quiero sacar un cuenco del armarito que está bloqueando. Antes de que todos llegaran, me he subido a la encimera para sacar los diferentes platos, ya que todos están en la balda superior. Ahora estoy aquí plantada, mirando con el ceño fruncido el enorme cuenco que está en la parte más alta, sopesando la idea de hacer lo mismo con público. Sobre todo, con la casera.

—¿Qué necesitas? —pregunta Myles al tiempo que suelta la cerveza.

Señalo el cuenco de la balda superior. Le tiemblan los labios, pero por suerte consigue contener la broma que quiere hacer sobre mi hándicap vertical. Invade mi espacio personal antes de que yo tenga la oportunidad de apartarme, rozándome la base de la espalda hasta llegar a la cadera, donde deja la mano. Y me da un apretón. Que me provoca una punzada en el estómago, que parece tener conexión directa con mi sexo. Y todo mientras saca sin problemas el cuenco de la balda superior.

Al parecer, voy a tener que comprar el vibrador esta noche y no mañana por la mañana.

El silencio especulativo de Lisa y Jude es atronador.

—Esto..., Lisa. —Me humedezco los labios secos—. ¿Por qué ha sido un día infernal?

La mujer gime en voz alta. Después de rebuscar un rato en el bolso, saca un folleto de color verde fosforito y lo suelta de golpe en la isla.

—¿Te puedes creer esta... cruzada para arruinar el medio de vida de personas honestas y trabajadoras? Es la alcaldesa Robinson otra vez. Que va detrás de la gente como mi hermano por las casas de alquiler. Casas que son de su propiedad. Todo este lío con las mirillas está echando más leña al fuego.

Myles y yo nos miramos. Él menea la cabeza un poquito, y es evidente lo que quiere decirme. Que no diga nada de las declaraciones a la prensa delante de la casa de Oscar. Debo suponer que tampoco quiere que mencione nada de lo sucedido ayer por la mañana, incluida la carta que encontramos debajo de la tabla.

Jude levanta el folleto y lo lee de un vistazo.

—¿Quiere prohibir los alquileres vacacionales en el Cabo?

Menos mal que al final no se lo dije a mi hermano. No le he contado mucho sobre los avances del caso porque a) no quiero que se preocupe por la idea de que estoy demasiado involucrada; y b) porque quiero que se concentre en relajarse. Ya me ocupo yo del asesinato.

—Eso mismo. —Lisa se ha bebido casi toda la cerveza—. Para ser justos, está recibiendo muchas presiones de los residentes habituales para que cambie las cosas. No les gusta el trasiego continuo de forasteros. Unas cuantas fiestas salidas de madre no están arruinando el negocio a los demás.

—Que no se le olvide el asesinato —tercia Myles, con el botellín pegado a los labios.

—No es un tema de conversación adecuado para la cena —le susurro; palabras que acompaño con un pequeño codazo. A Lisa le digo—: ¿Crees que la alcaldesa tendrá éxito?

—No lo sé. Mañana va a dar un gran mitin en el pueblo. El asunto empieza a cobrar fuerza. —Lisa suspira y se encorva un poco en el taburete, pero en cuanto pongo el cuenco con carne y un plato con los tacos antes de hacerles un gesto a todos para que se los preparen, empieza a llenarse el plato con los demás—. Una cosa... —dice—. He estado pensando. —Mira hacia el dormitorio de la parte trasera—. ¿Y si la boya era una advertencia para mí?

—¿De qué le estaría advirtiendo el sospechoso? —Myles me dirige una mirada elocuente—. Ni que se estuviera inmiscuyendo en la investigación. Usted no está involucrada.

—Mi novio te contrató —replica Lisa.

Myles añade suficiente salsa picante a su taco como para matar a una cabra.

—Sí, pero si asumimos que quien tiró la boya por la ventana también asesinó a su hermano, casi sin lugar a dudas sabe que usted no vive aquí, señora Stanley. Quienquiera que sea está lo bastante cerca de la investigación como para saber que los Bassey se trasladaron a esta casa.

Tal vez eso debería habérseme ocurrido antes, pero no ha sido así. No hasta ahora.

—Crees que nos están vigilando. —¿Cuándo me he acercado más al cazarrecompensas? No lo sé, pero su más que considerable calor corporal evita que pierda el apetito por completo—. ¿Vamos a descartar por completo la teoría de una boya perdida?

—Nunca ha sido una teoría —contesta Myles al tiempo que se come medio taco de un bocado. Mastica unos segundos mientras yo intento con desesperación no ponerles nombre a los músculos de su garganta. Connor, Wilson, Puck, Jameson—. Es un taco de puta madre.

Y ahora empieza la carrera por aplastar el orgullo que me recorre. No lo consigo. Ni por asomo.

—Gracias. Lo sé. —Le doy un bocado de persona normal a mi taco—. ¿No te alegras de haber decidido no ser terco?

Se mete la otra mitad del taco en la boca. La otra mitad del tirón.

—Sí —contesta con la boca llena—. Pero podrías haberle echado más chile en polvo.

—Tenías que echarlo a perder. —Le doy una patada en la espinilla.

Me clava un dedo en el costado con una expresión traviesa en los ojos antes de bajar la mirada a mi trasero.

Apura la cerveza.

Pego las caderas sin querer a la isla mientras se me eriza el vello de la nuca. Y de los brazos. ¡Madre del amor hermoso! ¿Hasta cuándo está abierto el *sex shop* este? Juro que si llego allí y las puertas están cerradas, voy a hacer un agujero en el techo y a descolgarme con una cuerda como James Bond.

—Lisa, ¿qué te hace pensar que la boya era para ti? —pregunto.

Ella se encoge de hombros con un gesto inquieto.

—Una sensación rara que me ha estado rondando. Como... No sé. Una presencia rara que me está siguiendo. —Suelta una carcajada forzada—. Estoy segura de que la sensación la provoca la muerte tan espantosa de mi hermano.

Extiendo el brazo por encima de la isla y le doy un apretón en el suyo.

—Estás traumatizada. Por supuesto.

Jude le da a Lisa una servilleta para que se seque las lágrimas y le da unas palmaditas en la mano para reconfortarla.

Me inclino hacia un lado con gesto un poco dramático en un intento por saber si hay lágrimas o no.

«Vamos, chica, dame una sola».

Myles lanza una foto de la posible arma del crimen en mitad de los platos.

—¿Reconoce el arma?

—Myles —susurro.

Él sopesa mi indignación, pero después el muy imbécil decide seguir de todas formas.

—¿Lisa?

La veo tragar saliva con fuerza mientras levanta la foto.

—No la reconozco. —Deja que la foto caiga a la isla—. Paul tiene una Beretta en una caja fuerte. Es la única arma a la que tengo acceso.

—No le he preguntado si tenía acceso a ella.

Lisa, que estaba a punto de prepararse otro taco, aparta la mano despacio. Jude y yo nos miramos como estatuas de piedra, con las cejas casi en el nacimiento del pelo. Eso me recuerda a cuando nos quedábamos petrificados durante las infrecuentes discusiones de nuestros padres, sin saber si intervenir o irnos a otra parte.

—Me voy a casa. El abogado de Oscar va a traerme una serie de documentos a primera hora de la mañana y dice que son importantes —dice Lisa finalmente con una sonrisa tensa mientras se baja del taburete—. No olvidéis abrirle la puerta a los de la ventana mañana por la tarde.

—Apuntado —replica Jude al tiempo que le hace un saludo militar.

Myles gruñe hasta que ella sale por la puerta.

Hago ademán de seguirla para cerrar con llave, pero Myles engancha un dedo en la cinturilla de mi falda y tira de mí hacia atrás para hacerlo él.

—Lisa es tu principal sospechosa, ¿verdad? —le pregunto en voz baja cuando vuelve—. ¡Ay, por favor! Ha sido como una escena sacada de un programa del Investigation Discovery. No me lo esperaba. A ver, por supuesto que siempre son las personas más cercanas a la víctima, pero...

—Respira hondo, renacuaja.

Jude me pasa su cerveza, y bebo varios sorbos.

—La has pillado desprevenida con la foto a propósito, ¿a que sí? —Eso lo pregunta Jude.

Myles se encoge de hombros. Empieza a prepararse un segundo taco..., o tal vez un tercero.

—Vamos, cazarrecompensas. Danos algo. —Lo miro con un gesto coqueto, pero solo parece exasperarlo—. ¿No me merezco una medallita por haber encontrado el arma del crimen?

—Todavía no tenemos los resultados de balística. —Me mira con el ceño fruncido mientras devora el taco. ¿Está cediendo en lo de compartir información con nosotros? Parece que está cediendo. Le hago otro gesto coqueto, por si las moscas, y suspira—. Hoy he hablado con el abogado de Oscar Stanley. Lisa Stanley es la beneficiaria del testamento de su hermano. Todas las casas de alquiler pasan a ser de su propiedad.

Mi hermano y yo estampamos la palma de una mano contra la isla a la vez.

—Sigue el rastro del dinero —dice Jude—. ¿No digo siempre que hay que seguir el rastro del dinero?

—Sí, sí que lo dices. —Le hago un gesto a Myles con la cabeza—. Es cierto. Cada vez que vemos *Dataline* juntos. Mi hermano tiene un cerebro muy analítico. Es increíble.

—Estupendo —replica Myles con sequedad—. A ver, no hay nada concluyente. Solo es una sospechosa. Al menos para mí. Los polis siguen cachondos por el padre.

—Ese porno lo he visto.

—¡Jude! —Se me escapa una carcajada. Hago clic en un bolígrafo imaginario y me centro—. Bueno, ¿nuestros sospechosos ahora mismo son Judd Forrester, Lisa Stanley y Sal, el de la puerta de al lado?

El cazarrecompensas frunce el ceño.

—Nunca he dicho que Sal fuera un sospechoso.

—¿No ves *Temerás a tu vecino*? Sal odia a los inquilinos. Oscar era el dueño de cuatro casas solo en esta manzana. ¿El continuo ir y venir de gente a su alrededor no podría haberlo llevado a cometer un crimen pasional?

—Esa teoría tiene unos cuantos agujeros. —Los cuenta con sus largos dedos. No le pongas nombre a sus dedos. Joe, Hubert, Rambo...—. El primero: no es un crimen pasional. Quienquiera que asesinase a Oscar Stanley esperó a que todo el mundo estuviera distraído con las celebraciones del Cuatro de Julio. Por no mencionar que usó los fuegos artificiales para ocultar el disparo. Todo eso indica premeditación. El segundo: Sal casi se cagó encima cuando le dije que te dejara tranquila o acabaría con el palo de esa escoba metido por el culo. Y el tercero: estaba en una barbacoa en Provincetown la noche del asesinato. Confirmado por varios testigos.

—¡Hala! —Estoy tan excitada que casi no puedo respirar—. Has trabajado un montón.

Me mira con expresión elocuente.

—Para eso he venido.

Y quiero darle otra patada.

—Así que ahora mismo, ¿los sospechosos son Lisa y Forrester?

—De momento. Forrester tiene una Glock sin registrar, como la que encontraste en la playa, Taylor. El departamento de policía de Barnstable lo interrogó de nuevo y asegura que no es suya. Sigo sin verlo como asesino, pero es evidente que no podemos descartarlo.

Jude se acerca tambaleante al frigorífico en busca de otra cerveza.

—Muy bien, pasemos a la segunda sospechosa. ¿Por qué querría Lisa investigar el asesinato si apretó ella el gatillo?

—A los criminales les gusta inmiscuirse en la investigación —susurro al recordar lo que Myles me dijo ayer, repitiendo un rasgo criminal que he oído en numerosas ocasiones en *Grabado en hueso*. Siempre vuelven al escenario del crimen.

Se me ocurre otra cosa y jadeo.

—Si al final la asesina resulta ser Lisa, tendrás que darle la noticia a tu amigo Paul.

—¡Ajá! —Carraspea con fuerza y suelta el taco a medio comer—. Ya me voy. Cerrad la puerta cuando salga. Mantened las ventanas bien cerradas. Voy al centro a hablar con la policía, pero vuelvo después.

Aquí está. Mi oportunidad para escabullirme al *sex shop*. Voy a entrar y a pedir el vibrador que tenga potencia de terremoto.

—Me parece bien —digo con una sonrisa.

Entorna los párpados con expresión suspicaz al oír mi tono alegre, y me afano limpiando.

Da la sensación de que Myles quiere decir algo, pero se da media vuelta y se va, cerrando la puerta con decisión a su espalda.

Jude se planta delante de mí.

—Muy bien. ¿Qué estás tramando?

Hay cosas que una mujer no puede decirle ni a su mejor amigo/hermano, aunque no vaya a juzgarte. Como, por ejemplo, que estoy tan a punto de caramelo para un orgasmo que voy a escabullirme mientras anda suelto un asesino.

—Nada. —Oculto la cara tras un armarito, fingiendo que busco algo—. Solo estaba intentando no decirle a Myles que por fin está compartiendo pistas. Intentaba quitarle hierro al asunto.

—Claro. —Jude abre la boca para decir algo más, pero le vibra el móvil en el bolsillo. Se lo saca y mira la pantalla antes de esconderlo a toda prisa—. Si vas a escabullirte a espaldas de Myles, yo te acompaño. Solo para curarnos en salud.

—Voy a comprar un vibrador —le suelto.

—¡Qué bien! —Se acerca a la encimera cojeando y se hace con las llaves mientras me mira meneando las cejas cuando se oye el rugido de la moto alejarse en la oscuridad—. Yo me tomaré algo en el bar más cercano mientras tú curioseas.

12
Myles

Sabía que Taylor ocultaba algo.

Ni en sueños se me había pasado esto por la cabeza.

Al otro lado de la calle de Caprichitos (la tienda de juguetes eróticos más discreta que he visto en la vida), la observo desde mi moto, oculto por las sombras, mientras pasa por delante de la puerta como si nada y espera hasta quedarse sola en la acera, ya que un transeúnte acaba de entrar en el bar de al lado. Después retrocede, paso a paso, y entra en la tienda en un abrir y cerrar de ojos.

Y así es como acaba en un *sex shop* de lujo. «No me jodas, no me jodas».

¿Estoy cabreado? Pues sí que lo estoy, la verdad.

El hecho de que se ponga en peligro al salir de noche sin mí hace que mi piel alcance más o menos la temperatura del sol. Al menos, ha venido con Jude. Al principio, eso me alivió un poco. Pero después de dejar el coche en el aparcamiento municipal, se separaron al otro lado de la carretera. Jude se metió en el bar, y a través del ventanal veo que un tío ya lo ha invitado a una copa. Está distraído. ¿Quién está con Taylor ahora? Nadie, esa es la respuesta. Y cosas mucho más raras han pasado que el hecho de que secuestren o ataquen a una mujer en público. ¡Joder!

Me bajo de la moto y empiezo a andar de un lado para otro.

Tardo unos quince segundos en admitir que la temeridad de Taylor solo es la causante en parte de mi acaloramiento. De las palmas sudorosas y de mi angustia.

Quiere —necesita— un orgasmo con tanta desesperación que está arriesgando el cuello para conseguirlo.

Y yo tengo la culpa.

Aunque no es la arrogancia la que habla, ni mucho menos. La he llevado al borde del orgasmo en dos ocasiones sin rematar la faena. Por culpa de una boya perdida. Por culpa de la medusa que le picó a Jude. Cierto. Pero eso no evita que me sienta culpable. ¡Qué va! Está cachonda, yo soy el causante, y ella está a punto de conseguir el alivio que necesita por otros medios.

No es que me cueste tragarme esa píldora, es que la tengo atascada en la dichosa garganta.

Sí.

No me veo permitiendo que pase. Ni hablar. Estoy seguro de que esto me convierte en un cabrón metomentodo, pero no soporto la puta idea de que llegue al orgasmo con un chisme de silicona cuando soy yo quien la llevó al precipicio. Quien creó la necesidad para empezar. Hasta ahora, me consolaba con el hecho de que no nos hemos acostado, por más agónico que haya sido mantener esa línea que hemos estado a punto de cruzar en dos ocasiones. Mientras no nos acostemos, estoy centrado. Mientras no me meta en la cama con ella, puedo mantener la profesionalidad y la objetividad, ¿verdad?

Claro.

Solo que... pensar en que Taylor consiga el placer de cualquier otra forma que no sea conmigo me provoca ganas de destrozar a patadas el escaparate en el que se anuncia lencería, masajeadores y aromaterapia en letras doradas. ¿Qué está escogiendo ahí dentro? ¿Soportaré quedarme quieto mientras pasa por delante de mí de vuelta a casa con su compra y la usa para correrse?

No.

Ni en un millón de años.

—¡Y una mierda! —mascullo, preparado para cruzar la calle.

Antes de poder hacerlo, sale de la tienda, con una bolsita morada pegada al pecho. El instinto me lleva a examinar la zona cercana en busca de amenazas. Cuando termino, ya camina deprisa hacia el aparcamiento. Sola. De noche. En un lugar desconocido. Sujetando la bolsa de una tienda de juguetes eróticos. ¿Se puede saber qué lleva en la bolsa?

Decirme que no es asunto mío no sirve de nada. Nada salvo proporcionarle en persona un orgasmo va a servir, esa es la verdad. Y con esa idea malísima y tentadora en la cabeza, la sigo al aparcamiento. Para asegurarme de que está bien, nada más. Eso es lo que me digo. Solo voy a asegurarme de que se mete en el coche sin problemas, pero cuando se da media vuelta y me ve, poniendo los ojos como platos e intentando esconder la bolsa a la espalda, la peligrosa combinación de afecto y lujuria me impulsa hacia delante, cada vez más cerca, hasta que nuestros pies se tocan. Hasta que ella tiene la espalda pegada al lateral del coche.

—Hola, Taylor —digo al tiempo que planto las manos en el techo.

—Ho-Hola. —¡Por Dios! Está tan excitada por lo que sea que ha comprado que tiene las pupilas del tamaño de un disco de *hockey*—. ¿Qué haces...? ¿Me es-estás siguiendo?

—Te estoy protegiendo.

—¡Ah, claro! —Se humedece los labios, y mi sangre baja de golpe, poniéndomela dura al instante—. ¿Cu-Cuánto dirías que llevas protegiéndome? ¿Diez minutos? ¿Dos?

—El tiempo suficiente para saber que no llevas protector solar en esa bolsa.

—A lo mejor son tampones —se apresura a decir—. Privadísimo. Solo para mis ojos.

—No cuela.

—¿No?

—No.

—¡Ah! —Sigue intentando mantener la bolsa tras la espalda—. En fin, iba a dejarla en el coche e ir en busca de Jude. No quiero entrar en el bar con... con lo que sea que llevo aquí dentro.

Me inclino hasta que nuestras bocas quedan más cerca, y se le acelera la respiración.

—¿Qué es?

—Una cosa que no es asunto tuyo, Myles.

Le rozo los labios con los míos, haciendo que entorne los párpados.

—Tu cuerpo insatisfecho es asunto mío, y los dos lo sabemos, Taylor. Llevamos varios días con el tema.

Se estremece.

—¿Te importa dejar de hablarme así?

—¿Por qué? ¿Te gusta demasiado?

—Sí —susurra.

—Dame la bolsa.

—¿Qué vas a hacer con ella?

—Depende de lo que haya dentro.

—Solo un poco de aceite de lavanda.

—¿Y qué más?

Cierra los ojos con fuerza.

—Algo llamado «martillo del punto G».

—¿En serio? —Bajo la mano derecha y se la pongo entre los muslos, por debajo de la falda. Sí. Ni en un millón de años algo llamado «martillo del punto G» va a quitarme el honor de conseguir que se corra—. ¿Qué me dices del clítoris?

—Eso también lo cubre —susurra de forma apresurada, con la mano libre metida bajo mi camiseta—. Tiene un estimulador.

—Muy bien. Dame la bolsa, cariño.

La coloca entre los dos, con los ojos desenfocados.

Después de acariciarla despacio una vez más a través de las bragas cada vez más mojadas, acepto la bolsa. Dejo la botellita de aceite en el techo del coche.

—No lo vamos a necesitar.

—Pero...

Abro el envoltorio del vibrador con los dientes.

—¡Ay, Dios! Esto... Yo... —Agita la cabeza, descolocada—. La dependienta me ha dicho que a lo mejor tiene algo de carga, pero que no estaba segura... —Pulso el botón y se enciende a tope—. ¡Oh! —susurra, hipnotizada por el vibrador morado—. Funciona.

Le subo la falda hasta la cintura, dejándosela ahí arrugada. ¡Madre del amor hermoso! ¡Qué muslos! Con ese maravilloso monte de Venus entre ellos. «Mío. De momento».

—No debería estar haciendo esto, Taylor.

—Lo sé —replica con un hilo de voz—. Te distraigo de la investigación.

—Mmm...

«Deja de hablar. Ya. Le cuentas demasiado a esta mujer».

—Pero ¿tu forma de besarme? ¿Como si te picara la curiosidad y estuvieras abrumada al mismo tiempo? El ritmo perfecto de tus caderas cuando te frotaste contra mí esta mañana, suplicando que te echara un polvo. Y, ¡por Dios!, la mamada que me hiciste... —Escupo en el vibrador y se lo meto por debajo de las bragas amarillas, frotando justo donde lo necesita, captando su gemido entrecortado, recordando cómo el placer le transforma la cara—. Ya sé que contigo voy a echar el mejor polvo de mi vida, y eso hace que me cueste muchísimo mantener las manos alejadas de ti, Taylor, ¿lo entiendes?

—Sí, sí, sí.

—Voy a manejar este cacharrito porque es para mí, ¿verdad? —Consigue asentir con la cabeza de forma atolondrada, y una gratificación que no conocía hasta ahora se extiende por todo mi cuerpo, como la pintura derramada sobre un lienzo. Responsabilidad, afán posesivo. Cosas que no esperaba sentir jamás—. Vamos a ocuparnos de este problemilla y luego volvemos al trabajo, ¿te queda claro?

—Cristalino —se apresura a contestar.

—Dime cuándo estás lista para tenerlo dentro.

—¡Ahora! Estoy... Estoy...

Le paso un dedo por debajo de las bragas y se me empapa.

—Mojadísima, ¿verdad?

Ya está temblando. ¡Por Dios! ¡Por Dios! Está temblando. Con los labios entreabiertos. Los ojos vidriosos, los muslos trémulos y la espalda arqueada. Necesito echar mano de toda mi fuerza de voluntad para no metérsela hasta el fondo contra el coche, pero tengo un collar invisible alrededor del cuello, puesto por el instinto de supervivencia. Si lo hago con esta mujer, si nos damos el gusto sin reglas ni límites, no habrá marcha atrás. De alguna manera, lo sé con absoluta certeza. No seré capaz de mantener las distancias cuando todo acabe. ¡Joder! Casi no soy capaz de hacerlo ahora. Y si algo le pasa..., si me distraigo y paso por alto algo como la última vez...

La beso, con fuerza, negándome a pensarlo. La beso con tal ansia que a los dos nos falta el aliento cuando por fin nos separamos en busca de aire.

—Myles —gime contra mi boca, y sé muy bien lo que me está pidiendo. Así que la miro a los ojos y le meto la punta del vibrador, redondeada y mojada de saliva; despacio, muy despacio, hasta que le toco con los nudillos los labios empapados y ella solloza—. Por favor, por favor —susurra—. ¡Por favor!

¡Joder! Ya estamos otra vez. Cedo sin más, como en el dormitorio antes de que la boya rompiera la ventana, y me dejo llevar. Estoy tan absorto en ella que no importa nada más. No hay aparcamiento, ni calle, ni crimen que resolver. Si eso no es una advertencia, que venga Dios y lo vea, pero soy incapaz de mantenerme lejos de su dulce boca, de no capturar sus gemidos mientras entrelazo nuestras lenguas de un modo que dice: «Sí, eso es, voy a hacerte tantas guarrerías que no volverás a ser la misma». Soy incapaz de no pegar el estimulador a su clítoris y de no disfrutar al máximo de sus estremecimientos contra el coche y mi cuerpo, con los muslos ardiendo e inquietos alrededor de mi mano.

Ahora mismo estamos en otro lugar, en un sitio donde no hay mentiras, así que abro la boca y suelto todo lo que he estado guardando en la cabeza.

—Eres preciosa, cariño. —Sin dejar de estimularle el clítoris, le meto y le saco el grueso vibrador. Con suavidad, despacio, y se lo meto hondo, muy hondo, y hago presión cuando ya no puedo metérselo más. Se lo froto. Atento a sus jadeos y a sus súplicas para que le dé más—. Tus ojos. Tu sonrisa. Sí, me matas con eso, pero luego tienes este culo. ¡Dios! Mataría por meterte esto desde atrás. ¡Joder! Si es que te meneas de una manera que deja claro que metértela va a ser lo mejor del mundo.

—Por favor, para. Para. No, no pares. No pares. —Pega la boca a la mía, ansiosa, con una lengua traviesa mientras se agarra a uno de mis hombros con una mano como si quisiera subírseme encima y no bajarse en la vida. Tampoco tengo claro que yo se lo permitiera—. Finge —solloza mientras nos besamos de nuevo—. Finge que eres tú.

Y yo creyendo que no podía enloquecerme más.

Después, mucho después, igual me quedo pensando con la mirada perdida en el vacío mientras me maravillo de que esta maestra de primaria me pida que finja follarla con un vibrador, pero ¿ahora mismo? ¡Dios! Solo atino a obedecerla. Me coloco el juguete delante de la abultada bragueta, le pego la parte superior del cuerpo al coche y hago como que me la tiro con la silicona vibradora. Como si la tuviera pegada a mí. Soy muy consciente de que no es así, pero su disfrute eclipsa mi agonía. El culo le resbala un pelín arriba y abajo por la puerta del coche, yo no dejo de mover las caderas entre sus muslos entreabiertos, el vibrador entra y sale, y ella se muerde el labio inferior, con los pechos agitándose, porque en cualquier momento va a abrumarla un orgasmo. Y yo voy a verlo. Yo. Yo tengo ese privilegio.

—Cada vez que uses este cacharro, recuerda que yo la tengo más grande —le gruño al oído—. Y que estoy en alguna parte, pensando en ti mientras me la acaricio.

¡Que Dios me ayude! Ni siquiera se la he metido, pero juro que siento cómo se tensa al oír esas palabras. Me clava los dedos en la camiseta y jadea, gime mi nombre, mueve las caderas y llega el orgasmo mientras su flujo se desliza por el vibrador y se me acumula en la mano. Sigue moviéndose contra el vibrador mientras los muslos le tiemblan contra la mano que tengo entre ellos y las tetas casi se le salen por el escote del vestido. Y yo me quedo maravillado. ¡Joder! Me quedo maravillado.

—Una obra maestra —susurro al tiempo que la beso, silenciando sus gemidos—. Eres una puta obra maestra.

—¡Demasiado! —grita contra mi boca después unos segundos, y le saco con cuidado el vibrador de silicona antes de dejarlo con un sonoro golpe en el techo del coche y besarla como si mi vida dependiera de ello mientras le meto los dedos entre el pelo. La tengo durísima y se me clava en los vaqueros. Ella está mojada. Me devuelve el beso, sigue cachonda. Podría metérsela aquí mismo, ahora mismo. La próxima vez que se corra, sentiré cómo se tensa a mi alrededor, y será el paraíso. Por fin podré librarme del dolor de huevos del que no he podido encargarme a solas porque por dentro todo lleva su puto nombre...

Se oye un estruendo a mi espalda.

Veo la vida pasar por delante de mis ojos.

Salgo de la neblina mental y evalúo la amenaza; he sacado el arma que llevo en la base de la espalda. Apunto hacia el suelo y coloco a Taylor a mi espalda, contra el coche, mientras miro hacia el lugar del que procede el ruido. Y me doy cuenta con alivio de que es la puerta del bar. Un grupo de jóvenes ha salido dando gritos con tanto ímpetu que han estrellado la puerta contra la pared. Tengo un bajón de adrenalina y, de repente, me cubre un sudor frío. Ella me dice algo, pero no puedo oírla por encima del rugido que tengo que los oídos. Podría haber pasado cualquier cosa mientras la besaba con la espalda hacia la calle. ¡Cualquier cosa! ¿Estoy loco para ponerla en peligro de esta manera o qué? No estoy hecho para ser investigador. No estoy hecho para esto. Si consigo resolver el caso y largarme sin que nadie resulte herido, será un milagro.

—Métete en el coche —le digo con la voz muy ronca—. Llama a tu hermano y dile que lo estás esperando. Los dos tenéis que volver a casa.

—Myles...

—Por favor, Taylor. Hazme caso.

Parece que quiere discutir, pero al final se mete en el coche en el lado del conductor. Llama a Jude. Un minuto después, su hermano sale del bar canturreando, y paso a su lado sin decir palabra, aunque me llama por mi nombre.

Tengo que aclararme la cabeza. Ya.

Se ha quedado satisfecha. Se acabaron los deslices.

Ni siquiera cuando el desliz sabe a redención.

13
Taylor

Tomo un puñado de arena y dejo que se deslice entre los dedos. Los granitos se los lleva el viento de Massachusetts que sopla el domingo por la mañana. El aire fresco y brumoso es justo lo que necesito en la piel después de despertarme de un sueño con Myles esta mañana. Si fuera una buena nadadora como Jude, me lanzaría al Atlántico en un intento por conseguir refrescarme de una vez, pero me irá mucho mejor si me quedo en la orilla viendo a mi hermano darse un chapuzón.

Me vuelvo sobre el trasero en la arena y veo a Myles, de pie en lo alto de la escalera que baja a la playa. Tiene el móvil pegado a la oreja y está hablando con ese tono grave y los ojos ocultos por las Ray-Ban. El viento le agita el pelo oscuro. Desde donde me encuentro en la playa, vuelve a tener el aspecto de un *highlander* escocés que ha viajado en el tiempo y se ha descubierto en vaqueros y sudadera con capucha.

Cuando me pilla mirándolo, deja una frase en el aire y aprieta los dientes. Pero empieza a andar de un lado para otro de nuevo y retoma la conversación al cabo de un momento. Tras dejar que vea que pongo los ojos en blanco con exasperación, me vuelvo de nuevo hacia el mar a tiempo para ver que Jude sale cojeando (aunque ya muy poco) del rompeolas, apartándose el pelo de la cara con una sonrisa. Sonrío de forma automática.

—¿Cuándo ha llegado? —me pregunta al tiempo que extiende un brazo para que le dé una toalla.

Le lanzo una azul con un ancla bordada.

—Ha estado yendo y viniendo toda la noche. Es lo que le va. Ir y venir. Frío y caliente.

—¿Qué pasó entre vosotros anoche en el aparcamiento?

Pese a la fría brisa, de repente estoy acalorada, bombardeada por las imágenes. Por esos recuerdos vívidos que han hecho que me pase la noche dando vueltas y que, cuando por fin me dormí, me haya despertado con las sábanas empapadas de sudor. Myles abriendo el envoltorio de mi martillo. Escupiendo en la punta. El rictus de su labio superior cada vez que me penetraba con el juguete. Esos besos posesivos. Sus gemidos cuando yo llegué al orgasmo. ¿Se supone que ahora tengo que seguir con mi vida normal después de semejante encuentro en público? Pues no lo veo posible, la verdad. Siento la ropa distinta, tengo los nervios a flor de piel y me vibran hasta los folículos capilares. Me han lanzado a un estado de consciencia superior para después arrojarme al suelo desde la cima de una montaña.

—¿En el aparcamiento? —No es la primera vez que Jude me pregunta. Es evidente que algo pasó. Tomé tres salidas que no eran las del camino a casa. He estado contestando con monosílabos, pero ahora que he procesado (más o menos) lo que pasó, necesito a alguien en quien confiar—. Primero nos besamos un poco. —No hay necesidad de entrar en detalles. Ni siquiera estoy segura de poder contar lo que pasó sin empapar de sudor los pantalones deportivos—. Después cortamos aunque no estábamos saliendo. De hecho, llevamos poniéndole fin a nuestra relación inexistente desde que nos conocimos. Se puede decir que es nuestro rollo.

—Mmm... —Jude se vuelve un segundo y saluda a Myles con un gesto burlón—. No quiere intentar algo a distancia o...

Resoplo.

—¡Ah! Todavía no hemos llegado ni de cerca al punto de hablar de temas prácticos como una relación a distancia, si nuestras ideologías políticas son compatibles o si me dejará poner el árbol de Navidad en noviembre. Dice que lo distraigo del caso. Él... —Se me hace raro hablar del pasado de Myles en voz alta con otra persona, pero me recuerdo que se trata de Jude—. Antes de convertirse en un cazarrecompensas nómada, resulta que más o menos la pifió con un caso de secuestro en Boston. Es la primera vez que está investigando un crimen desde aquello y...

—No quiere meter la pata.

—Sí. —Me llevo las rodillas al pecho y las rodeo con fuerza con los brazos cubiertos por la sudadera—. Se está castigando. Y no me queda más remedio que dejarlo. ¡Ni que fuéramos novios o algo! Ni siquiera conseguimos estar juntos sin ponernos a discutir.

—Y, sin embargo, se ha pasado la noche acampado debajo de tu ventana. Y ahora mismo está dando vueltas ahí arriba porque quiere que la preciosa Taylor vuelva a la seguridad del interior.

—Sí. Conociendo a Myles, seguramente no haya tachado el mar de la lista de sospechosos.

Jade suelta una risilla. Se acerca a mí en la arena y me echa un brazo por los hombros.

—De vez en cuando, aparece un tío que lo pone todo patas arriba, pero ya encontrarás de nuevo el equilibrio.

—¿Te ha pasado?

Resopla y vuelve la cara hacia el extremo más alejado de la playa.

—¡Qué va! Solo estoy hablando en general.

Emito un sonido suspicaz.

—¿Estás seguro? —le pregunto al tiempo que le clavo un dedo en las costillas—. Siempre intento no inmiscuirme en tus relaciones. Nunca he tenido que hacerlo, claro, porque no te duran lo suficiente para que haya que hablar de nada. Pero... —Ya está tensando los músculos. Sabe adónde voy—. ¿Quieres hablar de Dante?

—¡Por Dios, no! —Las gotas de agua salen disparadas hacia todas partes cuando menea la cabeza—. No. Desde luego que no quiero hablar de Dante.

—¿Te ha llamado desde que llegamos?

—Antes de llegar. Durante. Después. No se da por vencido.

—¿No se da por vencido con qué? Creía que solo erais amigos.

—Y lo somos —se apresura a contestar al tiempo que agita una mano en el aire—. Amigos. Nada más. Es hetero, Taylor.

—Lo sé...

Cuando eran más jóvenes, parecía una verdad incontestable.

A medida que fueron creciendo y pasando cursos en el instituto, el hecho de que el mejor amigo de Jude solo saliera con chicas no parecía tan evidente. ¿Cómo podía Dante salir con alguien cuando siempre estaba con Jude?

—Hace de Goliath en la franquicia de los Phantom Five. Lo último que sé es que se iba a vivir con Ophelia Tan, su guapísima coprotagonista. Es imposible no percatarse de sus preferencias y no pienso cuestionarlas. Dante es Dante. No quiero que cambie. Pero me gustaría que viviera esa vida tan increíble que tiene y dejara de intentar... mantener esto.

No consigo ocultar mi desconcierto.

—¿Intentar mantener vuestra amistad?

—Es complicado, Te. —Sonríe para mitigar el tono acerado de su voz—. Hazme caso cuanto te digo que es complicado.

—Muy bien. —Asiento con la cabeza antes de apoyársela en un hombro—. Lo dejaré estar.

Me apoya la mejilla en la cabeza.

—Gracias. —Se queda callado unos minutos—. De todas maneras, prefiero las cosas sin complicaciones, sencillas. ¿Y tú?

Agito los dedos en la arena mientras sopeso la pregunta.

—No lo sé. He salido con muchos hombres sencillos. Todos tienen una cartera de inversión y un mejor amigo llamado Mark. Juegan al golf. Tienen una tintorería favorita. Eso es lo que quería. Lo que quiero. Pero...

—¿El cazarrecompensas te está liando?

—Es como comerse un burrito picante después de llevar años desayunando gachas de avena.

Me abraza con más fuerza.

—¡Joder! ¿No?

—Sí. ¡Joder!

—Lo peor es que... me gusta. Me gusta de verdad. Al principio, creía que era un borde, pero ahora solo me parece sincero. Y cuando recuerdo las citas que he tenido con posibles candidatos a marido, ninguna de las conversaciones me parece sincera ni por casualidad. Me gusta estar con Myles porque sé exactamente lo que voy a obtener. No miente. Jamás. Así que cuando dice algo profundo, amable o halagador, es como... el día de Navidad. Eso es una tontería...

Alguien carraspea a nuestra espalda.

El corazón casi se me sale por la boca, y el instinto de negarlo todo es como un atizador al rojo entre las costillas.

La intuición ya me dice quién ha hecho ese sonido.

Y estoy en lo cierto. Es Myles.

El cazarrecompensas nos mira desde arriba, con las botas medio hundidas en la arena. Y el ceño fruncido.

El ceño es para mí, pero ¿sus ojos? Tienen una expresión tierna. Sorprendida. Vulnerable.

—Hola, colega —dice Jude, que por fin rompe el incómodo silencio. Myles me ha oído. Es evidente que ha oído todo lo que he dicho. ¿Me cambio de nombre y me uno a una comuna ya o qué? ¿Cómo se manejan este tipo de situaciones?—. ¿Una mañana ajetreada?

Myles sale del trance. Más o menos. Sigue mirándome.

—¿Qué?

—He dicho... —Jude ni se molesta en disimular la sonrisa—. He dicho que si has tenido una mañana ajetreada espiando a mi hermana.

—Protegiéndola —lo corrige entre dientes.

—Ya. —Jude nos mira a los dos—. Taylor y yo nos vamos ya a la casa para preparar unos burritos y desayunar.

—¡Qué gracioso! —mascullo y por fin reúno el valor suficiente para ponerme en pie, tras lo cual me sacudo la arena del trasero. Miro a Myles a regañadientes, y tardo unos segundos en darme cuenta de lo que ha cambiado. No sabe qué hacer con las manos. Normalmente tiene los brazos cruzados en un gesto firme, gesticula o toma notas en el móvil. Pero ahora parece que no sabe dónde meterlas. La vergüenza por haberme pillado suspirando por él (en voz alta) se mitiga un poco—. ¿Quieres desayunar burritos con nosotros?

Menea la cabeza.

—No.

Parpadeo por el tono abrupto. Asiento con la cabeza. Echo a andar hacia la escalera.

—Dentro de un rato tengo una reunión en la comisaría. Por fin ha llegado el informe de balística —explica Myles, que me sigue—. Primero tengo que ponerlo todo en orden.

—Entiendo —digo y lo miro con una sonrisa.

—No soy capaz de saber si lo dices en serio.

—Nuestra versión de burritos para desayunar se resume básicamente en todo lo que pusimos en los tacos anoche, pero las tortillas son blandas y añadimos huevos —dice Jude—. Taylor nunca deja que las sobras se tiren.

—¿Qué no eres capaz de saber si digo en serio? —le pregunto a Myles, y los tres nos detenemos al pie de la escalera.

El cazarrecompensas pone los brazos en jarras y mira la arena como buscando una explicación.

—Me da la sensación de que no te parece bien que no desayune burritos.

Estoy desconcertadísima.

—¿Y qué?

Ahora empieza a irritarse.

—Que no quiero empezar el día viéndote cabreada conmigo, Taylor. ¿Es mucho pedir?

—¿Desde cuándo te importa si estoy cabreada contigo?

—¡Ni puta idea! —ruge.

—Normalmente, les añadimos aguacate a los burritos, pero no encontramos ninguno maduro en el mercado, así que... —Jude se rasca una ceja—. Nada de aguacates hoy.

Myles sigue sin saber qué hacer con las manos. Sé lo que a mí me gustaría que hiciera con ellas, pero empiezo a creer que haber dejado que este hombre me toque ha sido autodestructivo desde el principio, porque ahora solo pienso en eso.

—¿En qué piensas ahora mismo? —Myles da un paso hacia mí, entrecierra los ojos y me observa con detenimiento—. Sé que no es nada bueno.

—Mis pensamientos son privados, Myles. Vete a poner tus cosas en orden.

—Muy bien. Desayunaré los putos burritos.

Levanto las manos.

—¡Por el amor de Dios!

—Una vez intentamos añadir frijoles recalentados, pero es demasiado para comer tan temprano —sigue Jude, dándose unas palmaditas en el estómago. Pasan varios segundos—. ¿Os importa despejar la escalera para que pueda largarme?

Me hago a un lado, hacia la derecha.

—Lo siento.

Jude se aleja cojeando lo más rápido que puede con el pie herido.

—¿Qué bicho te ha picado esta mañana? —le pregunto a Myles.

Se pasa una mano por la cara, lo que hace que me fije en las ojeras que tiene, en las arrugas de cansancio que le rodean la boca.

—Todo iba bien hasta que te he oído decir lo que has dicho sobre mí.

Me pongo colorada. Ya sospechaba que había oído mi confesión a Jude, pero su confirmación hace que me ponga como un tomate.

—No lo entiendo. ¿Te ha resultado duro oír que tienes buenas cualidades?

—No sé lo que me ha resultado.

—¿Lo ves? Sincero. Eso me gusta de ti. ¿No te gusta lo que he dicho? Demándame.

Parece que está masticando un palo invisible.

—Pues a mí me gusta que seas terca y compasiva. Y valiente, aunque no lo creas.

Esas palabras son como un cálido abrazo. Uno muy fuerte que me aprieta cada vez más hasta que casi no puedo respirar.

—Gracias.

Con un brusco gesto de la cabeza, se aleja de mí y clava la mirada en el mar. De verdad, es increíble todo lo que se ha desencadenado en mi interior desde que comenzó este viaje. Primero, me doy cuenta de que soy más fuerte y resistente de lo que jamás he creído. ¿Y ahora? ¿En este preciso instante? Este hombre seco e irritante lo confirma. Lo que he deseado en secreto sobre mí misma es verdad... y cada vez estoy más decidida que nunca a aprovechar esas partes fuertes de mi persona.

¿Qué quiero?

¿Quiero renunciar al caso que tanto interés me suscita? No.

¿Quiero dejar atrás a este hombre sin resolver la situación entre nosotros?

No. Si por mí fuera, nos iríamos a su habitación del motel ahora mismo. Tengo un montón de necesidades físicas que me da en la nariz que solo puede cubrir Myles. Sí, me da miedo volver a casa sin experimentarlas. Pero, al mismo tiempo, no quiero suponer una distracción para él. Este hombre guarda muchísimo dolor y ataca para ocultarlo. Y tal vez yo sea demasiado tierna, pero no puedo evitar ayudarlo. Por más que quiera demostrarme que soy valiente y capaz de adaptarme, también quiero que Myles se dé cuenta de que lo de Boston fue un mal caso. Y que eso no quiere decir que tenga que alejarse de toda su vida. De una profesión para la que, sin duda, está hecho.

En resumidas cuentas: está manteniendo las distancias por un motivo. Tengo que respetarlo.

Aunque tiene razón, soy terca.

He querido ayudarlo a resolver el asesinato de Oscar Stanley desde el principio. Montar el puzle y, en el proceso, demostrar que soy más que Taylor, la que siempre va a lo seguro. Ahora tengo el deseo añadido de ayudar a Myles en lo que pueda.

Le guste o no.

Lo sepa o no.

—¿Vienes a desayunar burritos?

—Sí —gruñe al tiempo que le da la espalda al mar y pasa en tromba a mi lado.

Le sonrío a su espalda y lo sigo.

—Estaba pensando...

—¡Por Dios! Allá vamos.

—Nada malo. Solo que necesito algo nuevo para leer. Y como estás tan decidido a hacerme de niñera, esperaba poder acompañarte esta mañana.

Se detiene en seco cuando llegamos a la calle y me sujeta cuando me tambaleo. Me mira con suspicacia.

Soy la viva estampa de la inocencia. Al menos, por fuera.

—Solo quiero curiosear lo que tienen en la biblioteca.

No se lo traga.

—¿Seguro que es lo único que tienes planeado?

—A ver... —Como necesito distraerlo, le paso una mano por el centro de los pectorales, y él traga saliva con fuerza mientras observa mi mano subir primero y después bajar hacia la hebilla de su cinturón—. Si quieres repetir lo del aparcamiento, no pondré pegas.

—Taylor —dice con voz ronca al tiempo que me toma la mano y se la aparta mientras se esfuerza por respirar de nuevo con normalidad—. No me hagas esto, cariño.

Aparto la mano y finjo que su rechazo no me provoca un nudo en la garganta. No cuando entiendo su propósito y empatizo con él.

—¿Vas a dejar que te acompañe o no?

—Pues claro que sí.

—Bien. —Me obligo a sonreír, si bien su rechazo me sigue escociendo. Aunque mi cerebro lo entiende, mi corazón no quiere aceptarlo—. Vamos a desayunar.

Se queda en mitad de la calle unos segundos más, mientras le late una vena en la sien, hasta que al final me sigue.

14

Myles

¿Qué voy a hacer con esta mujer?

Taylor se inclina para rellenar mi taza de café, y tengo que echar mano de toda mi fuerza de voluntad para no quitarle la taza de la mano, dejarla en el suelo y tirar de ella hacia mi regazo. De hecho, estoy bastante seguro de que me parecería lo más natural del mundo. Y cuanto más empiezo a admitir cosas como esta, más decidido estoy a no tocarla.

Cuando nos conocimos, la catalogué como una mujer para una relación, para sentar cabeza.

No para mí.

¡No era para mí!

Sin embargo, me sorprendió con lo del sexo duro, y creo que a lo mejor... puedo ceder y demostrarle cómo se hace.

Claro que ha sido ella quien me lo ha demostrado a mí.

«Quiero más».

«Finge que eres tú».

Su boca, su confianza y esa piel con olor a manzana están acabando conmigo. No puedo dormir ni pensar con claridad, y mucho menos concentrarme en este caso. Y ahora... ahora que he oído lo que ha dicho de mí en la playa, me siento vulnerable. Me preocupo por sus sentimientos como si fuera mi puto trabajo. Quiero ser el hombre que ella cree que soy. Quizá siempre lo he sido y todavía no había conocido a la mujer adecuada para mí. Tal vez me he pasado tanto tiempo huyendo que ya no puedo verme con claridad. Pero cuando ella me sonríe, veo a ese hombre. O hago el intento de verlo.

Sin embargo, no quiero intentarlo. He recorrido el camino de intentar ser bueno, noble y heroico, y al final resultó que estaba destinado a ser el villano. Ser el villano ha sido más fácil que enfrentarme al pasado, y tampoco debería haber aceptado este caso, porque en el fondo está logrando que germine la esperanza. La esperanza de que puedo pasar página después de lo que sucedió. Taylor está regando esa esperanza, iluminándola con la luz del sol. Pero pasar página después de lo que le sucedió a aquel niño..., no. No, no seré absuelto. No excusaré mis acciones olvidándolas.

Como me descuide, todo se repetirá. Con Taylor. Debo mantenerme concentrado, protegerla, descubrir quién mató a Oscar Stanley y seguir adelante. Fin de la historia.

Por desgracia, mi determinación está muy debilitada.

Taylor regresa junto a la cafetera con la jarra de café medio vacía, y yo me inclino hacia atrás para verla caminar. Porque, ¡por Dios!, ¿quién le ha vendido esos pantalones tan ajustados? Podría estar desnuda. El nailon gris le marca todo el tanga. Tengo que apretar los dientes para no ceder al impulso de seguirla hasta la cocina y colocarme esas nalgas en el regazo. Donde deben estar.

—¿Estás listo para que nos vayamos? —me pregunta mientras busca algo en el bolso. Sin darse cuenta de que me la está poniendo dura y, al mismo tiempo, provocándome cosas extrañas en el pecho.

—Sí. —Me alejo de la mesa y me pongo en pie—. Solo a la biblioteca, ¿verdad, Taylor?

Un parpadeo inocente.

—Sí. Solo a la biblioteca.

Mentira.

Aunque vamos a ver cómo se desarrolla esto. Si no la llevo al centro, irá sola. Y será imposible que yo pueda trabajar mientras me preocupo por su seguridad.

—¿Te parece bien que vayamos en mi moto? —le pregunto de camino a la puerta. Al ver que no responde, me vuelvo con la mano en el pomo—. Renacuaja.

—Lo estoy pensando.

Cruzo los brazos por delante del pecho y me apoyo en la puerta.

—¿Qué te preocupa?

—Que tengamos un accidente. —Retuerce el bolso entre las manos—. En una moto no hay nada que nos proteja, Myles. No hay airbags.

—Soy consciente de ello, Taylor.

—Pero estoy intentando ser más valiente. —Se acerca a mí como una mujer que caminase sobre una pasarela a escasos segundos de sumergirse en unas aguas infestadas de caimanes—. Supongo que eso significa arriesgarse a morir de vez en cuando, ¿verdad?

Que Taylor se refiera a su propia muerte va a conseguir que vomite el desayuno.

—Nunca correrás peligro si estoy contigo —le aseguro, sorprendido por mi propia confianza. ¿De dónde procede esta seguridad? ¿De ella? ¿Por lo que dijo en la playa cuando no sabía que yo la estaba escuchando?

Me mira y parpadea varias veces.

—Sé que contigo estoy segura. Lo que me preocupa son los demás que circulen por la carretera —dice, y se me acelera el pulso mientras cruza la estancia hacia mí—. Confío en ti.

—Mmm... —No puedo mirarla. No con el calor que siento desde la garganta hasta el estómago—. Supongo que eso me gusta.

—¿Que confíe en ti?

Gruño. Asiento con la cabeza, por si el gruñido no ha dejado clara mi respuesta.

Y desliza su mano en la mía.

Me resulta tan agradable que casi me alejo. Tomarla de la mano no forma parte del trabajo.

Nada de esto forma parte del trabajo.

Sin embargo, aquí estoy, llevándola de la mano hasta la moto como un novio cariñoso. Poniéndole mi casco con delicadeza y ayudándola a subirse a la parte trasera del asiento. Parece tan frágil sobre mi enorme moto que el sudor empieza a cubrirme la frente. Juro por Dios que como se nos acerque un vehículo a menos de tres metros, me va a dar algo. ¿Por qué he sugerido que llevemos la moto? ¿Es demasiado tarde para ir en coche?

—Ahora empiezo a emocionarme —me dice, sonriéndome a través del casco—. ¿Me pongo el bolso delante para sujetarlo?

—No. —Se lo quito de las manos y lo guardo en una de las alforjas—. Tienes que agarrarte a mí.

—De acuerdo.

Una vez que me pongo a horcajadas en la moto y siento sus brazos alrededor de la cintura, con la cara apretada en la parte posterior de mi hombro, experimento un montón de cosas a la vez. Se me tensan los músculos con decisión. El afán protector se me agolpa en el abdomen. Siento la lengua muy grande y la piel, húmeda en algunos lugares y caliente en otros. Además, estoy empalmado, algo tan habitual desde hace tantos días que ya empiezo a acostumbrarme al dolor. Pero lo más obvio es el ritmo desbocado del corazón en el pecho. Bombeando como un loco. No sé cómo, pero estoy seguro de que nunca más llevaré a otra mujer en la parte trasera de mi moto que no sea Taylor. Ella es la última.

No importa lo que ocurra.

Con ese incómodo pensamiento suspendido en el aire, aprieto la maneta del embrague y arranco la moto antes de incorporarme despacio a la carretera, tras lo cual suelto el aire de golpe al sentir que tensa los muslos a ambos lados de mis caderas al tiempo que me abraza con más fuerza, como si fuera un cinturón. Voy despacio. Ni siquiera llego al límite de velocidad. Cada bache y cada señal de tráfico es una amenaza potencial.

—Más rápido —me dice, levantando la voz para hacerse oír por encima del viento y dándome un apretón.

Aunque acelerar me deja al borde de las náuseas, lo hago de todos modos, porque estoy orgulloso de ella. Por ser valiente. Por enfrentarse a su miedo. Por confiar en mí para hacerlo con ella. Y, ¡joder!, mentiría si dijera que no me gusta que se agarre a mí, que no me gusta sentir el calor de ese lugar de su cuerpo en la parte baja de la espalda. Ese trasero tan sexi con la marca del tanga está justo sobre el rugido del motor de mi moto, y eso me pone cachondo. Me hace pensar en un buen polvo, ardiente y sudoroso. Me hace pensar en nosotros en la cama, mientras ella me dice «más rápido» al oído. ¿Por qué no me la casco para aliviar un poco la tensión? Esta misma mañana he vuelto a mi habitación del motel para ducharme y cambiarme. Podría haber descargado la frustración con la mano, pero he sido incapaz, aunque la tenía dura como una piedra. Mi cuerpo sabe que nada se acercará a lo real. A Taylor.

¡Dios! ¡Me muero por follar con ella! Pero no puedo hacerlo porque mi corazón está implicado. De lo contrario, ya habría pasado la noche en su cama. Sin problemas. Sin enredos. Sin el miedo enfermizo a meter la pata en el caso y que ella acabe herida.

O algo peor.

Empiezan a sudarme las manos sobre el manillar, así que me deshago de esos oscuros pensamientos y me concentro en llevarla al pueblo sana y salva. Cuando llegamos al centro de Falmouth, está abarrotado.

—¡Ah, se me había olvidado! —exclama, aunque el viento ya es más suave—. El mitin.

Asiento con la cabeza y conduzco despacio hacia uno de los aparcamientos municipales. No hay ninguna plaza a la vista, así que aparco ilegalmente entre un coche y una verja, lo que me vale una sonrisa de parte de Taylor cuando le quito el casco.

—Bueno —digo con voz cortante—, ¿qué te ha parecido?

—¡Me ha encantado! —exclama al tiempo que me rodea el cuello con los brazos—. Gracias por convencerme. Y por no burlarte de mí cuando me negué.

—Nadie volverá a burlarse de ti en la vida —suelto.

Prometerle algo así es una ridiculez. No tengo forma de garantizarlo. Pero ¿qué otra cosa puedo decir cuando me mira como si fuera su héroe? ¿Ahora voy a empezar a prometerle cosas sin ton ni son? Lo siguiente será una casa, niños y un viaje a Disneylandia. Las camisetas a juego ya no me parecen tan horribles como antes.

«¡Madre mía! Pero ¿tú te estás oyendo?».

La bajo de la moto y la mantengo pegada a mí, de puntillas, con el rostro sonrojado por la euforia del trayecto en moto. Y no hay nada en este mundo que pueda impedirme besarla. Me sorprendo a mí mismo uniendo nuestras bocas con cuidado, con delicadeza, enrollándome su pelo alrededor de un puño mientras le meto despacio la lengua en la boca y le acaricio la suya, disfrutando de su sabor. De su olor a manzana. Gruño cuando ella gime, pero mantengo el ritmo lento. La devoro poco a poco desde arriba. Este beso es diferente de los anteriores. Estoy... ¿Qué estoy haciendo? ¿Adorándola? Eso es lo que parece. Estos roces de lenguas tan delicados, su aliento suave, los suculentos mordiscos de sus labios, de mis labios, entre otros besos más apasionados y arrolladores. Nos besamos como si tuviéramos todo el tiempo del mundo y, ¡joder!, me gusta demasiado. Todo el tiempo del mundo.

Me obligo a ponerle fin al beso mientras despotrico en mis pensamientos.

Taylor se inclina hacia mí al instante, y el gesto es como si me apretaran un tornillo en el centro del pecho. ¿Se puede saber qué voy a hacer con ella? Me distraigo recuperando su bolso y entregándoselo.

—Voy contigo a la biblioteca —digo con brusquedad mientras le rozo el dorso de la mano con los nudillos, a la espera de que me la agarre de nuevo. En cuanto siento esa mano tan pequeña en la mía, suelto el aire que estaba reteniendo sin ser consciente de que lo hacía—. Después podrás sentarte en la comisaría durante mi reunión.

—No podré curiosear entre las estanterías con tranquilidad si te tengo detrás, mirando por encima del hombro. Además, es de día —me recuerda, meneando la cabeza—. Vete a la reunión. Luego nos vemos. —Me sonríe—. Podemos tomarnos un helado.

Resoplo.

—¿Te parezco el tipo de hombre que queda con mujeres para tomarse un helado, renacuaja?

—No —murmura—. Supongo que no.

Caminamos en silencio durante unos segundos.

—¿Qué sabor vas a elegir?

Siento el apretón de sus dedos. Estoy bien jodido.

—Amigos y residentes de Falmouth y del condado de Barnstable —dice la alcaldesa por el micrófono, y su voz resuena por la principal calle comercial del pueblo—. Me han llegado vuestras quejas, y podéis estar seguros de que estoy aquí para ayudaros.

Taylor y yo nos detenemos delante de la comisaría de policía, y observamos la escena que tenemos delante. La alcaldesa está de pie en la parte trasera de una camioneta, con un micrófono conectado a un sistema de sonido improvisado. En las puertas del vehículo hay carteles magnéticos en los que se puede leer: «Vota de nuevo por Rhonda Robinson». En frente de ella se han congregado cientos de vecinos con pancartas y camisetas que rezan: «Turistas: Volved a casa». Corean esas palabras por encima del discurso de la alcaldesa, pese a los gestos tranquilizadores de Kurt, el asistente de las gafas.

¿Son cosas mías o Kurt está mirando a Taylor en vez de a la multitudinaria audiencia?

No, lo ha vuelto a hacer.

Se sube las gafas por la nariz, tantea el portapapeles y se ladea un poco para verla mejor a través de la aglomeración de cuerpos.

Me llevo nuestras manos unidas a la boca y le beso los nudillos.

El asistente baja rápidamente la mirada hacia el portapapeles.

Sin embargo, y pese a la satisfacción que me invade, este es el tipo de hombre con el que va a acabar Taylor, ¿no? Un hombre con buena pinta, con una profesión honorable. Me lo imagino con niños, enseñándoles la importancia del servicio a la comunidad y llevándolos a clases de yoga infantil, a pasear por la naturaleza y demás idioteces.

—¡Mira! —exclama Taylor por encima del ruido y, ¡joder!, agradezco la distracción. Claro que ¿cuánto tiempo puedo distraerme de lo que está ocurriendo? Porque vamos directos a un aterrizaje accidentado. A un final. No hay otra opción, ¿verdad?—. Ahí está Sal.

Sigo su mirada y me detengo en el vecino temporal de Taylor, que se encuentra entre el público con la misma camiseta que llevan los demás. Como si percibiera nuestra atención, nos mira y abre los ojos de par en par. Pone cara de asco, como si tararear la consigna de la manifestación le provocara ese efecto, pero cuando le enseño los dientes, se escabulle entre el resto de los asistentes y desaparece.

—Si alguien tiene una queja sobre un alquiler vacacional en las inmediaciones de su domicilio o si alguien cree que el propietario se muestra negligente alquilándole la casa a turistas que no han sido investigados a fondo o no obligándolos a cumplir las normas de nuestra comunidad —sigue la alcaldesa—, puede enviarme un mensaje de correo electrónico o llamar a mi oficina. Kurt, mi asistente, tomará nota del problema y os ayudará a dar los pasos para resolverlo mientras seguimos trabajando para limitar los alquileres vacacionales en nuestra zona y mantener este pueblo como siempre ha sido. Un lugar tranquilo para vivir.

—¡Hace cuatro años hiciste campaña con esa misma promesa! —grita alguien entre la multitud.

—¡Mis hijos ni siquiera pueden jugar al aire libre con tanto borracho conduciendo!

—¿Cómo se supone que vamos a dormir si siempre están de fiesta?

—¡La inquilina que tengo al lado de mi casa canta en la ducha y me va a destrozar los tímpanos de lo mal que lo hace!

Taylor jadea. Me mira de reojo.

La risa brota en mi interior y soy incapaz de contenerla. De manera que aquí estoy, riéndome en mitad de la acera cuando se supone que estoy investigando un asesinato. Tampoco puedo evitarlo. ¡Reírse sienta de puta madre! Ni siquiera recuerdo la última vez que lo hice con alguien que no fuera ella.

Taylor hace un mohín con la nariz al mirarme, pero me percato del brillo guasón en sus ojos verdes. Unos ojos de los que no puedo apartar la mirada. Al ver que se pone de puntillas para hablarme al oído, me inclino automáticamente hacia ella.

—Ya has roto tu promesa de no permitir que se burlen más de mí. Lo próximo será llamarme «jirafa».

Le doy un beso en los labios, en los que todavía tiene mohín.

—¿Qué te parece si, en vez de eso, te invito a una bola extra de helado?

Rechaza mi siguiente beso.

—¿Eso es lo mejor que se te ocurre? —Me empuja en el pecho con gesto juguetón—. Ve a la reunión. Nos vemos en la heladería dentro de una hora.

Señalo hacia el suelo, hacia un punto situado entre mis botas.

—Vuelve aquí y dame un beso.

La veo morderse el labio inferior mientras niega con la cabeza.

Está bromeando.

Se está burlando de mí. Haciendo que desee más. Haciendo que me resulte imposible no quedarme con... todo.

Que el Señor me ayude, porque está funcionando.

15
Taylor

—Eres una chica dura —me susurro a mí misma mientras camino con evidente alegría. No solo me he montado en una Harley esta mañana, sino que además he sorteado el recelo del hombre más desconfiado que he conocido en la vida. Cree que he venido a la biblioteca para consultar el último superventas (en realidad, puede que lo haga solo para matar dos pájaros de un tiro), pero lo que Myles no sabe es que la oficina de la Secretaría del Condado está unida a la biblioteca y ese es mi verdadero destino.

Hay una parte importante de mí que solo quiere sacar unos cuantos libros y después ir con Myles a tomarme un helado en vez de engañarlo de esta manera. Pero en la playa decidí que ayudaría a resolver este caso, sea como sea. Por mí. Por Myles. Si puedo hacer algo para que deje de castigarse por el pasado y para que tal vez, solo tal vez, se plantee ser un investigador privado, quiero hacerlo. Debo intentarlo al menos.

Además, después de siete años escuchando *Grabado en hueso* tengo una cosa clarísima: siempre hay una pista que se pasa por alto. En la fase inicial de una investigación, los elementos sustanciales como la secuencia temporal de los acontecimientos, la oportunidad y las pruebas físicas son la principal preocupación; pero cuando los detectives vuelven al principio y ahondan en las conexiones personales del asesino, cuando descifran el rastro de los documentos..., ahí es cuando se resuelven los asesinatos.

Myles mencionó que Lisa Stanley puede heredar las propiedades de su hermano. Eso le da un motivo para matarlo sin lugar a dudas. El dinero es un motivo importante en muchos de estos casos.

Sin embargo, aquí hay un detalle fundamental.

No es barato comprar una propiedad en el Cabo. Mucho menos en primera línea de playa.

Y Oscar Stanley era un cartero jubilado.

Hay algo que no cuadra. Es posible que tuviera dinero procedente de su familia, como una herencia, o que tal vez recibiera una indemnización por daños y perjuicios que lo ayudó a comprar esas propiedades tan demandadas de una en una, pero son detalles que se deberían investigar. Y aquí es donde puedo ser útil. Aquí es donde puedo demostrarme a mí misma que no soy el tipo de mujer que se sienta y deja que los demás se arriesguen mientras yo me fundo con el paisaje.

Cuadro los hombros mientras avanzo entre las hileras de estanterías hasta el fondo de la biblioteca y paso por la puerta de cristal que la separa de la Secretaría del Condado.

—Hola —saludo con alegría a la mujer que está detrás del mostrador—. Necesito información del registro de la propiedad.

Ella asiente con la cabeza y agarra un lápiz.

—¿Dirección?

—Tengo varias.

—¡Cómo no! —exclama con resignación.

Veinte minutos después, tengo los documentos impresos. Tras abrir la puerta de cristal empujándola con una cadera, regreso a la biblioteca y me siento a una mesa tranquila en la sección de biografías, donde extiendo las escrituras de las propiedades de Oscar Stanley. Compruebo mi teléfono para asegurarme de que Jude no ha llamado ni me ha enviado ningún mensaje. Efectivamente, no lo ha hecho. Tampoco lo ha hecho Myles. ¡Qué bien! Los hombres están ocupados.

Estoy libre para fisgonear.

Dejo el móvil en la mesa y reviso el primer documento, que pertenece a la propiedad donde fue asesinado Oscar. No hay nada extraño a simple vista. Su nombre es el único que figura como propietario. Al pasar a la siguiente escritura es cuando siento un escalofrío en la columna. Como propietario aparece Oscar Stanley.

Sin embargo, no es el único. Evergreen Corp.

Ese nombre también aparece en la siguiente. Y en las otras tres.

Oscar Stanley no era el único dueño de esas propiedades.

Tenía un socio comercial.

Y todo el mundo sabe que los socios comerciales son los más propensos a cometer asesinatos, solo superados por los cónyuges. Tengo que decírselo a Myles...

Ni siquiera he acabado de completar ese pensamiento cuando algo duro me golpea en un lado de la cabeza.

El dolor me estalla en la sien y todo se vuelve negro.

—¡Taylor!

La consciencia vuelve despacio, pero al instante deseo seguir fuera de combate.

Siento un dolor palpitante en la cabeza y huelo la sangre. Eso ya es bastante malo.

Además, hay un cazarrecompensas gritando a un palmo de mi cara.

Abro un párpado y él mira al techo mientras da las gracias en voz baja, tras lo cual vuelve a gritar.

—¡¿Estás bien!? ¿¡Dónde más te duele!? ¡Dime que estás bien!

—Estoy bien. Deja de gritar —le ordeno con un susurro estrangulado.

—¡¿Que deje de gritar!? ¡¿Estás aquí tirada sangrando y quieres que deje de gritar!? —Sus manos me recorren el cuerpo y vuelven de nuevo a mi cabeza. El color entre castaño y verde musgo de sus iris apenas se ve porque tiene las pupilas dilatadas. El sudor le resbala por ambos lados de la cara. ¿Está temblando?—. ¿Qué narices ha pasado?

—No lo sé. —Al ver que estamos rodeados por una multitud de personas, muchas de ellas hablando por teléfono con lo que parece el número de emergencias, me esfuerzo por incorporarme—. Estaba sentada aquí. Alguien me golpeó. Con un libro, creo. Parecía cuero.

—Había un libro tirado. Aquí, en el suelo —dice la recepcionista de la Secretaría del Condado que me atendió antes. ¿Hace cuánto tiempo? ¿Cuánto tiempo llevo inconsciente en el suelo de la biblioteca?—. Está manchado de sangre. Seguramente suya.

—¡Por Dios! —dice Myles, que parece a punto de vomitar.

«Alguien me ha agredido», pienso.

Un sonido nervioso se me escapa de los labios y enseguida me veo arrastrada a los brazos de Myles. La cálida seguridad de su cuerpo me hace olvidar a nuestro público y, simplemente, lo envuelvo con piernas y brazos porque necesito sentir su calor con desesperación. Tengo frío, me castañetean los dientes. Me siento como si me hubieran sacado de un estanque helado.

—Myles.

—Tranquila, Taylor. Estoy aquí. —Respira hondo, como si intentara calmarse, pero me doy cuenta de que no funciona—. ¿Hay cámaras aquí? Quiero saber quién ha hecho esto. ¡Ahora mismo!

—No hay cámaras, caballero. Lo siento. —Una voz masculina. Se produce un breve silencio durante el cual solo oigo mi corazón acelerado junto con el de Myles—. Viene una ambulancia de camino.

—No quiero la ambulancia. Solo quiero irme a casa.

—Podrías tener una... —Myles traga saliva y siento el movimiento de su nuez contra el lado de mi cabeza que sigue ileso—. Podrías tener una conmoción cerebral. ¡Por Dios! Salí de la reunión nada más ver el informe de balística. La pistola que encontraste en la playa no era el arma del crimen, Taylor. Todavía no la han encontrado. Y percibí que algo andaba mal. No debí dejarte sola.

Asimilo las noticias sobre el informe de balística, y el peso hace que se me doblen las rodillas.

—Esto no es culpa tuya. Estaba en una biblioteca pública en pleno día —le recuerdo, sin apartarme de su hombro—. Debería haber estado a salvo.

—Pero no ha sido así, Taylor. No ha sido así.

La intuición me susurra que este es un mal giro de los acontecimientos. No solo porque es la segunda vez que soy víctima de un ataque, sino porque al intentar ayudar a Myles, puede que lo haya empeorado todo sin querer.

—Estoy bien.

—Necesito que me lo diga un médico, ¿de acuerdo? Mantente despierta, ¿sí? Mantén los ojos abiertos. —Pasan varios segundos y, de repente, me doy cuenta que ha tensado los músculos debajo de mí—. ¿Los papeles que están en la mesa son tuyos?

¡Ay, Dios mío! Este no es el momento.

—Me estoy mareando.

Myles se pone en pie conmigo en brazos y se adentra a grandes zancadas en uno de los pasillos de estanterías, lejos de los oídos que nos rodean. Si no me equivoco, también me está meciendo con suavidad. Pero todavía tiene la respiración alterada, y siento la calidez de su aliento en la cabeza.

—Créeme, lo único que quiero es que te tumbes en una cama en algún sitio con hielo en la cabeza, pero necesito información, Taylor. ¡Alguien te ha hecho daño!

—Sí, lo sé. De acuerdo. —Trago saliva—. Nunca me ha parecido lógico que Oscar Stanley, un cartero jubilado, pudiera permitirse ser el dueño de tantas casas de alquiler. Obviamente, podría haber recibido una herencia o cualquier otra cosa, pero tenía más sentido que contara con un socio. Así que vine al registro de la propiedad en busca de las escrituras y, efectivamente, estaba en lo cierto. Ahora mismo... no recuerdo el nombre de la sociedad porque sigo un poco mareada...

Suelta una especie de gemido y me estrecha con más fuerza.

—En todas las propiedades, salvo en la que lo asesinaron, aparecía otro nombre como propietario. No el de su hermana. El de una empresa.

Por un instante adopta un actitud pensativa y después regresamos a la mesa donde siguen los documentos.

—Hasta la fecha solo he comprobado las escrituras de la primera casa —dice, al tiempo que baja la mirada hacia los papeles.

—Al final habrías caído en la cuenta y habrías vuelto al principio. Los investigadores siempre lo hacen.

—Pero decidiste hacerlo por mí y casi has conseguido que te maten antes de que eso ocurra. —Traga saliva de nuevo—. Antes de que yo cayera en la cuenta de que había pasado algo por alto.

—Sí, soy maestra. Los maestros tenemos sed de conocimiento... y también de llevar la razón. Myles, no me gusta ese tono de voz tan serio que tienes.

Tampoco me gusta sentirlo tan frío como una piedra contra mí. Me acomoda en el borde de la mesa y apila los documentos, tras lo cual se los mete doblados en el bolsillo trasero de los vaqueros. Intento captar su mirada para entender qué ocurre, pero de repente veo llegar a un técnico de emergencias sanitarias junto con un agente de policía al que reconozco.

—¡Agente Wright! —exclamo, sin poder evitar una sonrisa. El repentino movimiento de mi boca me provoca un palpitante dolor de cabeza, y hago una mueca por el dolor. Myles suelta un taco y empieza a pasearse de un lado para otro.

—Ojalá nos reuniéramos en mejores circunstancias —dice el agente.

—Lo mismo digo. ¿Qué tal está?

—La verdad es que he estado mejor. —Hace un gesto con el pulgar hacia la calle—. Menos mal que el mitin acabó hace un rato. Los lugareños son más revoltosos de lo que parecen.

—¡Ya basta de hablar! —grita Myles desde unos metros con cara de cabreo—. ¡Que alguien le examine la puta cabeza!

Wright silba por lo bajo antes de sacar un bolígrafo y un bloc de notas.

—Creo que eso va por mí —murmura el técnico de emergencias que me examina la herida y toma algunas notas. Acto seguido, me ilumina los ojos con una linternita y me hace una serie de preguntas antes de apagarla—. No es una conmoción cerebral. Solo un corte feo. Te lo taparé y podrás irte de cabeza a casa.

Wright resopla por la risa.

—Irte de cabeza. —Mira a Myles—. Es gracioso porque tiene una herida en la cabeza.

—¿Qué gracia tiene eso? —masculla Myles. Sin dejar de mirar al agente, se deja caer en la silla que yo ocupaba antes y me baja de la mesa a su regazo. Soy consciente de que la herida ha seguido sangrando en los últimos minutos y veo que se pone muy blanco mientras la mira—. Cúrala.

—¿Estás enfadado conmigo? —le susurro al oído.

—Ya hablaremos de esto más tarde.

Wright se agacha delante de mí con el bloc de notas.

—Muy bien, primera pregunta. —En sus labios aparece una sonrisa—. ¿Hay algo entre vosotros? Porque lo parece.

Si Myles abriera la boca ahora mismo, estoy seguro de que saldría fuego.

—No hay nada —respondo por los dos.

Myles da un respingo y me mira con el ceño fruncido.

—Bueno, a ver. Eso no es del todo cierto —protesta.

—Sí, que lo es —le digo al agente Wright—. No hay nada entre nosotros. Anótelo.

—¿Y lo de darse la mano qué es? —me pregunta Myles.

Wright finge tomar nota y murmura:

—Así que ha habido contacto físico...

—No sé qué entiendes tú por mantener una relación, Myles. —Estoy tan perpleja como parece estarlo el cazarrecompensas. Al fin y al cabo, solo estoy diciendo la verdad—. Pero no empiezan así... de la noche a la mañana. Hay que hablar. Hay que hacer preguntas.

—¿Como cuáles? —replican Myles y Wright a la vez.

Además de tener una herida en la cabeza, me empieza a arder la cara. Los dos hombres me miran como si estuviera loca. ¿Estoy equivocada en el proceso o qué? Nunca me había encontrado con este nivel de escepticismo al respecto. Aunque tal vez se deba a que hasta ahora nunca había explicado mis creencias al respecto en voz alta.

—Bueno. Una parte le pide a la otra que sea... permanente. Y monógama.

—¿Como una propuesta de matrimonio? —me pregunta el agente Wright. ¡Por Dios, si está tomando notas!

—Mmm... No. No del todo. Más bien...

—¿Preguntarle si quiere ser tu pareja? —termina Myles por mí, con una expresión guasona en la cara. Supongo que debería agradecer que ya no esté frunciendo el ceño, pero no lo hago.

Cierro la boca de golpe y ya no puedo mirarlos a los ojos. ¡Ay, madre! ¿He estado arrastrando inconscientemente estas creencias desde el instituto? Cuando mi primer novio me pidió que fuera su novia, supuse que la cosa funcionaría así siempre. Un establecimiento de límites. Una declaración clara de intenciones.

¿No debería ser así?

Sí, debería serlo.

Me encojo de hombros.

—No sé cómo llamarlo. Pero de momento no me ha ofrecido las palabras que se necesitan para sentirme segura y cómoda. No hay nada entre nosotros.

La expresión guasona de Myles se esfuma.

—Bien, vamos a limpiar la herida —dice el técnico de emergencias sanitarias mientras se arrodilla junto a Wright, que justo entonces empieza a hacerme preguntas que de verdad tienen que ver con la agresión.

—¿Había alguien más cuando entraste en la biblioteca?

—Solo los trabajadores —contesto al tiempo que señalo hacia el lugar donde se encuentran.

—¿Hubo algún encuentro extraño antes de que entraras en la biblioteca?

—Solo con Myles. Nuestros encuentros son siempre extraños. —Apenas si acabo de decirlo cuando de repente se me ocurre algo maravilloso y doy un grito ahogado, al tiempo que me giro en el regazo del caza-rrecompensas para mirarlo. Él me observa desde arriba, con cara de estar intentando masticar un trozo de metal—. Esta vez tú eres el sospechoso.

—Técnicamente no —me contradice el agente Wright—. Estaba en una reunión con nosotros.

Miro a Myles con una ceja levantada.

—Tendré que examinar la secuencia temporal de los acontecimientos para cerciorarme.

Al principio, no creo que vaya a replicar. Estoy segura de que se limitará a seguir mirando, con ese tic nervioso que tiene en la mejilla. Pero veo que se inclina hacia delante para decirme al oído lo bastante bajo como para oírlo solo yo:

—Antes que levantarte la mano prefiero que me metan una bala entre los ojos, Taylor. Verte sufrir me hace desear la muerte. ¿Son esas las palabras a las que te referías antes? Porque son las únicas que tengo.

¡Vaya por Dios! Me resulta muy difícil concentrarme en declarar después de oírlo, pero consigo superar la serie de preguntas. Me curan el corte y me lo tapan. En cuanto les doy las gracias al técnico de emergencias y al agente Wright, Myles me levanta estrechándome contra su torso y me saca de la biblioteca por la puerta trasera.

—Le he enviado un mensaje a Jude para que viniera a recogernos, pero no ha respondido.

—Lleva un tiempo pasando del móvil por culpa de Dante.

—¿De quién? —me pregunta Myles con tono distraído.

—Da igual. No necesito que me lleven en brazos. Estoy bien para caminar.

No me hace ni caso.

Veo un coche negro aparcado detrás de la biblioteca y Myles me lleva hasta él. Nos sentamos en el asiento trasero. El conductor nos mira con curiosidad por el retrovisor, pero sale del aparcamiento y se interna en el tráfico sin hacer preguntas.

Justo entonces se me pasa el subidón de adrenalina, y es como caer desde un andamio de diez pisos de altura.

El frío me invade y empiezo a temblar, pese al calor que irradia Myles. Rememoro la última media como si fuera un sueño. ¿De verdad he estado hablando de relaciones sentimentales con un agente de policía o mi cerebro me está jugando una mala pasada? El golpe del pesado libro con tapas de cuero contra el lateral de la cabeza se repite una y otra vez hasta que descubro que me cuesta respirar y los escalofríos se agudizan.

—Taylor, estás temblando.

—Lo sé.

Su voz es muy tranquila, pero percibo la ansiedad justo debajo de la superficie.

—Le dijiste al técnico de emergencias que no tenías náuseas. ¿Ha cambiado algo?

—No, es que acabo de asimilar lo que ha pasado. O más bien todo lo que podría haber pasado.

—Bienvenida a mi mundo.

—Ahora que no hay... zumbido. Ni actividad. Ni preguntas que responder... —Me froto el brazo desnudo y Myles se encarga inmediatamente de esa tarea—. Estoy bien. Solo tengo muchísimo frío.

Asiente con la cabeza, y veo el movimiento de su nuez al tragar.

—Ya casi estamos en casa. Lo arreglaré.

Puedo arreglarlo yo misma. Eso es lo que quiero decir. Eso es lo que siempre digo, de una forma u otra. Pero ahora no quiero estar al mando. Solo quiero que este hombre, en el que confío, me lleve a un lugar cálido donde pueda procesar todo lo ocurrido.

—En realidad, no creo que seas sospechoso, Myles.

—Claro que no, cariño. —Me besa el apósito con cuidado—. Yo tampoco he creído en ningún momento que lo fueras.

Me gusta así, tierno y tranquilizador, tanto como me gusta que sea sincero, honesto y brusco. En él hay mucho más de lo que parece a simple vista. Capas y capas. ¿No lo sabía ya de algún modo?

—Al final nos hemos quedado sin helado —le digo contra la garganta—. Con las ganas que tenía de ver qué sabor escogías.

—Galleta.

—¿En serio?

—Estoy enganchado. Nunca me pido otro.

—Me dejas muerta. Es ñoño.

—La cerveza con sabor a melocotón es ñoña, renacuaja. El helado con sabor a galleta es incomparable.

—Hablas como aquel que no ha probado el caramelo.

—Y nunca lo probaré. Es un sabor de abuela.

A mitad de mi jadeo indignado, me doy cuenta de que está intentando distraerme de lo que ha pasado, y está funcionando. Es blando por dentro. ¿Lo he intuido desde el principio? Sí, creo que sí. Está hablando de helados, aunque da la impresión de que la vena de la sien derecha le va a estallar.

—Estoy bien, ¿sabes?

Traga saliva otra vez.

—¡Joder, Taylor!

No puedo evitar inclinarme y besarle la barbilla. Cierra los ojos por el contacto y acerca su boca a la mía, haciendo que nuestras respiraciones se encuentren.

—Por favor —dice con brusquedad contra mis labios—. Para.

—¿Que pare el qué?

—No lo sé. Todo. Da igual lo que hagas, todo me afecta. Cuando te enfadas o te ríes o te duele o ni siquiera estás conmigo... Todo me deja hecho polvo.

—Esas son las palabras —susurro emocionada, mientras me da un vuelco el corazón.

Él menea la cabeza.

—Taylor, me iré después de resolver este caso. En cuanto descubra quién te ha hecho esto, lo encerraré y tiraré la llave. Luego volveré a mi trabajo de cazarrecompensas. Tú estarás en Connecticut. Yo, en la carretera. No voy a ser tu novio. No vas a arreglarme. No voy a sentar cabeza.

¿De acuerdo? Si eso es lo que piensas que puede pasar... —Aprieta los dientes—. He hecho todo lo posible para darte la impresión contraria.

—Lo sé, Myles. Yo...

—¿Qué?

—No he llegado tan lejos. A pensar en el futuro, me refiero. No he pensado en un futuro en el que seas mi novio. No he imaginado lo que pasaría después si estuviéramos juntos. Ni siquiera se me ha pasado por la cabeza. —Me da la impresión de que está más enfadado que nunca. ¡No hay quien entienda a este hombre!—. Solo quiero estar contigo ahora —murmuro al tiempo que me yergo en su regazo, acariciándole con los labios el pulso, que le late con rapidez en la parte inferior del cuello y colocándole una mano en la pechera de la camiseta—. Necesito estar contigo. Vivir el presente.

Hago girar la parte inferior de mi cuerpo trazando un lento círculo sobre su regazo, pero me agarra por las caderas antes de que pueda completar el movimiento.

—¡Estás herida!

Con la boca pegada a su oído, susurro:

—Eso solo hace que te necesite más.

El coche se detiene delante de la casa de alquiler.

Myles exhala una trémula bocanada de aire.

—¡Mierda!

16

Myles

Hemos dejado los zapatos junto a la puerta de entrada y atravieso el salón con Taylor en brazos. Una parte de mí alberga la esperanza de que Jude esté en casa para distraerme, pero otra parte desea al mismo tiempo que no esté.

A ver, muy bien. En realidad, más que una parte de mí desea que estemos solos. Más bien todo mi ser lo desea. Pero no debería llevar a esta mujer escaleras arriba hasta su dormitorio. ¡Por Dios, que acaba de sufrir una agresión! No sé si me hierve la sangre o si se me ha congelado en las venas, ¡joder! Lo único que tengo claro es que cuando la vi inconsciente en el suelo, mi mundo se puso patas arriba. Nunca había sentido esa combinación de miedo helado y rabia violenta, y no quiero volver a sentirla. Por eso soy un cazarrecompensas. No practico el apego.

Puedo mantener las emociones al margen. Ser robótico. Eficaz.

Sin embargo, ya es demasiado tarde para eso. Con Taylor.

Soy una huracán de sentimientos por ella. Tantos que apenas puedo distinguirlos en el torbellino ni intentar definirlos. Siento afán protector, orgullo, un deseo doloroso, adoración y confusión. Porque sé, lo sé perfectamente, que si me la follo, me voy a encariñar todavía más y luego acabaré destrozado. Sin embargo, aquí estoy, poniendo un pie delante del otro. Apoyándola contra mi pecho como si fuera frágil, tal vez para intentar engañarme a mí mismo y olvidar que quiere que la traten (en la cama) como si distara mucho de ser frágil.

Me duelen los testículos. Tengo la cabeza como un bombo. Siento el pecho como si fuera el escenario de un crimen después de que la hayan atacado mientras yo la vigilaba. Yo. Porque pasé por alto un detalle. Otra vez. Se me escapó un detalle. Pero me está besando el cuello y ahora mismo podría romper el cristal de una ventana de lo dura que la tengo y, ¡joder!, cada vez se le da mejor torturarme acariciándome la oreja. Me muerde el lóbulo y le da un tironcito. Luego lo lame y me lo besa.

Mientras recorríamos el trayecto en el coche de Uber, me ha dicho que no se ha planteado un futuro para nosotros.

Por mucho que eso me haya descolocado, ahora mismo me conviene creerla. Me conviene creer que no ha pensado en nosotros a largo plazo. Eso me ahorra la culpa por llevarme a la cama y luego dejar tirada a una chica que merece que la lleven al altar en volandas con palomas y todo. Presentársela a tu madre. Hacer sus sueños realidad hasta verla delirar de felicidad.

Yo nunca sería capaz de hacerlo. No sé cómo se hace.

Ni siquiera puedo protegerla.

Ese pensamiento hace que entre en tromba en su dormitorio, abra de una patada la puerta del cuarto de baño y me dirija a la ducha. Tras dejar a Taylor de pie, abro el grifo.

—¿Qué estás haciendo?

—Calentándote.

Tal vez... tal vez pueda resistir esto. Tal vez pueda dejarla en la ducha y esperarla fuera. Resistir un día más sin ceder al deseo voraz que me provoca esta mujer. El sexo nunca ha sido más que una diversión para mí. Un picor que hay que rascar. Pero con Taylor sería un compromiso, diga ella lo que diga. Aunque sea sincera al afirmar que esto es temporal. Una necesidad del momento. Mi corazón y mi cabeza se comprometerían. La consideraría mía. Como si me comprometiera con ella para el resto de mi vida. ¿Podría seguir solo con mis asuntos después de saber que ella existe? No lo sé. No tengo ni puta idea.

—Sigues teniendo frío, ¿verdad? —pregunto al tiempo que señalo la ducha.

Ella asiente con la cabeza.

El cuarto de baño ya empieza a llenarse de vapor.

Está a medio metro de mí con el apósito en la cabeza, pidiéndome consuelo con esos increíbles ojos verdes. Yo pendo de un hilo que está cada vez más deshilachado. Sobre todo cuando clava la mirada en mi bragueta, donde se ve que estoy empalmado, se moja los labios y... se quita el top de tirantes.

¡Dios!

¡Joder, vaya tetas!

El top debía de llevar uno de esos sujetadores incorporados, porque ahora mismo no lleva ninguno. Solo los pantalones ajustados...

Que son los siguientes. Se los quita despacio. Engancha los pulgares en la cinturilla y se inclina hacia delante, deslizando la prenda por las caderas, por ese culo redondo que tiene.

«Sal del cuarto de baño», me ordeno, cuando el tanga queda a la vista. Pero me quedo aquí plantado. ¿Qué hombre no lo haría con esta princesa haciéndole un puto *striptease*, mientras el vapor de la ducha le humedece las tetas, el abdomen, los hombros y las mejillas, y hace que la piel le brille? Sobre todo cuando la princesa en cuestión lleva la ropa interior así de ajustada y una vez que se endereza, quitándose los pantalones de un puntapié, no deja nada a la imaginación.

—Pues para el caso es como si estuvieras desnuda, se te marca todo con ese tanga.

Se mete en la ducha, dejando que el agua caliente la empape, y al ver que el tanga se vuelve transparente, empiezo a jadear y agarro el borde de la puerta de la mampara con una mano.

—Si quieres que me lo quite, ya sabes —murmura, y su voz se mezcla con el sonido del agua que cae, haciendo que todo esto parezca un sueño.

Sí, un sueño. La realidad se aleja cada vez más mientras se enjabona el cuerpo. Los pechos, los muslos y el tanga. Enjabona ese dulce montículo a través de la tela morada, y yo enloquezco. Mando al cuerno todas mis dudas y me meto en la ducha, le rodeo la cintura con un brazo y la saco con un gruñido.

Atravieso el cuarto de baño con ella chorreando agua hasta dejar ese culo prieto sobre la encimera del lavabo y no tardo nada en bajarme la cremallera de los vaqueros. Verla me está matando. Verla así, chorreando agua, con la espuma deslizándose por sus pezones y su abdomen, con los labios separados y gimiendo. No debería haber dejado que la lujuria se triplicara, se cuadruplicara y se volviera infinita de esta manera. Porque ahora ella tiene una herida en la cabeza, y yo la tengo tan dura que podría pasarme una semana entera sin hacer otra cosa que no sea follármela.

—Taylor —mascullo y me estremezco por el alivio cuando por fin consigo sacármela por la bragueta. Mi cuerpo me pide a gritos que le arranque el tanga empapado, que la penetre con fuerza y que no pare hasta que se corra. Pero estas ganas de adorarla, esta opresión que me provoca en el pecho, me obliga a echarle la cabeza hacia atrás agarrándole la barbilla para mirarla a los ojos—, dime que la herida no te afecta tanto como para no poder hacer esto. Dime que esto no se debe a que estás conmocionada y necesitas consuelo.

—Es que lo necesito. Necesito que tú me consueles. —Me pasa un dedo por el abdomen y baja hasta tocármela, lo que me hace soltar un taco—. Pero también llevo un tiempo deseando esto. Antes de hoy. No se debe al trauma de hoy, Myles.

—Si me aprovechara de ti, nunca me lo perdonaría.

—No vas a aprovecharte de mí. —Me da un beso, y luego otro, y unos cuantos más—. Serías incapaz de hacerlo.

—Dime que confías en mí —murmuro contra su boca mientras mis manos la arrastran hasta el borde de la encimera. Con rapidez. Su sexo empapado choca con mi erección, que queda aplastada contra mi abdomen.

—Confío en ti —dice con la voz entrecortada, mirándome a los ojos.

Y las campanas de alarma se disparan. Esto no es solo sexo. Apenas hemos empezado y siento que mi pecho se va a abrir de par en par, pero no hay vuelta atrás. No cuando tiene los pezones tan duros y se abre de piernas para mí al tiempo que me permite que le coma la boca. Estoy tan excitado que seguramente podría correrme solo con moverme unas cuantas veces contra su tanga, pero eso no es suficiente. Nada es lo bastante bueno para mi chica, así que le pongo fin al beso y me arrodillo, encantado al oír el gemido que suelta al darse cuenta de cuál es mi intención, momento en que me agarra la camiseta para quitármela.

En cuanto me la pasa por la cabeza, le engancho el tanga con un dedo por la parte delantera y lo ladeo hacia la izquierda para besarla justo ahí. La beso solo con los labios, pero después uso también la lengua, para familiarizarme con sus suaves recovecos y separarle los pliegues en busca de ese punto. ¡Justo ahí! Tan delicioso. Tan hinchado, incluso antes de que empiece a acariciarlo. Se lo lamo con delicadeza y después lo acaricio con más brusquedad hasta que ella pronuncia mi nombre de forma entrecortada. Empieza a mover las caderas y a abrir y cerrar los muslos, que me presionan la cara.

—Myles.

—Mmm... —murmuro a la vez que le doy el siguiente lametón, porque soy incapaz de responder cuando tiene un sabor tan dulce.

—No me trates como si fuera frágil, solo por lo que ha pasado hoy, ¿de acuerdo? —dice, respirando con dificultad entre palabras—. Tú no. Por favor. Ahora es cuando más necesito sentirme... sentirme fuerte.

«Dale lo que quiere. Dale lo que pide».

Lo que ha pedido desde el principio.

No es solo su súplica, es este instinto que tengo con ella el que me anima a ser brusco, a satisfacer ese anhelo que me confesó, y bien sabe Dios que no soy un blandengue. Mucho menos en este momento, cuando la deseo tanto que ni veo ni pienso con claridad.

«Mía».

«Tantea un poco. Comprueba hasta dónde quiere llegar».

—Tienes un sexo precioso, ¿verdad? —le pregunto entre lametones, observando su cara. Leyendo su expresión. Calibrando su estado de ánimo. Averiguando en qué punto se encuentra. Y en cuanto mueve las caderas con brusquedad para salir al encuentro de mi siguiente lametón en el clítoris y me mete los dedos entre el pelo, lo sé. Sé cómo quiere que la follen. Quiere un polvo rápido, brusco y guarrillo. Por eso llevamos unos días dándole vueltas al tema. Y para mí es genial, porque no tengo ni puta idea de cómo hacer el amor.

Esto es lo más cerca que voy a estar en la vida.

Me ladeo un poco para darle un azote en el mismísimo, que tiene empapado, pero sin aplicar demasiada fuerza. Solo la suficiente para llamar su atención y hacer que esos preciosos ojos se pongan en blanco.

—Myles.

—¿Qué? —Otro azote, y me doy cuenta de que se está mojando más. ¡Joder! Es la mujer perfecta—. ¿Te gusta que te azote aquí?

—¡Sí! —grita entre dientes.

No sé si está sudando o si es el vapor de la ducha, pero tiene cada centímetro del cuerpo reluciente, incluido su sexo, y es la imagen más erótica que he visto en mis treinta y cuatro años de vida. Esta maestra que tiene pinta de ser una chica buena, reluciente por la humedad con las piernas separadas para que se lo coma. Para que la azote. Todavía no se la he metido y sé que jamás me recuperaré. Nunca.

Subo las manos por sus muslos hasta llegar a su resbaladizo tórax y me detengo sobre sus pechos, a los que les doy un apretón antes de acariciarle los pezones. Cada vez que hemos estado a punto de follar se le han endurecido; le pasa incluso cuando nos miramos con ganas de hacerlo. Los tiene muy sensibles. En cuanto se los rozo con los pulgares, sus estremecimientos aumentan, y empiezo a comérselo con más rapidez. Mis movimientos son cada vez más rápidos sobre su clítoris, hasta que de repente me agarra del pelo con una mano y se sujeta con la otra a la encimera. Grita con los dientes apretados y se estremece al llegar a su primer orgasmo y, que el Señor me ayude, porque no paro de lamerla. Saboreo su dulzor y le hago ver que me encanta, que estoy orgulloso de lo que estoy haciendo, y ella se estremece todavía más al oír mis gruñidos animales y sentir mis lametones.

Sin embargo, me impulsa un deseo frenético que hace que me ponga en pie. Me pego a ella, colocándome entre sus muslos, con el pene en la mano. Los vaqueros se me han caído hasta los tobillos y no sé ni lo que hago. A estas alturas no paro de gemir, estoy goteando y mi única salvación es la mujer que tengo delante. Miro sus ojos aturdidos y solo veo que me alienta a seguir. De todas formas quiero asegurarme.

—Cariño, tienes que parar. ¿Me oyes? Vamos a parar. Ahora mismo, ¡joder! Aunque me mate.

—No quiero parar. —Se desplaza un centímetro más hacia el borde de la encimera y me tira de las caderas, clavándome las uñas en ellas—. Y no quiero que tú pares.

Me cuesta trabajo respirar y cada vez que lo hago, veo las volutas de vapor que se arremolinan entre nosotros. Busco a tientas el condón que llevo en el bolsillo. Rasgar. Ponerlo.

¡Por Dios! Soy un toro esperando que se abra la puerta.

—¿Cerramos el grifo de la ducha? —me pregunta, con los ojos clavados en mi boca.

—No. —Me pego a ella, presionándole la cara contra uno de mis hombros mientras busco su húmeda y cálida entrada con la otra mano. Una vez que he metido la punta en el paraíso, le rodeo la cintura con los brazos y le agarro el culo con las manos—. Si viene alguien, la ducha amortiguará el sonido que hago mientras te follo.

Se la meto, ni lento ni rápido, sino en un punto intermedio, y no me detengo hasta que estoy introducido hasta el fondo en ella y grito de verdad. Mientras ella gimotea en mi hombro, yo grito por lo rápido que llego a la pista de despegue. Y no es de extrañar, porque es un sueño. Como ya sabía que sería, pero un millón de veces mejor. Empapada, estrecha y palpitante. Pese a la amenaza real de correrme antes de tiempo, no puedo evitar que la fuerza de mis caderas la levante de la encimera en un intento por metérsela todavía más. Necesito poseerla por completo. Que sea mía.

—¿Todavía quieres que te dé fuerte ahora que sabes lo que tengo entre las piernas?

Siento que suelta el aliento contra mi hombro.

—Sí... Sí, por favor.

—Eres tan preciosa que no necesitas pedir nada por favor. Dime lo que quieres, que yo me encargo de todo. —Sí. Y ya verás cómo al oírme me la estruja con fuerza, ¡joder!

Exacto.

Le doy un mordisco en el cuello y empiezo a moverme. Rápido. Con fuerza. Tengo que rodear la parte posterior de sus caderas con un brazo para evitar que se resbale y se golpee contra el espejo, pero, ¡joder!, es increíble. Ha echado la cabeza hacia atrás por completo, de modo que clavo la mirada en sus tetas, que se mueven al compás de mis profundas embestidas. El vapor hace que todo su cuerpo reluzca y le ha pegado el pelo al cuello y a las mejillas. ¡Dios! ¡Dios! Si pudiera, se la metería todavía más. Su forma de mover las caderas contra mí me está matando. Me está enloqueciendo, está destrozando mi autocontrol. Se oye perfectamente el sonido de nuestros cuerpos al chocarse, húmedos y frenéticos, y estoy a punto de descontrolarme por completo, sin medir la fuerza. A punto.

Si sigo a este ritmo, me voy a correr. Es inevitable. Estamos atrapados en un ritmo que se supone que solo se alcanza al final, cuando se está a un palmo de la cima. Sin embargo, mentalmente, emocionalmente, aún no estoy preparado. Necesito más de ella. Necesito seguir disfrutándola. Así que aminoro un poco la velocidad, pero sigo metiéndosela hasta el fondo, todo lo posible, mientras empiezo a acariciarle el clítoris con la mano derecha. Ella gime mi nombre, y ambos miramos hacia abajo para ver cómo mi pulgar tortura ese precioso montículo. El pecho le sube y le baja cada vez más rápido por el esfuerzo. Me ha clavado los dedos de la mano derecha en el vello del pecho, que me retuerce hasta arrancarme un gemido.

—Sigue. Aráñame, nena —masculло contra su boca—. Fóllame.

Ella me pasa las uñas por los hombros, y adiós al ritmo lento. Vuelvo a metérsela como un poseso sobre la encimera mientras le acaricio el clítoris con el pulgar hasta que por fin se estremece, grita en mitad del beso y siento que sus músculos se contraen a mi alrededor. Con tanta fuerza que oigo un pitido en los oídos y mis manos deciden moverse por sí solas, pegándola a mí al tiempo que le separo las piernas con las caderas todo lo que puedo para poder sentir hasta el más leve estremecimiento que la recorre. ¡Por Dios! ¡Por Dios! Esta mujer es como una puta droga. No, es el subidón. Y no he terminado. No pienso hacerlo.

—Más —susurro entre jadeos, levantándola de la encimera, aunque no sé adónde la llevo. Solo tengo claro que debemos quedarnos en este cuarto de baño. En este mundo privado solo de los dos, donde el mañana nunca llega. Cruzo la estancia sin apartar los labios de los suyos, andando sobre el suelo de mármol con ella en brazos. Es posible que no vuelva a dejar a esta princesa en el puto suelo jamás. Me trago las promesas que me muero por hacer. La tengo tan tiesa que estoy medio delirando. Es inaceptable que todavía no se lo haya dado todo. Todo lo que tengo. Porque me lo ha pedido, ¿verdad? Sí.

La bajo deslizándola por la parte delantera de mi cuerpo y la giro para dejarla de frente a la mampara de cristal de la ducha.

—Sigue así de empapada, porque ahora mismo vuelvo a metértela.

No sé si sabe lo que va a ocurrir o si solo apoya las palmas de las manos en el cristal para mantener el equilibrio, pero es justo lo que tiene que hacer. Estamos tan sincronizados que me pregunto brevemente si estoy soñando. Pero no. No, ella me apoya el culo en el regazo, y yo empiezo a frotarme entre sus nalgas, lo que me deja al borde del orgasmo, porque es la fricción perfecta. ¡Es genial! No hay nada tan real como Taylor. Como nosotros.

El corazón me late con fuerza y respiro de forma errática mientras tiro de ella para ponerla de puntillas y metérsela desde atrás. No le he tapado la boca a tiempo para amortiguar su grito, pero tampoco me molesto. Lo único que me interesa es su sexo empapado y sus manos pegadas al cristal mientras rota las caderas trazando pequeños círculos, como si estuviera bailando sobre mi regazo, lo que me arranca un gemido y me hace poner los ojos en blanco.

—¿Quieres volverme loco, cariño?

—¡Sí! —exclama con la voz entrecortada, y veo cómo se mueven los delicados músculos de la parte baja de su espalda. Tiene la espalda empapada por el vapor de agua. Es una imagen gloriosa. Preciosa. La perfección.

—Podría haber llenado este condón diez veces, Taylor, pero no quiero parar. —Me enrollo su pelo alrededor de un puño y tiro hacia atrás al tiempo que le acaricio el cuello con los dientes antes de morderle una oreja. ¡Dios! Eso hace que se estremezca con fuerza alrededor de mi pene. Me encanta. Y a ella le encanta la rudeza. Así que se la doy, sin restricciones. Me inclino hacia delante, manteniéndola de puntillas y con la cara pegada al cristal de la mampara, mientras se la meto con tanta fuerza como para que le rechinen los dientes—. ¿Quieres que pare?

—Más rápido.

¡Joder! Estoy casi bizco. Me está destrozando. Hay una parte de mí que casi se odia a sí misma por utilizar la más mínima agresividad con una mujer, pero la evidencia de que la necesita, de que la ansía, está en todas partes. Empapándome el vello púbico, estrechándose a mi alrededor como si fuera a tener otro orgasmo y yo la estuviera empujando hacia él. Vamos los dos directos. Dejo caer la última barrera que contenía mi fuerza y gimo cada vez que la levanto del suelo embestida tras embestida, doblándola en un ángulo de noventa grados con el culo en mi regazo.

—Ni siquiera he podido masturbarme antes de metértela. Eso es lo que querías, ¿verdad, Taylor? Sabía que ibas a empapármela. Sabía que te encantaría que te la metiera así.

Seguro que me estoy pasando, que estoy siendo demasiado agresivo, que estoy revelando demasiado, pero no puedo parar y, de repente, no sé cómo hemos llegado hasta aquí, pero ella está de rodillas en el suelo del cuarto de baño, con el pelo en mi puño mientras embisto contra sus caderas. He perdido el control. Me estoy pasando de la raya. Seguro que esto es demasiado para ella si yo siento que el corazón está a punto de salírseme del pecho, ¿verdad?

Sin embargo, nuestras miradas se encuentran en el reflejo del cristal de la mampara. Está empañado, así que apenas puedo distinguir sus rasgos, pero puedo ver que tiene la boca abierta. Puedo ver que está disfrutando del momento, cumpliendo un deseo. Tiene los ojos de par en par y aunque no sé si me está mirando, la simple posibilidad de que lo haga cuando me encuentro en un momento tan vulnerable, tan desnudo, a punto de correrme como no lo he hecho en mi puta vida, basta para hacerme estallar. Para que explote y me desintegre. Me corro con tanta fuerza que me olvido hasta de mi nombre.

—Muévete, nena. ¡Dios, sí! Así. Es perfecto. ¡Dios! No vuelvas a hacerte daño mientras estás conmigo. ¡No vuelvas! —Me descubro susurrando contra su cuello húmedo palabras que ni siquiera tienen sentido, pero acaba de llegar al tercer orgasmo, se está corriendo conmigo y nada tiene sentido en el mundo salvo Taylor estremeciéndose a mi alrededor, jadeando y gritando mi nombre mientras se resbala sobre el suelo porque yo sigo metiéndosela. No puedo parar. No puedo parar aunque esté casi vacío—. ¡Taylor!

No reconozco mi propia voz desgarrada, pero ella parece saber lo que digo. Lo que le pido. De manera que se da media vuelta y se sube a mi regazo. Se agarra a mí, rodeándome el cuello con los brazos y las caderas con las piernas, todavía temblorosas. Estoy demasiado aturdido por la intensidad de lo que acaba de ocurrir como para hacer otra cosa que no sea dejarme caer de culo en el suelo con ella a salvo en mis brazos, mientras hago un intento desesperado por organizar mis pensamientos o al menos recuperar el aliento. Claro que todo es en vano. Al final me limito a quedarme sentado, medio aturdido. Esta maestra de segundo de primaria acaba de poner mi puto mundo del revés.

Tardamos cinco minutos en respirar con normalidad.

No alcanzo a imaginar lo que va a pasar a partir de ahora. Lo que me gustaría hacer es mantenerla en la cama durante un mes. O quizá todo un año. Claro que ¿debería volver a hacerlo con ella? ¿No sería como engañarla? Hemos acordado que sería solo sexo, y si consiguiera fingir que no me provoca una avalancha de sentimientos desconocidos, quizá podría ceñirme a las reglas...

—Sí. —Me quita los brazos del cuello y se echa hacia atrás, bostezando, más somnolienta y preciosa de lo que cualquiera tendría derecho a estar—. Sí, así es como me gusta. —Me besa en la mejilla. Un beso. En la mejilla—. Gracias por ayudarme a confirmarlo.

Se aparta de mi regazo antes de que me dé cuenta de lo que pasa, cierra el grifo de la ducha y desaparece en dirección al dormitorio. «Gracias por ayudarme a confirmarlo». ¿Qué está pasando aquí exactamente? No lo sé, pero voy a averiguarlo.

Me pongo en pie y me subo los vaqueros, soltando un taco cuando trastabillo hacia la derecha. ¡Madre mía! Me ha dejado para el arrastre. En todos los sentidos. Hasta me duele el pecho.

—Taylor —mascullo al entrar en el dormitorio. La encuentro tapada con un vestido que parece una camiseta larga—. ¿Gracias por ayudarte a confirmarlo? ¿Se puede saber qué significa eso?

Hace un mohín al oír mi pregunta, como si la respuesta debiera ser obvia. ¡Dios! Está guapísima, resplandeciente después de sus tres orgasmos.

—Pues justo lo que he dicho. Gracias por no tratarme como la futura presidenta del comité de repostería. Confiaste en que sabía lo que quería y me lo has dado. Te lo agradezco. Pero acordamos que no habría ataduras. —No hay engaño en sus ojos. No hay astucia. No está jugando conmigo. Lo dice de verdad. Hemos estado a punto de alterar el curso del tiempo y del espacio en ese cuarto de baño, y a ella le parece estupendo seguir adelante sin más. Y aquí estoy yo, el primer hombre en su sano juicio que desea que una mujer juegue con él. ¿Qué me pasa? Esto es justo lo que quería. Disfrutar con ella sin ataduras sentimentales de por medio y sin que nadie salga herido. Al ver que no digo nada, ella levanta una ceja y me pregunta—: ¿Lo recuerdas?

—¡Sí, lo recuerdo! —grito, pero me sale raro. ¿Qué me pasa en la garganta?

Ella añade:

—Ahora tendré más confianza para pedir lo que necesito.

—No vas a... —Me detengo antes de poder decir el resto. No va a estar con nadie más. Decir eso en voz alta me convierte en un cabrón. Si no voy a ofrecerle una relación, ¿cómo me atrevo a arruinar su optimismo de tenerla con otro? ¿Cómo me atrevo a desear ir en busca de todos los que puedan tomarla de la mano en el futuro para encerrarlos en la jaula de los leones del zoológico y contemplar cómo los devoran mientras gritan pidiendo ayuda?

No tengo ese derecho.

No tengo ningún derecho sobre ella.

La veo pasar por delante de mí, sintiéndome entumecido por completo.

—Perdona —murmura—. Necesito ir en busca de Jude.

17

Taylor

Un pie delante del otro. Bajo las escaleras.

Puedo hacerlo. Puedo tener una aventura y no involucrarme emocionalmente.

Claro que puedo.

No voy a hacerle ni caso a la presión que siento detrás de los ojos ni en el pecho. Es ridículo. Entré en el cuarto de baño con unas expectativas realistas, ¿no? Myles tenía muy claro que no quería nada serio. La simple idea de que una maestra de secundaria de un colegio privado de Connecticut salga con un cazarrecompensas es totalmente absurda. Me dije que, cuando por fin cediéramos al deseo, conseguiría cierta perspectiva sobre mis preferencias sexuales. ¡Y vaya que ha sido así! He conseguido una gran perspectiva. Más de la que esperaba.

Si comparo lo que acabo de hacer con Myles con el sexo incómodo y sin complicaciones de mi pasado, me dan ganas de echarme a reír. Y eso es lo que hago, reírme aquí en la escalera de camino al salón. ¿Tenía el presentimiento de que el sexo con Myles haría que mis otras experiencias saltaran por los aires? Sí. Pero, por desgracia, no había previsto la certeza absoluta de que nunca más, jamás de los jamases, podré replicar con otro hombre lo que he sentido al estar con el cazarrecompensas. Nunca.

Sin embargo, no puedo hacer nada al respecto. Myles va a resolver el caso y retomará su trabajo. Yo voy a volver a Connecticut. Tal y como él dijo. Así que debo actuar como una adulta. Sin ataduras. En eso quedamos y no ha cambiado nada. No tengo motivos para esperar algo más de Myles y no lo haré. Nos hemos liado. La gente lo hace todo el tiempo. No voy a hacer una montaña de un grano de arena.

Aunque él sea una montaña enorme.

Una fuerza de la naturaleza enorme y poderosa.

Casi tropiezo al llegar al último escalón y oigo una respiración sibilante detrás de mí.

Myles me sigue por la escalera, con la camiseta colgada de un musculoso hombro. Por supuesto que me sigue. Tiene que salir por la puerta principal, ¿no? Lo miro con una sonrisa cortés por encima del hombro, pero él frunce el ceño.

—Taylor...

La puerta principal de la casa se abre y entra Jude, que se quita las gafas de sol y las arroja sobre la consola de la entrada. Cuando me ve, se detiene en seco.

Myles pasa por delante de mí con un suspiro y por fin se pone la camiseta.

—Tengo que hacer una llamada —murmura, con el ceño fruncidísimo mientras me mira—. Sobre lo que has encontrado en las escrituras de las propiedades.

Asiento con la cabeza.

—Muy bien.

—Estaré fuera.

—De acuerdo.

Es evidente que quiere zarandearme, pero no sé dónde he metido la pata. Suelta una palabrota horrorosa y echa a andar hacia la puerta. Sin embargo, Jude se interpone en su camino y le pone una mano en el pecho para evitar que siga avanzando.

—No vas a ir a ninguna parte hasta que me expliques por qué tiene mi hermana un apósito en la cabeza.

Confusa como estoy por mis cavilaciones sobre Myles, no he caído en la cuenta de que mi hermano iba a desconcertarse por la escena. Yo bajando la escalera con Myles pisándome los talones a toda prisa, claramente cabreado. Tengo un apósito en la cabeza y es probable que parezca que acabo de salir andando a gatas de un huracán. No estoy segura de haber visto a Jude, ni a nadie, ponerse tan blanco como está en este momento, pero debo aclarar las cosas ahora mismo.

—Jude...

—Como le hagas daño a mi hermana, te mato —le dice a Myles.

¡Ay, por Dios! Avanzo corriendo para interponerme entre ellos.

—No, Jude. Él no...

—No le he hecho daño —asegura Myles, que levanta las palmas de las manos y mira a Jude a los ojos. Totalmente tranquilo. Sin restarle importancia a la preocupación de mi hermano ni ponerse a la defensiva como yo temía que hiciera—. Jamás le pondría una mano encima. Que te asegures de que sea así te convierte en un buen hermano.

Jude suelta el aire al instante y se le deshincha el pecho. Es como si saliera de un trance. Sin embargo, Myles espera hasta ver que reconoce sus palabras con un gesto de la cabeza antes de bajar las manos.

—¿Qué ha pasado? —pregunta Jude, que se acerca a mí para echarle un ojo al apósito.

—No soporto volver a oír lo que ha pasado —mascula Myles al tiempo que saca su móvil y sigue andando con grandes zancadas hacia la puerta—. Estaré fuera.

Jude sigue mirándolo mientras él se aleja.

—Creo que debería ir a disculparme.

—No —le digo mientras veo que el cazarrecompensas se agacha para pasar por la puerta—. No necesita ninguna disculpa. ¡Qué simpático es!, ¿verdad?

—Pues sí —contesta mi hermano al cabo de un segundo—. En todo caso, creo que estaba orgulloso de mí.

—¡Qué simpático!, ¿verdad?

—Eso ya lo has dicho, Te.

—¿Ah, sí? —Siento un nudo en la garganta mientras veo a Myles pasear de un lado para otro del porche, con el teléfono pegado a la oreja—. Debe de ser por la herida de la cabeza.

Le narro la agresión a mi hermano sin dejarme llevar por la emoción. No tiene sentido disgustarlo. Sin embargo, parece a punto de echar hasta la primera papilla cuando acabo.

— Estoy bien, en serio. Podría haber sido peor.

—No debería haber dejado que te involucraras en esto —dice Jude al tiempo que se recoge el pelo con una mano y se lo sostiene en la coronilla—. Tú siempre estás pendiente de mí y ahora que tenía la oportunidad de devolverte el favor, yo estaba durmiendo en la playa.

—¡Qué bien! Para eso estás de vacaciones.

—Los dos estamos de vacaciones, Te.

Se oye el chirrido de los frenos de un vehículo que se detiene delante de la casa. A ese le siguen varios más. Se oye gente hablar a gritos, como si se hubiera abierto un portal y hubiera salido una multitud procedente de otra dimensión.

Una voz grave destaca sobre las demás.

—¡Oh, no! —dice Jude, que cierra los ojos—. ¡Ay, Dios! ¡Que ha venido de verdad!

—¿Qué? —Mi mirada vuela de la puerta principal a mi hermano—. ¿Quién?

—Dante.

—¿¡Dante ha venido!?

—Sí.

Nos acercamos despacio a la ventana delantera con los brazos entrelazados, pero descubro que una espalda muy musculosa que pertenece a Myles me obstaculiza la visión.

—¿¡Qué diablos pasa aquí!? —grita.

—Myles —dice Jude, que le da un toque en la espalda a través de la cortina—, no pasa nada. No es ninguna amenaza. —Y añade a voz en grito—: ¡Es que es muy cabezón!

—Eres tú quien se niega a verme sin ninguna explicación —replica Dante, y no puedo evitarlo: el calor se extiende por mi pecho como el chocolate derretido—. Voy a entrar.

—Siento llevarte la contraria —le dice Myles con un tono acerado en la voz—. ¿Taylor?

—¿Sí?

—¿Qué hace el chico de las películas de los Phantom Five en tu porche?

Le masajeo los hombros tensos a través de la cortina, pero permanecen duros como el hormigón.

—Lo conocemos. Creció con Jude. Son amigos desde la infancia.

—¿Lo somos? —dice la voz incorpórea de Dante—. Si fuera mi mejor amigo, no me evitaría. Hasta el punto de que la única manera de verlo es en las noticias, donde me he enterado de que está de vacaciones en un lugar con un asesino suelto.

—¿En las noticias? —repite Myles, que nos mira con gesto amenazador por encima del hombro—. ¿De qué está hablando?

Dante carraspea.

—¿Podemos seguir hablando dentro? Me han seguido unos cuantos *paparazzi*.

—Déjalo entrar, Myles —digo—. No pasa nada.

—Hay mucha gente aquí fuera, Taylor —replica él—. Aléjate de la ventana.

Jude y yo damos varios pasos de gigante hacia atrás, y nos detenemos entre el salón y la cocina.

—Ya.

La puerta principal se abre, y ahí está Dante. Pero no es el chico guapo y un poco torpe que recuerdo. No, es una versión más alta, más grande y más fuerte, con unos serios ojos marrones, el pelo azabache y una barba de un día en el típico mentón cuadrado de estrella de cine.

La transformación no debería sorprenderme. Al fin y al cabo, he visto las dos películas de la franquicia en el cine. Lo he visto saltar de un rascacielos y aterrizar en el ala de un avión, luchar contra un robot de seis metros y... hacer el amor. Me arde la cara al recordar esa escena de la segunda película. Se acuesta con la hermosa villana que interpretó una de mis actrices favoritas y lo hace por odio. Me muerdo la lengua antes de preguntarle cómo es ella en la vida real. Porque no es el momento. No es mi reencuentro. Este momento es de mi hermano y suyo, pero nada sucede como yo espero.

Porque lo que espero es que Dante le recrimine a mi hermano su distanciamiento. Y espero que Jude, a su vez, le suelte algún comentario ingenioso mientras se revuelve el pelo, tras lo cual todo acabará con un abrazo y varias palmadas en la espalda. En cambio, Dante se detiene justo en la puerta y frunce el ceño mientras mira a Jude.

—¡Joder, estás vivo! —dice—. Me alegro de confirmarlo.

Mi hermano pone los ojos en blanco.

—¡Por Dios, Dante! Deja el drama para el cine.

—Podríamos haber hecho esto por teléfono sin problemas.

Mi hermano me suelta el brazo y cojea hacia el frigorífico.

—¿Te importaría sentarte y tomarte una cerveza?

—¿Por qué cojeas? —La piel dorada de Dante pierde un poco de color. Se vuelve hacia Myles, que acaba de entrar en la casa detrás de él—. ¿Cómo se ha herido Jude? ¿No se supone que eres su guardaespaldas?

Myles cierra la puerta de una patada al producirse una ráfaga de flashes.

—¡Y una mierda! —Me dirige una mirada de advertencia—. ¿Cuándo habéis salido en las noticias?

Cualquiera que no conozca al cazarrecompensas puede encontrarlo demasiado tajante a primera vista. O incluso agresivo. Pero no es mi caso. Reconozco que el ceño fruncido y su dificultad para tragar saliva se deben a la preocupación. Hemos dificultado muchísimo el trabajo de este hombre y él lo ha soportado todo. Podría haber dejado que nos las apañáramos solos. Sí, grita y suelta tacos y no sabe lo que es la diplomacia, pero es... un idiota maravilloso. ¿O no? ¡Es mi idiota!

¡Ay, madre! Estoy metida en un buen lío.

—Empiezo a preguntarme si él es la razón por la que cojeas —murmura Dante, que cruza sus brazos de superhéroe por delante del pecho.

Y no sé qué me pasa por la cabeza de repente. Se me va sin más.

¿Es la segunda vez en cinco minutos que alguien acusa a Myles de ser agresivo? Sí. Sí, lo es. Siento que el afán protector estalla en mi interior como si fuera un géiser. Sobre todo cuando veo que Myles se estremece al oír esa acusación, hecha tan a la ligera. No es de piedra. Es un protector. Una buena persona, pese a la imagen que le ofrece al mundo. ¿Cuántos golpes puede resistir su armadura?

Sin ser del todo consciente de mis propias intenciones, atravieso la estancia como un rayo. Tomo a Myles de una mano y entrelazo nuestros dedos, tras lo cual me llevo nuestras manos unidas al pecho.

—Este hombre es muy bueno en su trabajo. Por desgracia, no puede proteger a Jude de una medusa. Por eso está cojeando.

—No lo estaba acusando en serio... —dice Dante, que hace un gesto contrito con una mano.

—Pues lo has acusado. —Me pego más al costado de Myles—. Lo has hecho. Y no se lo merece. Sí, parece un grandullón desagradable, pero es un trozo de pan, ¿sabes? —Espero a que Dante asienta con la cabeza—. Antes de levantarme una mano, prefiere que le peguen un tiro entre los ojos. Eso me ha dicho. Y siente exactamente lo mismo por Jude.

—No es exactamente lo mismo, Taylor —murmura Myles, que se encoge de hombros mirando a Jude—. No es nada personal.

—¡Qué pena! —Jude abre dos botellines de cerveza con los que nos señala—. Ya me estaba imaginando cosas.

—¡Por Dios! —murmura Dante, y veo el asomo de una sonrisa en los labios—. No has cambiado nada.

Mi hermano lo mira como si tal cosa.

—No puedo decir lo mismo de ti.

La sonrisa de estrella de cine flaquea. Jude y él vuelven a mirarse fijamente, y ninguno de los dos aparta la mirada aun cuando se acerca a su amigo para ofrecerle la cerveza. Son como dos gatos callejeros esperando para ver quién parpadea primero.

—Deberíamos dejarlos hablar —sugiero al tiempo que miro a Myles, y me sorprende ver que me está observando con el ceño fruncido. Pero no enfadado. Más bien con curiosidad o sorpresa.

—Un grandullón desagradable, ¿eh?

—¿Esa es la parte con la que te quedas?

—No —contesta en voz baja, mientras me coloca la mano libre en la mejilla y observa fascinado el movimiento de su pulgar sobre mi pómulo—. ¡Qué va!

—¿Ah, no?

Lo oigo gruñir.

—Estoy esperando a que la policía me pase información sobre Evergreen Corp. Podría tardar una hora más o menos. —Menea la cabeza—. Hay muchas otras pistas que tengo que seguir, pero no dejo de pensar en que al final no has podido tomarte el helado que querías.

No sé si es posible enamorarse de un hombre en cuatro días. Pero si lo es, creo que acabo de lograr esa hazaña con Myles Sumner. Y ya no puedo fingir que voy cuesta abajo y sin frenos...

18

Myles

No la llevo de vuelta al centro de Falmouth para tomar un helado. Ni hablar. Después de cambiar de dirección tres veces para asegurarme de que no nos siguen, conduzco hasta el Wood's Hole en el Hyundai Elantra de Taylor. Donde, con suerte, nadie intenta matarla.

Entramos en la heladería y contengo a duras penas el impulso de gritar: «¡Uno de cada! ¡Dadle uno de cada!». Quiero comprarle un cucurucho de cada sabor. ¡Joder! Quiero comprarle la puta heladería entera y colgar un letrero con su nombre. Esto no augura nada bueno para mi inminente marcha. En absoluto. Por algún desquiciado giro del destino, he pasado de reducir a convictos en el suelo, esquivar balas y curarme heridas en habitaciones de hotel a tomar de la mano a esta mujer mientras tenemos una cita en una heladería. ¿Se puede saber cómo narices he llegado aquí?

Y lo más importante si cabe: ¿cómo consigo pensar de nuevo en lo nuestro como algo temporal?

Parece que soy incapaz de hacerlo por más lógica que aplico a la situación.

Una locura, teniendo en cuenta la cantidad de factores que juegan en nuestra contra. Yo vivo en la carretera. Ella tiene una rutina asentada en Connecticut. Quiere un marido e hijos.

Y yo desde luego que no quiero eso.

Desde luego que no.

Sin embargo, mientras la veo inclinada hacia delante y mirando con una sonrisa las cubetas rellenas de helado al otro lado de la vitrina, tal vez..., solo tal vez, me permito imaginarlo. Entrando los dos con un niño sobre mis hombros, con los deditos pringosos en el pelo. Taylor con otro bombo.

Embarazada, porque yo he hecho que esté así.

Tardo un momento en alejarme de las imágenes que esa idea me provoca.

Muy bien. Más que un momento.

¿Haríamos el amor como de costumbre y lo dejaríamos a la suerte? ¿O lo haríamos con el propósito de que se quedara embarazada? ¡Dios! Eso sería...

No pienso en lo satisfactorio que sería. No pienso en mirarla a los ojos cuando me corro a sabiendas de que ese momento trasciende el placer físico. No pienso en que me abrace con más fuerza con los muslos y que levante las caderas mientras me alaba por mis sanos soldaditos.

A menos que no estén sanos.

En ese caso, tendríamos que ver a un médico. Empezar con todo el tema de la fertilidad...

¡Madre del amor hermoso! ¿Cómo he llegado a pensar en médicos especialistas en fertilidad?

De vuelta a la heladería. Tengo a un niño sobre los hombros. Seguramente con un jersey de los Red Sox. Como Taylor está embarazada, seguro que tiene antojos y pide algo distinto de su habitual helado de caramelo. Llevaría servilletas extra en el bolso para limpiarle la cara a nuestro hijo. Yo le prometería un masaje en los pies hinchados cuando volviéramos a casa.

A casa.

¿Qué pinta tendría?

—Myles —la voz de Taylor interrumpe mis pensamientos. Me mira con cara rara—, ¿me has oído? Te he preguntado si insistes en tomar el helado de galleta o si prefieres probar el helado de caramelo, que está muchísimo mejor.

—Galleta —consigo decir pese al picor que siento en la garganta. Tengo que soltarle la mano para sacar la cartera, pero no dejo de mirársela mientras pago los helados, para así poder tomársela de nuevo lo antes posible. Me gusta mucho ir de la mano. No sé si me gusta que defienda mi honor delante del amigo de su hermano, ya que siento en el pecho como... como si tuviera arenas movedizas. Ha pasado mucho tiempo desde que alguien sacó la cara por mí de esa manera. Seguramente mi hermano fue la última persona en decir algo agradable de mí. En voz alta.

Y por primera vez en tres años, de repente quiero llamar a Kevin.

Quiero llamarlo, hablarle de Taylor y preguntarle qué se supone que debo hacer con ella. Él ha tenido sus altibajos como marido, ¿no? Seguro que puede darme algunos consejillos. La verdad, solo me gustaría hablar con él... sin más. También con mis padres. Con mis antiguos compañeros. He estado en la carretera, entumecido estos últimos tres años, y la sensación empieza a desaparecer.

En cierto sentido, reconozco lo que significa. La mujer que tengo al lado es muy buena para mí. Se me ha metido muy adentro, me ha retado, me ha excitado como nadie. Y ahora, la confianza que ha depositado en mí me está obligando a evaluarme, y también a evaluar mi vida y mis actos.

El problema es que no estoy seguro de si quiero hacerlo.

No estoy seguro de estar preparado para enfrentarme al pasado y hacer lo necesario para sobreponerme.

La adolescente que hay al cargo de la caja registradora me devuelve unas monedas, y las meto en la taza de las propinas. Con el cucurucho en una mano y la mano de Taylor en la otra, salimos de la heladería.

—Estás muy callado —dice ella mientras lame la bola de helado amarillo, despacio, haciendo que le apriete los dedos—. ¿Estás pensando en el caso?

—Sí —contesto con demasiada rapidez.

Dios no quiera que descubra que estoy pidiendo cita con médicos especialistas en fertilidad imaginarios. Algo que no va a pasar en la realidad de ninguna de las maneras. Se ve que tengo muchísima más imaginación de la que pensaba.

—Sí..., estoy pensando en Evergreen Corp. En quién está detrás. —Examino los alrededores, los coches aparcados, las puertas de entrada, las caras de los transeúntes, para asegurarme de que Taylor no corre peligro. Desde que salimos de la casa, unos nubarrones se han ido desplazando por el cielo, de modo que queda muy poca gente en la calle. Los dueños de las tiendas están quitando los carteles de las aceras, los comensales se están metiendo en los restaurantes. Se avecina lluvia.

Taylor parece darse cuenta al mismo tiempo que yo, y apretamos el paso hacia donde aparcamos, a cinco manzanas en uno de los aparcamientos municipales. Solo hemos recorrido una manzana cuando se oye un trueno y empieza a llover. Poco al principio, hasta que se convierte en un aguacero.

—¡Ay, madre! Con razón éramos los únicos en la heladería —dice Taylor, que me suelta la mano para proteger el cucurucho de helado del agua que cae—. ¿Corremos hasta el coche?

—¿Con una herida en la cabeza? ¡No!

—¿Sabes qué otra cosa es mala para las heridas en la cabeza? Que te griten.

Al final de la calle, veo la entrada de una iglesia católica. Le coloco una mano en la base de la espalda y la guío hacia allí.

—Lo siento.

Se queda de piedra y casi se resbala en la acera mojada por la lluvia.

—¡Cariño! ¡Te has disculpado!

¿Cariño?

Un millar de remolinos empiezan a girar en mi estómago al mismo tiempo.

—No te acostumbres —mascullo a la vez que intento con todas mis fuerzas ceñirme a la misión de protegerla de la lluvia antes de que enferme además de tener casi una conmoción. Nada fácil cuando me sonríe al tiempo que se convierte con rapidez en lo que parece la ganadora de un concurso de camisetas mojadas—. Esperaremos a que escampe aquí.

Mira la pesada puerta de madera de arriba abajo.

—¿Crees que está abierta?

—Siempre están abiertas.

—¡Ah!

La obligo a entrar en el vestíbulo a oscuras. Se ve una tenue luz procedente de la nave de la iglesia, pero un rápido vistazo me indica que no hay nadie. Cuando vuelvo al vestíbulo, Taylor está apoyada en el muro de piedra que hay junto a la puerta, lamiendo el helado en las sombras. La fuerte lluvia resuena en el reducido espacio y no da muestras de querer parar. Es como si nos hubiéramos adentrado en otro mundo. Los dos solos.

«Tienes que dejar de imaginarte cosas antes de que sea demasiado tarde».

—Deja que le dé un lametón a eso —me dice, distrayéndome de esa inquietante idea. Está coqueteando. ¿Está coqueteando o me lo parece a mí?—. Y tú puedes darle uno al mío.

Por un segundo, interpreto la sugerencia con un cariz sexual. Hasta que recuerdo el cucurucho que tengo en las manos. Me acerco a ella y le llevo el helado de galleta a la boca; se me tensan las pelotas cuando lo lame antes de hincarle el diente, dejando tras de sí un mordisco muy recatado.

—Mmm... —Hace una mueca—. Está bueno, pero es demasiado pesado para más de un poquito.

—¡Qué poco aguante tienes!

Suelta una carcajada, ronca y melodiosa.

—Ahora tú —susurra al tiempo que me acerca su cucurucho a la boca—. ¿Cómo sabes que las iglesias católicas siempre están abiertas? ¿Te inculcaron la fe católica de pequeño?

Asiento con la cabeza y le doy tal mordisco a su helado que jadea.

—Sí, aunque fue más por mi madre. Nos arrastraba todos los domingos a misa. Nos obligaba a ponernos camisas con los cuellos planchados y a resumir la homilía después. Si sospechaba que no estábamos prestando atención, luego no podíamos jugar al béisbol con nuestros amigos.

—Con tu madre, tonterías las justas.

—Desde luego. —«Te querría con locura. Todos lo harían»—. ¿No ibas a la iglesia de pequeña?

—De vez en cuando en Navidad, porque mis padres viajaban mucho. No terminaban de... encajar en la comunidad donde vivíamos. Siempre eran los que destacaban por raros. La gente decía que eran malos padres, por arriesgar sus vidas constantemente, o se sentía demasiado intimidada por esos dos cruzados del arte que vivían al final de la calle.

—¿Eso quiere decir que Jude y tú también tuvisteis problemas para encajar?

—Puede que yo sí. Pero Jude no. Hace amigos allá por donde va. La gente se siente atraída de forma natural por su capacidad para probarlo todo al menos una vez.

—Claro. Pero tú eres quien le dio esa confianza.

Detiene el helado a medio camino de la boca.

—¿Qué?

—Jude. Tus padres estaban ocupados, ¿no? Tú lo criaste. Y ahora... —Le doy un mordisco a mi helado, desconcertado por su confusión. ¿De verdad que no sabe lo que le estoy diciendo?—. Tú sigues siendo su mayor apoyo. Admito que es un buen tío. Me cae bien. Pero básicamente te comportas como si meara colonia, Taylor. Su seguridad y su valor provienen de ti.

—¡Madre mía! —Para mi espanto, se le llenan los ojos de lágrimas—. ¡Qué bonito es lo que acabas de decir!

—Es... Solo digo la verdad. —Se echa a llorar con un sollozo—. ¡Por Dios!

Sorbe por la nariz mientras me mira.

—¿Lo de usar el nombre de Dios en vano en una iglesia...?

—No debería hacerlo. Ni se te ocurra decírselo a mi madre.

Se echa a reír. Es como ver un puto partido de tenis, salvo que los jugadores están usando mi corazón en vez de una pelota verde fosforito. Después de un buen rato mirándonos, justo cuando estoy a punto de preguntarle cuántos niños piensa tener, salgo del ensimismamiento.

—¿Has terminado con el helado?

—¡Ah! —Ella también parece haberse sumido en un trance—. Sí.

Le quito deprisa el cucurucho medio derretido de las manos y lo tiro junto con el mío en una papelera situada al lado del vestíbulo. Cuando vuelvo junto a ella, empiezo a jadear, porque la lluvia, en vez de escampar, cae con más fuerza, y estamos en este espacio a oscuras, alejados del mundo, y me arden las manos por las ganas de tocar su piel suave y desnuda. Tal vez haya podido aguantarme los últimos cinco minutos sin tocarla, pero su olor a manzana se está mezclando con la lluvia, y su dulzura natural me está dejando la boca seca. Regreso a su lado como si un poder superior (por irónico que parezca) estuviera al mando, y ella me mira con los ojos entornados mientras arquea un poquito la espalda, separándola de la pared. Así que sigo andando hasta que planto los antebrazos en la pared, por encima de su cabeza, y dejo la boca a centímetros de la suya.

—Lo de antes lo he dicho en serio, eres un trozo de pan —susurra.

Los remolinos de mi interior se vuelven locos de nuevo, girando sin parar.

—No, de eso nada.

Me desliza las manos por el pecho.

—Claro que sí. —Me baja las manos, cada vez más, hasta llegar al abdomen, y me desabrocha los vaqueros. ¡Joder! Está pasando—. Cuando nos conocimos, necesitaba a alguien que me diera fuerte. A lo mejor tú necesitas lo contrario. —Me mete una mano en los vaqueros para acariciármela con mucha delicadeza. Apenas un roce de las puntas de los dedos. Pero ya estoy apretando los dientes para evitar correrme—. A lo mejor necesitas a alguien que te dé ternura y dulzura. Para que sepas que eres capaz de sentirla. Para que sepas que te la mereces.

Meneo la cabeza. No.

No sé por qué, pero no puedo permitir que eso pase.

De alguna manera, sé que la dulzura y la ternura con esta mujer sería algo incluso más catastrófico que la pasión desenfrenada. Y, sin embargo, ya me estoy quitando el arma para dejarla en la superficie más cercana.

—Taylor —¿por qué me sale la voz entrecortada?—, vamos a follar.

—Mmm... No.

—¿No?

Me deja la erección sobre la bragueta abierta y empieza a levantarse el vestido muy despacio, ¡Dios! Demasiado despacio, subiéndoselo hasta la cintura. Le veo los muslos. Las caderas. Y tengo su vagina mucho más cerca..., cubierta por unas bragas de encaje rojas.

Lleva las bragas de ligar.

En una iglesia.

—Sabes que solo me las iba a poner para ti, ¿verdad? —me susurra.

Apoyo la cara en la pared de piedra que tiene a la derecha de su cabeza y gimo. Y gimo con más fuerza cuando empieza a tocármela otra vez, moviendo la mano con un ritmo metódico que me atormenta y que empiezo a seguir moviendo las caderas.

Caricia. Pausa. Caricia. Pausa. Brevísima. Sin embargo, mi respiración jadeante parece que sale a través de unos altavoces de sonido envolvente en el vestíbulo, dado el eco de sus muros de piedra.

¿Qué me está haciendo?

—Contigo me siento segura y protegida —murmura contra mi barbilla y, después, más arriba, contra mis labios—. Y al mismo tiempo siento que soy capaz de protegerme sola. ¿No te parece increíble? —Me deja un reguero de besos en el mentón—. ¿A que eres increíble?

Sabe perfectamente el efecto que me provoca.

Lo siente en la mano.

Bien sabe Dios que yo también lo siento.

Ya había llegado antes a esa conclusión. Necesito la admiración de esta mujer. Su confianza. Y es muy generoso por su parte ofrecérmelas pese a mi forma de ser. Pese a mi actitud. Ha visto lo que hay detrás de la fachada. Ahora mismo es la persona que mejor me conoce y está lanzando un hechizo que me convierte en arcilla entre sus manos. Me apoyo en la pared como si me fuera la vida en ello y dejo que me destroce caricia a caricia. Tengo la molesta necesidad de gruñirle, de decirle que no necesito sus halagos. Pero me deshago de ella, me muerdo el labio inferior y espero a oír lo que va a decir a continuación.

Muy bien, hazte la dura. Empiezo yo.

—Tú eres la increíble —digo sin poder evitarlo. No voy a ganar ningún premio con esa frase, pero le gusta. En esa boca tan alucinante aparece una sonrisilla, y me la acaricia con más fuerza, arrancándome un siseo—. Te echo de menos por la noche. Cuando duermes.

Se le altera la respiración.

—¿De verdad?

—¡Sí!

Estas admisiones son una mala idea. Van a acabar volviéndose en mi contra. Pero sienta de puta madre decirle a esta mujer lo que tengo en la cabeza. Podría contarle todas mis mierdas y ella las arreglaría. Es una verdad grabada en hormigón. Lo que siento por ella es incluso más sólido. De titanio. No hay más vuelta de hoja.

Taylor se pone de puntillas y me roza los labios con los suyos. Todo en mi interior se acelera por la expectación. Nunca, jamás, había sentido algo así. Ni un uno por ciento. Juro por Dios que si tengo que esperar un poco más para que me bese en la boca, me muero. Aunque no me hace esperar. Abre esa boca dulce con sabor a caramelo y me invita a que le meta la lengua con un lametón travieso. Y allá que voy, desesperado, volviendo la cabeza hacia la derecha para atacarla desde ese ángulo, gimiendo por el roce de nuestras lenguas. Es un beso lento, una trampa perfecta como todo lo demás que está haciendo..., y yo se lo permito. Permito que se adueñe de mí, ¡joder! Le entrego mi alma con el contrato bien firmado.

—Cariño —susurro entre jadeos contra su frente tras apartarme.

¿Qué le estoy pidiendo?

Ella lo sabe. Lo sabe.

Levanta la pierna derecha y me rodea la cadera con ella. Aunque no es fácil, dada la diferencia de altura. Se queda de puntillas sobre los dedos del pie izquierdo. Así que aparto los brazos de la pared de forma automática para sujetarla. Le meto el izquierdo debajo del trasero. Le pongo la mano derecha sobre las tetas, acariciándole los pezones endurecidos por encima de la camiseta mojada.

—Apártame las bragas —susurra con voz entrecortada antes de lanzarse a otro beso.

Esa sí que es una tarea digna para mi mano derecha. Le deslizo los dedos por el pecho y desciendo hasta llegar a la prenda de seda roja, tras lo cual prácticamente se la arranco por las prisas de dejar al descubierto ese lugar... ese lugar que parece más mi casa que cualquier otro sitio en el que haya vivido.

Y mientras me droga con las lentas y sensuales caricias de sus labios y de su lengua, se frota contra mi punta para hacerme saber que está muy mojada. Muy cachonda.

—¡Joder, nena! Me encanta.

Asiente con la cabeza sin dejar de besarme.

—Pues deberías sentirme por dentro —dice y me acaricia el labio inferior con los dientes—. ¿Quieres?

¡Por el amor de Dios! Está en plan guarrillo.

Me mira con los párpados entornados mientras me pregunta si quiero follar.

No. No, hacer el amor.

¿No es lo que está pasando? Tiene que serlo. Porque no se parece a nada que haya experimentado antes. Me tiene atado por un millón de hilos invisibles. Conectado a cada aliento que toma, a cada movimiento de cadera y a cada estremecimiento de su cuerpo.

—Sí —consigo decir con la voz ronca al tiempo que le aparto más las bragas mientras me muevo contra su mano y le suplico que se la meta. Ahí. Justo ahí. Podría hacerlo yo. Podría estamparla contra la puta pared y que sus gritos resonaran hasta el techo en cuestión de segundos. Pero no puedo fingir que esto no me gusta. Que no es perfecto. Esta lenta tortura. Me obliga a pensar, a saborear, a estar presente en vez de sumirme en mis pensamientos..., y ella se merece que lo haga—. Por favor —gruño con la boca pegada a la suya—. Tengo un condón en el bolsillo.

Me mira a los ojos, saca el paquetito, lo abre y me lo pone. Tan despacio que casi no respondo cuando por fin termina de colocármelo y se frota la punta por los labios empapados una última vez antes de llevarla a su entrada. ¡Joder! Empiezo a temblar. Por la responsabilidad, por la emoción. O tal vez porque lo que está pasando es muy fuerte y mi cuerpo se comporta acorde a la situación. Acorde al terremoto que tiene lugar en mi pecho. Oculto la cara en la dulce curva de su cuello y suelto un largo gemido mientras sigue metiéndosela sin apartar la mano de la base y sin dejar de acariciármela, moviendo las caderas despacio, acompañada por los sonidos de nuestros cuerpos al unirse mezclados con el golpeteo de la lluvia.

Nos cuesta respirar, y ni siquiera he empezado a moverme. Y, ¡Dios!, quiero hacerlo, necesito hacerlo. Estoy a punto de estallar. Pero ella me tiene atrapado en su hechizo. Esta mujer, esta mujer perfecta, me está metiendo en su interior, me besa con dulzura, se aparta cada pocos segundos para decirme algo con la mirada. Estoy intentando descifrar el mensaje cuando por fin lo dice en voz alta y me aniquila.

—Te siento muy dentro. —Lo dice con voz aguda, jadeante. Me busca la mano derecha, con la que todavía sigo apartándole las bragas, aunque ya no hace falta, y se la lleva al pecho—. No solo entre las piernas.

No sé qué pasa a continuación. Da la impresión de que me caigo sobre ella, de que la acorralo contra el muro de piedra mientras inhalo y exhalo contra su cuello. Me está diciendo que me lleva dentro. Que le he llegado dentro. Es tan aterrador como milagroso.

—¡Taylor!

Mi mano se mueve por voluntad propia en un intento por levantarle la otra pierna, para conseguir que me la coloque en torno a la cadera. Con las dos rodeándome con fuerza, se acabó lo de ir despacio. Vamos a follar como locos. Pero no, no; no me lo permite. Me aparta los dedos de la rodilla y menea la cabeza, mientras sigue metiéndosela y sacándosela con movimientos incitantes y traviesos de las caderas. Despacio. Despacio. Salgo unos centímetros y después se la mete hasta el fondo, ¡joder!, y aprieta con los músculos internos. Mirándome a los ojos en todo momento.

Y cedo sin más, ¡joder!

Le hago el amor.

Le meto los dedos entre el pelo húmedo y me estremezco cada vez que sube y baja sobre mí. Sube y baja, baja. ¡Joder! Es maravilloso. La mantengo en posición con el brazo izquierdo para que no pierda el equilibrio, pero sigue de puntillas sobre el pie izquierdo, frotándose contra mí, mientras se agarra a mi cintura con la pierna derecha. Podría correrme solo con verla. Con observar cómo me folla como si no hubiera un mañana, con mi alma en sus manos.

Por mucho que intente mantener el control, se le empiezan a nublar los ojos y se le entrecorta la respiración.

—Yo... —Me mete las manos bajo la camiseta y empieza a moverse más deprisa, casi dejándome sin rodillas en el proceso—. Lo siento, es que tienes el tamaño perfecto. Un... pelín demasiado grande. Lo justo para que duela un poco, pero no en plan mal.

Dame por jodido.

No. No, eso ya lo estaba.

Esto es otra cosa. Está recurriendo a mis instintos más bajos, y me cuesta la misma vida no correrme. No pegarle el culo a la pared, penetrarla hasta el fondo con una sola embestida y estallar.

—Tú también tienes el tamaño perfecto para mí, Taylor. Un pelín más estrecho de la cuenta, pero no lo bastante como para que tenga remordimientos por darte duro.

Grita y echa la cabeza hacia atrás.

Le pongo las manos en el culo y la subo de un tirón, con rudeza, mientras pego los dientes a sus labios y ella me folla moviendo las caderas con frenesí.

—Aunque nos separemos, seguiremos perteneciendo al otro. —Esos vulnerables ojos verdes me miran, y el corazón se me para—. ¿Verdad?

—Sí. ¡Sí!

—Me importas.

—Taylor —susurro.

Me recorre el cuello con los labios.

—Eres grande, dulce y orgulloso...

Me apodero de su boca para detener sus palabras. No porque no quiera oírlas. No porque una parte de mí, en el fondo, las necesite, las ansíe, sino porque está a punto de destriparme aquí mismo. O me va a matar, o me va a devolver a la vida. No lo sé.

—Ya basta, nena —susurro mientras nos besamos.

—Déjame terminar.

—No. —Mientras mi pecho se sacude por los jadeos y mi cuerpo exige el placer del orgasmo, la pego con fuerza contra la pared, le levanto la otra pierna y empiezo a penetrarla con las embestidas brutales que le encantan. Porque sé que así la distraeré y evitaré que me desmonte hueso a hueso, ladrillo a ladrillo, palabra a palabra—. Ahora estoy dentro de ti, ¿verdad?

El sonido que brota de su garganta es mitad gemido y mitad sollozo mientras se le nublan por completo los ojos, la espalda sube y baja por la pared, y me araña el cuello y la espalda.

—¡Ay, por Dios, Myles! Sí, sí, sí.

Le lamo la sensible piel del cuello.

—Sé lo que te gusta.

—¿Y qué pasa con el amor? —susurra con voz entrecortada contra mis labios, con los párpados cerrados con fuerza—. Porque me sería muy fácil sentirlo.

Valiente. Es más valiente que yo. Dejo de embestir. Me pego a ella por completo y aspiro su olor, mareado por el ritmo frenético de mi corazón.

—Por ti —me dice al oído—. Podría amarte con mucha facilidad.

Con esas increíbles palabras resonando en mi cabeza, mi cuerpo se estremece sin permiso. Una sola vez. Con fuerza. Ella gime y me corro en su interior mientras me vacío con tanta rapidez que me cuesta no caer de rodillas. Con la mandíbula desencajada y a ciegas, meto una mano entre nosotros y le busco el clítoris de forma automática para acariciárselo con el pulgar, usando la lubricación del condón para acariciárselo cada vez más rápido hasta que la tengo temblando entre la pared y yo, con los muslos temblorosos de mis caderas mientras me corea al oído:

—Myles. Myles. ¡Myles!

Su calidez empapa el punto donde nuestros cuerpos se unen, y suspiro aliviado.

—Lo siento. Lo siento. No sé qué ha pasado. Yo...

Me silencia y tira de mí para besarme. Baja las piernas y yo me inclino para evitar que nuestros labios se separen. O tal vez para retrasar el momento de mirarla a los ojos y de confesar lo que tengo en la punta de la lengua: «Yo también podría amarte con mucha facilidad. Ya lo hago. ¡Que Dios me ayude, Taylor! No sé cómo ha pasado y tampoco sé si es lo correcto».

Si ella es tan valiente como para admitirlo, yo también puedo serlo, ¡joder!

Espera sinceridad por mi parte y quiero ofrecérsela. Confía en mí.

No sé adónde narices iremos desde aquí, pero no puedo dejar que se marche.

—Taylor...

Se oyen voces que van aumentando de volumen al otro lado de la puerta de la iglesia. Taylor se queda sin aliento, y nuestras manos se chocan por las prisas de colocarle bien las bragas y el vestido. Me quito el condón y me subo la cremallera con una mano mientras voy hasta la papelera para tirarlo. Cuando vuelvo junto a Taylor, se está riendo entre dientes e intentando recoger el bolso del suelo. Antes de saber qué pasa, yo también me estoy riendo mientras recupero el arma, y caigo en la cuenta de que en la vida me he sentido tan tranquilo. Me hace ser mejor hombre. Mejor ser humano. Ella me hace muchísimo mejor.

Estoy a punto de decírselo cuando se abre la puerta de la iglesia y entran dos monjas, que se detienen en seco al vernos. A su espalda, veo que ha dejado de llover y que las aceras vuelven a estar llenas de veraneantes. ¿Cuánto tiempo llevamos aquí?

—Hermanas —digo al tiempo que busco la mano de Taylor, y me alegro cuando ella la acepta de tal manera que sugiere que ya buscaba la mía—, solo estábamos esperando a que escampara.

Una de ellas levanta una ceja canosa.

—Escampó hace rato.

—¿De verdad? —Taylor ha decidido hacerse la tonta y se lleva una mano al pecho. Se ha pasado de sorprendida—. No nos hemos dado cuenta con lo gorda que es.

—¡Ay, madre! —mascullo al tiempo que me paso una mano por la cara.

Cuando me vuelvo hacia ella, veo que está como un tomate.

—Yo... A ver... Me refiero a la puerta...

—Lo estás empeorando —digo con sorna antes de despedirme de las monjas con un gesto de la cabeza y arrastrar a Taylor para sacarla de la iglesia. Una vez en la acera, examino la calle en busca de amenazas. Escaparates, coches aparcados, transeúntes. Nada fuera de lo normal. Está a salvo. Así que, por fin, doy rienda suelta al buen humor que he estado conteniendo y me echo a reír por segunda vez en dos minutos—. Has hecho un chiste guarro delante de dos monjas.

—No era mi intención. —Hace una mueca mientras, sin duda, recuerda el encuentro—. ¡Ay, por Dios!

—Seguro que están hablando con Él ahora mismo. Con Dios. —Suspiro y le doy unas palmaditas en la espalda—. Le están pidiendo que te guíe para apartarte del mal camino.

Se echa a reír y me da un empujón en un hombro.

—Para.

«Esta historia no se la contaremos a los nietos. Esta es para nosotros».

Completo la idea antes de ser consciente siquiera de que lo hago, y se me dispara el pulso. He estado a punto de sincerarme con ella en la iglesia, justo antes de que nos interrumpieran. Ahora, a plena luz del día, es muchísimo más aterrador porque no tengo un plan. ¿No debería averiguar cómo va a funcionar una relación entre nosotros antes de empezar a hablarle de mis sentimientos como un imbécil impulsivo? Con veintitantos años no estaba preparado para una relación seria. Bien lo sabe Dios. Pero es que ahora soy incapaz de imaginarme una vida en la que no quiera pasar cada segundo de mi tiempo libre con esta mujer. No me imagino discutir con ella y largarme sin haber arreglado las cosas. No lo haría. Sería una tortura.

Ahora soy... distinto. Sería distinto por ella. No tengo alternativa cuando siento lo que siento.

Al doblar la esquina para enfilar la avenida en busca del coche, Taylor me sonríe con la cara levantada hacia el sol, y se me olvida cómo se respira. ¡Joder! Ya se me ocurrirá un plan después.

—Oye, estaba pensando...

No es la forma de empezar más romántica del mundo, pero me sirve. Hasta ahora he dejado el listón del romanticismo bastante bajo. Ya solo puedo mejorar, ¿verdad?

—¿En qué?

Me suena el móvil. ¡Mierda! Me lo saco del bolsillo con la intención de silenciarlo, pero me llaman de la policía de Barnstable.

—Podría ser algo relacionado con Evergreen Corp.

Ella se para en seco y levanta el móvil.

—Contesta.

—Ya. —Aunque sigo con ganas de tirar este chisme a una alcantarilla, acepto la llamada a regañadientes—. Sumner.

—Sumner —dice una voz ronca, apenas audible—, soy Wright.

«Wright», le digo a Taylor sin emitir sonido alguno.

—¿Por qué susurras? —le pregunto al detective.

—No tengo mucho tiempo. Oye, Evergreen Corp. No te lo vas a creer. Está registrada a nombre de la alcaldesa, Rhonda Robinson. —Se oye algo de fondo y Wright dice algo de pasar a por una pizza de camino a casa para la cena, como si estuviera hablando con su mujer y no conmigo.

Pasa un segundo antes de que vuelva a susurrar—: El jefe de policía es amigo íntimo de la alcaldesa. Supuse que íbamos a traer a Robinson para interrogarla, pero los de arriba están ahora mismo reunidos. Me da en la nariz...

—Que van a ocultarlo.

—¡Ajá! —Una puerta se cierra al otro lado de la línea—. No te has enterado por mí.

—¿Enterarme de qué? —Capto el suspiro aliviado del agente—. Gracias por contármelo.

Corto la llamada y llevo a Taylor por la acera a paso vivo, interponiéndome entre ella y la calzada. Estoy en alerta máxima. Una de las lecciones que aprendí como hijo de un detective y cuando me convertí en uno yo mismo es esta: cuando en el caso hay políticos y corrupción, hay víctimas inevitables. Y antes me muero que dejar que Taylor se convierta en una.

Sin embargo, no piensa quedarse fuera de esto. En cuanto llegamos al coche, la siento en el lado del acompañante, le abrocho el cinturón de seguridad y rodeo el coche por delante para sentarme en el lado del conductor, empieza a bombardearme con preguntas. Contestarlas me sale de forma natural, descubro con sorpresa. No quedan barreras con esta mujer. Han caído todas.

—¿Qué pasa? ¿Qué te ha dicho?

—Evergreen Corp está registrada a nombre de la alcaldesa, Rhonda Robinson.

—¿¡Cómo!? —Resopla con estupefacción hacia el salpicadero—. Eso sí que no me lo esperaba. ¿Tiene casas de alquiler vacacional y encabeza la lucha contra ellos? ¿Qué sentido tiene? —Se produce un largo silencio mientras empieza a encajar las demás piezas—. Oscar amenazaba con exponer su condición de dueña de casas de alquiler. Eso habría destrozado toda su campaña. Esas notas amenazantes eran para la alcaldesa.

—¡Ajá! —Salgo marcha atrás del aparcamiento y piso a fondo cuando llego a la calle principal—. Te llevo a casa, Taylor. Tienes que quedarte allí hasta que vuelva. Por favor.

—¿Adónde vas?

—A casa de Lisa Stanley.

Taylor contiene el aliento un segundo después.

—Porque Lisa va a heredar las propiedades. Hoy le llega toda la documentación de su hermano y... esa información la convierte en una amenaza para Rhonda. Tenemos que ponerla sobre aviso, llevarla a algún lugar seguro.

—Así es.

—No pierdas el tiempo llevándome a casa. Llévame contigo.

Una imagen de ella tirada en el suelo de la biblioteca, sangrando por la cabeza, me crea una presión insoportable en la cabeza.

—Taylor, no me pidas eso.

Abre la boca para discutir, pero la interrumpe la vibración de un móvil.

—¡Ay, por Dios! Es Lisa —dice al tiempo que levanta el teléfono—. ¿Diga?

Durante un largo segundo, solo se oyen ruidos ininteligibles.

Arañazos.

Y después el ruido inequívoco de una puerta al estamparse contra la pared.

—¡Fuera! —grita Lisa. Después se corta la comunicación.

Taylor y yo nos miramos con un miedo atroz.

Mientras un sudor helado me cubre la piel, piso a fondo el acelerador.

19

Taylor

Llamo a la policía de Barnstable de camino a la casa de Lisa Stanley y pregunto concretamente por Wright, que se queda pasmado cuando le explico que la alcaldesa ha entrado en la casa de Lisa y que lo más probable es que sea una asesina. Por suerte, no pierde tiempo a la hora de informar a su superior de la llamada de Lisa y de la creencia de que la hermana de Oscar está en peligro inminente. Seguramente algo peor. Cuando nos detenemos frente a su casa, ya se oyen sirenas a lo lejos, pero si vienen de la comisaría, deben de estar a más de cinco minutos de aquí.

—No podemos esperar. Voy a entrar —dice Myles al tiempo que se saca la pistola de debajo de la chaqueta y comprueba el cargador—. Tú te vas a llevar el coche hasta el final de la manzana, lejos de la casa. ¿Entendido?

—Entendido.

—Lo has entendido y vas a hacer lo que te pido.

Asiento con la cabeza. Asiento con la cabeza varias veces, pero se me está formando un nudo en la garganta al pensar en Myles entrando en una casa con un asesino dentro. Es tan grande e indestructible que hasta ahora no he tenido que preocuparme. Pero en este momento lo hago. Y no estoy segura al cien por cien de ser capaz de llevarme el coche y dejarlo para que puedan matarlo.

—¿Taylor?

¿Puedo mentir? No, no puedo. Esa sería la forma más rápida de tranquilizarlo para que dejara de preocuparse por mí e hiciera su trabajo, pero detesto mentir. Así que no lo hago.

—Voy a llevar el coche al final de la manzana. —Me inclino sobre la guantera central y lo beso en la boca—. Lejos de la casa —digo con voz más aguda de lo normal por la adrenalina.

—Bien. —También me besa (dos veces), con cara de querer añadir algo. En cambio, sale del coche soltando un taco y golpea el techo con los nudillos—. Ponte al volante. Vete, Taylor.

—Muy bien.

Se me están llenando los ojos de lágrimas y me tiemblan las manos, pero cuando Myles desaparece tras rodear la casa, con el arma preparada, consigo poner el coche en marcha y alejarme de la acera; la casa de Lisa se va haciendo cada vez más pequeña en el retrovisor. El pulso es atronador en mis oídos y tengo el estómago del revés. ¡Ay, Dios mío! ¡Ay, Dios mío! No quiero meter las narices en otra investigación de asesinato. He acabado harta oficialmente. ¿Myles está bien? Sí. Sí, sabe lo que hace. Además, por lo que sabemos, la alcaldesa ya hace mucho que se fue. O hemos malinterpretado la amenaza. Aunque Rhonda Robinson esté en la casa con la verdadera arma del crimen, preparada para usarla, estoy segurísima de que una bala rebotaría en Myles, ¿verdad?

Pues no. Es humano. Un hombre de carne y hueso.

Lisa y él tienen más probabilidades de sobrevivir si cuentan con ayuda, y las sirenas parece que siguen a tres o cuatro kilómetros de distancia. Yo puedo ayudar. Puedo hacer algo. ¿Qué decían siempre mis padres sobre tener miedo? ¿Que es saludable? Sí. Decían que cualquier cosa que mereciera la pena provocaba miedo. Pues me doy por provocada.

—Voy a llevar el coche al final de la manzana, lejos de la casa —susurro con voz temblorosa. En cuanto llego a la señal de STOP, hago un cambio de sentido y vuelvo a toda prisa hacia la casa—. No he dicho que vaya a quedarme allí.

¿Qué dirían mis padres si pudieran verme ahora? Me he pasado la última hora haciendo el amor en la entrada de una iglesia y ahora voy a toda pastilla por una calle residencial en dirección a lo que podría ser un crimen en tiempo real con la esperanza de ayudar a mi amante, el cazarrecompensas. Tal vez sería sorprendente incluso para ellos. Aunque, por raro que parezca, no me preocupa en absoluto la opinión de mis padres sobre mis actos. Si me creerían valiente o les complacería que por fin hubiera desarrollado agallas. En este momento, solo me preocupa lo que yo siento al respecto. Lo que me dicta la conciencia y lo que me dice la intuición.

He sido valiente siempre.

Solo necesitaba dejar de aceptar la definición de los demás para saber hasta qué punto.

Aparco en el mismo sitio de antes y dejo el coche en marcha mientras sopeso lo que veo. La casa tiene todas las persianas bajadas. Hay varios coches aparcados por la manzana, pero es imposible saber si alguno es de la alcaldesa. No hay ni rastro de Myles. Eso me deja helada. ¿Dónde está? ¿Ha entrado ya?

Myles y Lisa corren peligro. Seguro que hay algo que yo puedo hacer. Me muerdo el carrillo por dentro antes de bajar la ventanilla del conductor. En ese momento oigo los gritos procedentes del interior de la casa. Voces femeninas. Dos. Una es de Lisa. La otra... creo que es de Rhonda Robinson, aunque no está usando la voz profesional que le he oído cuando se dirige al público.

Es una voz aterrada y aguda. E implorante.

—Por favor. ¡Por favor! Escúchame. ¡No maté a tu hermano!

—¡Ya te he dicho que te creo! ¡Pero vete! La policía viene de camino.

—¿No lo entiendes? La policía no puede interrogarme. Hay ojos por todas partes. Jubilados cotillas y madres chismosas a quienes les encantaría ponerme en mi sitio, y créeme que con esto lo harán. Desde luego que lo harán. ¿La alcaldesa investigada por un asesinato? ¿Crees que mi carrera política sobreviviría? —Pasan varios segundos en los que se oyen susurros—. No tengo la menor garantía de que vayas a dejar mi nombre al margen del todo esto. ¿Por qué ibas a hacerlo?

Capto un movimiento a mi izquierda, en el lateral de la casa. Myles tiene la espalda contra la pared y está mirando por la ventana, con el arma apuntando al suelo entre sus pies. La oleada de alivio que experimento al verlo sano y salvo pronto se va al traste por la expresión ceñuda de su cara al verme sentada en el coche. Aprieta los dientes y señala la calle con la barbilla.

—Vete, Taylor —articula sin pronunciar las palabras en voz alta—. Ya.

Se oye un fuerte golpe dentro de la casa.

Myles se aparta de repente antes de echar un vistazo dentro con cautela, pero me doy cuenta de que también me está vigilando con el rabillo del ojo. Lo estoy distrayendo. Ahora me doy cuenta. Por mucho que quiera ayudar, lo mejor que puedo hacer ahora mismo es largarme al final de la manzana y dirigir a la policía. Meto la marcha y hago ademán de alejarme de la acera.

La puerta principal de la casa se abre de golpe. Rhonda Robinson baja los escalones corriendo con un cuchillo en la mano. ¿Un cuchillo? Teniendo en cuenta cómo asesinaron a Oscar Stanley, esperaba una pistola, pero no tengo tiempo para pararme a pensar. Corre hacia un coche negro, que está mal aparcado de manera que bloquea a medias la entrada del vecino de Lisa. Es evidente que aparcó a toda prisa y desde luego que también tiene mucha en este momento. ¿Intenta huir antes de que llegue la policía?

Myles sale de las sombras que crea la casa apuntando a Rhonda con el arma.

—Detente ahora mismo, Rhonda. Tírate al suelo.

La alcaldesa se da media vuelta con una expresión pavorosa y sorprendida. Hace ademán de arrodillarse mientras Myles se acerca despacio.

—Las manos detrás de la cabeza. Ya.

Otra sirena, más fuerte, se suma a la cacofonía y parece asustar a Rhonda. Se pone en pie de un salto y echa a correr hacia su coche, con el cuchillo en una mano y las llaves en la otra.

Miro por el retrovisor, rezando para ver luces rojas y blancas. ¿Dónde está la policía?

Da la sensación de que llevamos una hora esperándolos, cuando en realidad solo habrán pasado tres o cuatro minutos. Aunque es mucho tiempo. Rhonda va a escaparse, y salta a la vista que es la asesina. Su nombre está en el registro de la propiedad junto al de Oscar Stanley. Se estaba beneficiando de los alquileres vacacionales mientras les mentía a los votantes sobre erradicarlos del cabo Cod. El motivo era cerrarle la boca a Oscar. Las notas amenazantes, escritas por Oscar, iban dirigidas a la alcaldesa. Estaba a punto de que la descubrieran. Tiene un móvil contundente.

Lo que quiere decir que fue ella quien lanzó la boya a mi ventana.

La que me golpeó la cabeza con un libro.

Mató a un hombre. Al hermano de una persona. De haberle pasado a Jude, ¿no querría que alguien interviniera para poder llevarla ante la justicia?

¿Voy a dejar que se marche o voy a hacer algo?

Tal vez se dirija a hacer algo drástico. O a herir a otra persona.

Cuando se mete en el coche y el motor cobra vida, tomo una decisión. Con el rabillo del ojo, capto a Myles corriendo hacia mí. Debe de haber supuesto lo que planeo hacer, porque grita mi nombre.

Ya me disculparé por asustarlo después.

Piso a fondo el acelerador, cruzo la calle y planto mi coche delante del morro del de la alcaldesa, bloqueándole la salida. Frenética, ella mira por encima del hombro, pero el coche del vecino le impide dar marcha atrás. Las sirenas ya están muy cerca. Puede que a menos de medio kilómetro. Son muchas. Myles golpea el techo del coche de Rhonda con un puño y le ordena que baje del vehículo, pero ella no le hace caso. Me mira fijamente mientras me grita que me mueva. Menos mal que solo tiene un cuchillo, porque estoy segurísima de que ya habría disparado a mi luna delantera movida por la desesperación. Nunca he visto la angustia de esta forma, tan cerca, y en los minutos que pasan mientras se acercan las sirenas, la compasión crece en mi interior pese a todo lo que ha hecho.

De repente, las fuerzas abandonan a la alcaldesa y se desinfla, echando la cabeza hacia atrás. Las lágrimas le caen por las mejillas y levanta las manos, con las palmas hacia fuera. Los coches patrulla se detienen con un chirrido de neumáticos a nuestro alrededor, y Myles empieza a gritarles órdenes. A continuación, explica lo que pasa, destacando el hecho de que yo no soy una amenaza. Pero apenas puedo oír nada por los atronadores latidos de mi corazón. Respiro hondo y suelto el aire despacio para intentar controlar su ritmo, pero sigo temblando como una hoja cuando Myles abre de golpe la puerta del conductor, me saca y me estrecha contra él.

—¿Te has vuelto loca, Taylor? —Me abraza con fuerza y me impide ver la escena de la alcaldesa siendo esposada, bloqueándome con su cuerpo. Por delante, Lisa sale a trompicones de la casa y se deja caer en los escalones con las manos en la boca. No parece herida, solo conmocionada.

—¡Por el amor de Dios! —me gruñe Myles contra el pelo—. ¿En qué estabas pensando?

Mi respuesta queda casi silenciada contra su hombro.

—Deja de gritarme.

—Te gritaré lo que me dé la gana. Me has mentido. Te pedí que te quedaras al final de la manzana.

—No, me pediste que llevara el coche hasta allí. Y lo he hecho.

Desde luego que no he elegido bien el momento para las puntualizaciones semánticas.

Con una carcajada carente de humor, me aparta despacio, y me doy cuenta de que no es su mal carácter de costumbre. Lo he asustado. Mucho. Está más blanco que una hoja de papel y el sudor le empapa la camiseta.

—Podría haber tenido otra arma en el coche, Taylor. O llevarla encima. Al final, la habríamos atrapado. Lisa estaba a salvo. No tenías por qué ponerte en peligro.

No puedo discutírselo. Tiene razón. Tal vez el impulso de discutírselo se debe al subidón de adrenalina o a la humillación de que me griten por intentar ayudar... No, he ayudado. Sea cual sea el motivo, soy incapaz de echarme atrás. A lo mejor lucho por algo más que por tener razón. Parece que estoy luchando por nosotros. Por lo que podríamos ser juntos.

—No quería quedarme de brazos cruzados mientras veo a los demás hacer el trabajo duro. Eso es lo que he estado haciendo toda la vida.

—Otra vez tus padres. —Se pellizca el puente de la nariz—. ¡Por Dios!

Ahora soy yo la que empieza a cabrearse. Y me duele. Me duele que saque el tema de mis padres y su influencia en mis decisiones cuando acabo de aprender a superar su impacto. Cuando se lo conté con absoluta confianza.

—No, la verdad es que ya no tiene nada que ver con ellos. Tiene que ver conmigo. Con participar en mi propia vida en vez de esconderme...

—A veces, Taylor... —pone los brazos en jarra mientras hace una mueca con los labios. Titubeante— tal vez es mejor esconderse.

—Eso es lo que haces tú —susurro—. Te escondes. Huyes de lo que sucedió en Boston con el secuestro.

—¿Y qué más da si lo hago? —Se está cerrando en banda. Las luces se están apagando. Las salidas se están cerrando. Es como ver construir un muro de ladrillo y mortero a gran velocidad—. Me gusta así. Como era antes de aceptar este trabajo. Me gusta no tener relación alguna con un caso. No involucrarme tanto que el fracaso sea personal. No tener que preocuparme de que secuestren o traumaticen a un ser querido. O que le vuelen la puta cabeza. Voluntariamente.

—No me metas en el mismo saco que lo de Boston.

Se golpea una mano con el puño contrario, con los nudillos blancos y los labios cada vez más apretados.

—Te voy a meter en el mismo saco, Taylor. No puedo evitarlo. Eres un dolor a punto de golpearme, y no pienso quedarme quieto para recibir el golpe. No puedo hacerlo, ¡joder!

—Myles...

—Además, ¿cómo crees que iba a ser una relación entre nosotros? —Se le ha endurecido la expresión. Es impenetrable. La intuición me dice que está a punto de clavar el último clavo del ataúd y que no puedo hacer nada para impedírselo. Me he puesto en peligro, y no está preparado para lidiar con esa clase de trauma. Con esa ausencia de control. Le he servido su peor miedo en bandeja de plata, y ahora está desahogándose. No puedo hacer nada al respecto—. Puedes acompañarme a viajar de un lado para otro para perseguir criminales juntos, renacuaja. O te inventas un apretón de manos chulo y te traes a tus alumnos de excursión a una de nuestras vigilancias.

Siento una quemazón en la garganta, además de en los ojos.

—Sé que solo quieres espantarme. Sé que eso es lo que estás haciendo.

—Deberías haber esperado al final de la manzana —me suelta al tiempo que se seca el sudor de la frente. Empieza a pasearse de un lado para otro. A abrir la boca y a cerrarla. Silencio.

Muchísimo silencio.

—A lo mejor he cometido el error de bloquear el coche de la alcaldesa con el mío sin saber si la amenaza era grave, ¿de acuerdo? A lo mejor fue un error. Pero aunque hubiera esperado al final del manzana como un buen soldadito obediente, habría habido una próxima vez. Un momento en el que te sentirías vulnerable... si intentábamos hacerlo funcionar. En el futuro, se me habría pinchado una rueda en una carretera oscura sin ti. O tal vez, por fin, habría reunido el valor necesario para hacer paracaidismo con Jude...

La cara de absoluto espanto que pone sería graciosa si la conversación no fuera tan dolorosa.

—Y entonces recordarías que soy una carga. Una amenaza para la vida insensible que estás decidido a llevar. Y me apartarás de tu lado.

Mejor hacerlo ahora antes de que las cosas se compliquen más de la cuenta, ¿no? Acabar de una vez.

Doy un paso hacia él y aprieta los dientes al tiempo que flexiona los dedos a los costados. Casi como si temiera acabar derrumbándose si lo toco. Quizá lo haría. Quizá se disculparía por sus crueles palabras, y nos besaríamos y volveríamos juntos a casa, pero los problemas de fondo seguirían ahí.

—No hay nada insensible en la culpa —sigo mientras hago todo lo posible para mantener la voz serena—. Ni en tu manera de castigarte. A veces, pasan cosas terribles, pero no puedes evitar los subidones de felicidad o de alegría porque te dé miedo caerte desde lo más alto. Puede que lo haya descubierto desde que nos conocimos. Es que... —Empieza a ser muy duro. Estar tan cerca de él y no echarme a sus brazos, no contar con esa calidez que me envuelve cuando más lo necesito—. No me has prometido nada, Myles. Aunque querías hacerlo. Así que te absuelvo de toda culpa en lo que a mí respecta, ¿de acuerdo? Dicho lo cual... —levanto la barbilla y lo miro a los ojos— tú te lo pierdes, cazarrecompensas.

—Taylor —dice con voz ronca.

Me doy media vuelta y me alejo. Lo dejo atrás, literal y figuradamente, porque no me queda alternativa. No voy a involucrarme más cuando ha dejado bien claro que es una isla en mitad del océano. Inalcanzable. Un solitario que no se compromete con nadie. Mi sueño es tener lo contrario. Una relación comprometida y cariñosa donde se da por sentado que vamos a pasar cada aventura y cada tragedia juntos. Sin preguntas. Myles quiere la carretera (y nunca se ha cortado un pelo en decirlo), así que la única opción que me queda es declarar ante la policía, volver a casa y emprender el primer día de mi viaje para remendar mi corazón.

20
Myles

No tengo ni idea de cuánto tiempo llevo sentado en el borde de la cama de esta habitación de motel, con la mirada perdida. Tengo el equipaje hecho en el suelo. ¿He llegado a deshacer el macuto siquiera?

No. ¿Alguna vez lo hago?

Ahora mismo debería estar a cientos de kilómetros del Cabo. Tengo el buzón de correo electrónico lleno de oportunidades de trabajo. Alguien que se ha saltado la libertad condicional en Carolina del Norte. Un conductor que atropelló a alguien y se dio a la fuga en Michigan al que grabaron con las cámaras de tráfico y que tiene una recompensa de diez mil dólares. Trabajos rápidos. Fáciles, de los que podría olvidarme sin más. Si pudiera moverme de este sitio. Si pudiera levantarme, salir por la puerta y dejar la pesadilla de color verde agua que es esta habitación. Subirme a la moto y largarme.

El motivo por el que no puedo hacerlo es evidente. Taylor es el motivo. Y, ¡por Dios!, me duele un huevo pensar en ella. «Tú te lo pierdes, cazarrecompensas». Jamás de los jamases se ha pronunciado mayor verdad. Hasta que se apartó el pelo hacia un lado y se alejó de mí contoneándose por la acera, nunca había admitido que tengo trastorno de estrés postraumático. De ninguna de las maneras dejaría un hombre escapar a una mujer como ella a menos que sufra un trauma severo. Claro que tengo estrés postraumático. El caso de Christopher Bunton me jodió vivo y...

Y ella tiene razón. Me estoy castigando. Tres años después, mi pasado me lleva a hacer cosas como gritarle a esta mujer increíble cuando debería estar besándola, regocijándome por verla a salvo, alabándola por ser valiente. No hice nada de eso. Ataqué como un oso herido. Y lo sabía, además. Seguí haciéndolo por ese miedo residual tan abrumador. Condujo derecha a una asesina. Podría haber tenido un accidente, podrían haberle disparado o haberla apuñalado. O haber acabado siendo víctima del fuego cruzado con la policía. Se me hiela la sangre de pensarlo.

¡Joder, sí! Sigo cabreado por lo que hizo. Lo siento.

Seguramente seguiré cabreado hasta que me muera.

Aunque me siento mucho peor por no tenerla en el regazo ahora mismo.

Muchísimo peor.

Como si me estuviera muriendo.

Intento tragar saliva y no puedo; en cambio, se me escapa un sonido ahogado.

Taylor declaró ante la policía y se largó de allí sin mirarme en ningún momento. Se ha lavado las manos conmigo, totalmente. Y yo no dejo de ver imágenes suyas. En todas partes. Se reproducen en la pared que tengo delante. Taylor lamiendo el cucurucho de helado. Corriendo a mi lado bajo la lluvia. Iluminada por la luz de la luna en la playa. Salpicada por luces y sombras en la cueva.

—¡Joder! —Consigo levantarme y cruzar la habitación, con los pies entumecidos mientras me froto con una mano el centro del pecho, donde parece que tiene lugar una erupción. Esta mujer, la que tengo en la cabeza y, ya podemos asumirlo, se está aposentando en mi corazón, se ha lavado las manos conmigo. Me he comportado como un imbécil. No solo hoy, sino casi siempre desde que la conozco. Ni siquiera sé por qué me ha tolerado tanto tiempo.

Encontrará a alguien al que no tenga que tolerar sin más.

Encontrará a un hombre que le guste. Que la trate como a una princesa.

Que le dé hijos.

—¡Mierda! —Me dejo caer de nuevo en la cama y me inclino hacia delante para meter la cabeza entre las piernas. Respiro despacio por la nariz—. ¡Mierda, mierda, mierda!

Taylor va a tener hijos con otro.

«¡Por el amor de Dios!».

¿Cuándo se me ha convertido la piel en un horno?

Antes de darme cuenta de lo que estoy haciendo, tengo el móvil en las manos. Hago ademán de llamar a Taylor. Necesito oír su voz, pero estoy segurísimo de que me moriré de dolor cuando me mande al buzón de voz. Además, ¿qué voy a decirle? Hace un rato estaba preparado para saltar al vacío sin mirar. Una relación con Taylor no se parecería en nada a mi primer matrimonio, porque estoy muy... presente con ella. ¿Lo que siento por ella? No se acerca a nada que haya sentido antes. Ni a nada que jamás haya creído posible. Pero no puedo ofrecerle estabilidad alguna. ¿La privaría de la felicidad que podría encontrar en otra parte? ¡Por Dios! No puedo hacer eso.

Necesito más. Ella se merece más. Pero ¿por dónde empiezo?

Busco el número de mi hermano y marco para llamar antes de pegarme el móvil a la oreja con mano temblorosa.

—¿Me estás llamando a propósito o es un desafortunado error al marcar?

Ha pasado tanto tiempo desde que la última vez que oí la voz de Kevin que tardo un momento en contestar. Su sonido es como entrar en un túnel de viento lleno de recuerdos.

—Te llamo a propósito.

—¿Ah, sí? Pues que te den.

—Que te den a ti también. —El ruido de fondo me indica que está rodeado de una multitud. Se oye la voz de un hombre a través de un altavoz, alguien pide a gritos una cerveza—. ¿Dónde estás?

—¿Yo? ¿Dónde estoy yo? —La multitud emite un suspiro decepcionado—. No tienes derecho a preguntarme eso cuando llevas tres años sabrá Dios dónde.

—Tienes toda la vida para ser un imbécil, Kev. No lo malgastes todo en una sola llamada.

Suelta un suspiro que parece una máquina soltando vapor. Pasa un segundo.

—¿Estás metido en un lío o algo?

Mi cara demacrada me mira desde el espejo que hay encima de la cómoda.

—Se puede decir que sí.

—Desembucha, Myles. No soy capaz de leerte el pensamiento.

—¿Sabes qué? —Me aparto el móvil de la oreja, dispuesto a cortar la llamada—. Olvídalo.

—¡No! —Carraspea—. No, espera. Te escucho. Me has llamado en mitad de un partido de los Sox. ¿Qué te esperabas?

La nostalgia me abruma. El olor de los perritos calientes y de la cerveza. Protegerme del sol estival con una mano para ver el campo. Kevin que me golpea en el hombro después de una gran jugada. Echo de menos esas tardes con mi hermano. No creo que supiera cuánto hasta que vi a Taylor con Jude.

—¿Estás en el estadio?

Sorbe por la nariz.

—Pues claro. ¿Crees que renuncié a los abonos de temporada solo porque tú no estás por aquí para aflojar el dinero?

—¡Joder! —Silbo por lo bajo—. Supongo que te debo algo de pasta.

—Vuelve a casa y estaremos en paz.

La multitud vitorea, y la animada voz del comentarista narra el camino del jugador a la zona de bateo. Volver a Boston no es una posibilidad desde hace tres años, pero ahora mismo... parece posible. Todo parece posible después de ver a Taylor quemar goma y derrapar delante del coche de la alcaldesa como una especialista en una peli. Después de que esa increíble mujer corriera hacia mí, me dejara abrazarla, nada parece imposible en este mundo.

No voy a desintegrarme por entrar en casa de mi hermano o en la de mis padres. Me quieren allí, pese al fracaso que llevo colgado al cuello como un ancla. Ver a Taylor con Jude me ha hecho pensar en mi familia a lo largo de toda la semana. En lo que me estoy perdiendo. Cómo se comportarían ellos en una excursión de buceo. Seguro que se meterían con el tamaño de mis pies. O mis padres y yo nos compincharíamos para decirle a Kevin que hemos visto un tiburón. El comportamiento imbécil con el que crecí y que me forjó, un comportamiento que no es perfecto, pero que es el nuestro.

Yo no soy perfecto, pero... sigo siendo de la familia.

Podría haber sido de Taylor. Me dijo que podría amarme con mucha facilidad. Eso quiere decir que mi redención es posible, ¿verdad?

Quizá es momento de creer a mi familia cuando dicen que todavía me quieren cerca.

Que soy... digno de tener cerca.

—Estoy en Massachusetts. En el cabo Cod, de hecho. Podría... pasarme por ahí.

Mi hermano se queda callado un buen rato.

—¡Ajá!

—Sí. Para una visita o algo. Podría hacerlo.

—La última vez que hablamos, me dijiste que volverías a Boston cuando el infierno se congelara. ¿Qué ha cambiado?

—Esto..., mmm..., no lo sé. —Siento una opresión tremenda en el pecho—. He conocido a una mujer.

—¡Joder! —Hay un tono risueño en su voz—. Eso sí que no me lo esperaba.

—Ni tú ni yo.

—Eres el tío que siempre ha dicho que las mujeres son un incordio, ¿no?

—El mismo —confirmo con un suspiro mientras me masajeo los ojos.

—Era para asegurarme. —Suelta una risilla—. ¿Qué problema hay? Tráela contigo para la visita.

—Teniendo en cuenta que lo hemos dejado, va a costarme un poco. A ver... —Me levanto y empiezo a pasear de un extremo a otro de la habitación—. Técnicamente, ni siquiera estábamos saliendo. Era una sospechosa en el caso que estoy investigando como un favor a un amigo. Es una historia muy larga. El asunto es que se ha hartado de mis idioteces y... ya sabes. Es lo mejor.

—Sí. Parece que es lo mejor. Estás a punto de echarte a llorar.

—¡Y una mierda!

De hecho, sí que podría estar a punto de echarme a llorar.

—Sea cual sea tu versión del llanto, estás a puntito.

Pongo los ojos en blanco y cruzo al otro lado de la habitación.

—Supongo que esto me pasa por llamarte para pedirte consejo.

—¿Consejo? ¿Sobre mujeres? ¿Se te ha olvidado que estoy casado con un colega con pelotas?

—No. —Me paso una mano por el pelo—. Ahora que lo mencionas, ¿cómo está?

—Bien. —Al captar el cambio en su voz, sé que su marido está sentado a su lado—. Sigue echándome a escondidas proteína en polvo en todo lo que como y poniéndose pantalones cortos de correr literalmente allá donde vamos. —Hace una pausa—. ¿Cómo es tu chica?

Una imagen de Taylor acude a mi mente, y la veo tal como estaba el primer día. Con la parte de arriba del biquini y unos pantalones cortos, sin zapatos, con la piel bañada por el sol, dulce y pidiendo sexo duro en secreto. Básicamente, era una milagro con dos piernas de infarto que me había caído del cielo.

—Es una maestra de segundo de primaria en un colegio privado de Connecticut. Es... En fin. —El nudo de la garganta crece—. Decir que es guapa es quedarse corto. Le gusta planificar. Cuidar. Siempre se asegura de que todo el mundo come y tiene café de sobra. Es más lista que el hambre. Valiente. También llora mucho, pero de una manera que... No sé... Es una cosita preciosa, ¡joder!, ¿vale? Es terca y traviesa. —Me vuelvo y empiezo a golpearme la cabeza con la pared, lo que hace que se me escape algo que no pensaba decir en voz alta—. Me vuelve loco en la cama.

—¡Dios! Eres mucho más abierto y sincero que antes.

Noto que me arden las orejas.

—Lo siento.

—No lo hagas. Me muero por usar esta información en tu contra más adelante. —Se echa a reír—. Bueno, ¿dónde estás ahora? ¿Y dónde está ella?

Doy una vuelta completa, echando un vistazo a mi alrededor. Nada me resulta familiar porque me he pasado todo el tiempo trabajando o con ella.

—Estoy en mi habitación de motel en el Cabo. Ella está en su casa de alquiler.

—Pues plántate allí y discúlpate por lo que sea que hayas hecho.

—¿Cómo sabes que el que ha hecho algo he sido yo? —Se queda callado—. Muy bien. He sido yo. Ha sido todo culpa mía. Pero no puedo disculparme sin más. Disculparme no nos vuelve compatibles. ¿Se te ha escapado la parte en la que ella es maestra en Connecticut? Mi siguiente trabajo es en Carolina del Norte. Después vete tú a saber dónde. Taylor quiere casarse. Ser madre. Sentar cabeza y ser feliz.

—Parece horrible. ¿Quién quiere ser feliz? ¡Puaj!

Suelto un taco entre dientes.

—No te lo estás tomando en serio.

—Claro que sí, imbécil. ¿Qué te parece mejor: volver a la carretera como un forajido traumatizado o irte a vivir con tu maestra y despertarte desnudo a su lado?

¡Uf! ¡Por el amor de Dios!

No he tenido la oportunidad de despertar con su cabeza en la almohada junto a la mía. Estaría muy calentita, acurrucada contra mí. Y cachonda para echar un polvo mañanero. Estaría de lo más sexi, moviendo esas caderas encima de mí, pegada a mi cuerpo. Sudorosa. Después la besaría por todas partes. La besaría hasta la punta de los pies mientras ella se ríe... Y estoy totalmente perdido.

Estoy aniquilado.

—Lo de «forajido traumatizado» te ha salido del tirón —consigo decir pese al nudo que siento en la garganta—. ¿Así me has estado llamando desde que me fui?

—No. Así te llama mamá.

—¡Por Dios!

¿Cuándo me he sentado en el suelo? No tengo ni idea de cómo he llegado aquí.

—Oye, Myles, tienes que aferrarte a tu pedacito de felicidad con las dos manos. No aparecen muy a menudo. Algunas personas nunca tienen una oportunidad. La estás malgastando, colega. ¿Crees que ella estaría mejor sin ti?

—Sí, seguramente...

—Olvida la pregunta. —Tamborilea con los dedos contra el móvil, como si estuviera pensando—. Imagina que ella comete tu mismo error. Con el caso Bunton. ¿Crees que se merecería ser feliz en algún momento? ¿O querrías que se privara de cualquier cosa buena en un intento por remediar un error humano?

—Pues claro que no querría eso —mascullo, porque detesto la idea de que sea infeliz.

—Seguro que ella tampoco quiere eso para ti.

—Sí. —Echo la cabeza hacia atrás y clavo la vista en una raja del techo. Recorre la moldura. Y me lleva a pensar en las mirillas de la casa de Oscar Stanley.

Siento un vuelco muy desagradable en el corazón. Me incorporo mientras un frío gélido me recorre la piel.

La alcaldesa tampoco habría cabido en el hueco oculto.

¿No habíamos decidido que al haber dos agujeros separados a una distancia apropiada para un par de ojos e inclinados hacia abajo alguien debía de haber estado mirando directamente en algún momento? Oscar no entraba en el hueco, ni tampoco Rhonda Robinson. Tendría sentido que la alcaldesa quisiera vigilar de cerca a Oscar, dado que estaba amenazándola con hacer pública su mentira, pero...

No lo habría hecho en persona.

Y esa mañana durante el mitin, cuando a Taylor la golpearon en la cabeza con un libro, fue imposible que Rhonda Robinson se escabullera sin que nadie de la multitud se diera cuenta. Pero sé quién podría haberlo hecho.

Menudo, anodino. Leal.

—El asistente. El puto asistente.

—¿Qué?

El contenido de mi estómago hace amago de subir.

—Tengo que irme. Tengo que...

Taylor está ahí fuera. Vulnerable.

La he dejado sin protección.

No recuerdo cortar la llamada con mi hermano, pero ya estoy marcando el número de Taylor. Corro a toda velocidad hacia el aparcamiento con el teléfono en la oreja mientras me saco las llaves del bolsillo. No me contesta. Claro que no. Su melodiosa voz en la grabación del buzón de voz casi consigue que se me doblen las rodillas. ¡Dios, ay, Dios! Podría perderla. Para siempre. No. No, no puedo respirar.

—Taylor, las mirillas —consigo decir con un hilo de voz—. Ha tenido que ser el asistente de Rhonda. —Casi no puedo pensar con claridad al saberla en peligro. Tal vez hayamos arrestado a uno de los culpables. Pero hay dos. Y uno está ahí fuera... y es violento—. Vete a algún lugar seguro. Ahora, cariño. Por favor. Jude y tú. Y espérame. Voy para allá.

21
Taylor

Soy capaz de echarme a llorar por un anuncio sensiblero o por ver a dos ancianos de la mano y, sin embargo, ahora no derramo ni una lágrima pese al dolor que siento en el corazón. ¡Qué rara soy!

Estoy sentada en la playa con una sudadera y los pies descalzos, abrazándome las rodillas dobladas. Bajamos después de dejar entrar a los trabajadores que van a sustituir el cristal roto de la ventana del dormitorio de la parte trasera y, la verdad, aquí seguimos. En este momento, hay una magnífica puesta de sol que tiñe el cielo de tonos rosas y grises, y quiero disfrutar de la belleza, pero me siento demasiado entumecida. Me ayuda tener a Jude sentado a mi lado, sin hablar, solo frotándome en círculos la espalda de vez en cuando o enseñándome alguna bonita concha. Quiero preguntarle qué ha pasado con Dante, que ya se había ido cuando volví a casa, pero si abro la boca, creo que empezaré a despotricar sobre los hombres obstinados y no pararé nunca.

—Ahora duele y parece que nunca va a dejar de hacerlo —dice mi hermano en voz baja—, pero cada vez será más fácil pasarlo por alto. Hasta que algún día puedas convencerte de que nunca sucedió.

Parece que habla por experiencia, pero no tengo valor para decírselo así. De modo que me limito a asentir con la cabeza.

Estúpido cazarrecompensas con el trozo de pan que tiene por corazón y su pasado atormentado. Caí en la trampa. ¡Qué irónico que sea una maestra la que caiga en la típica trama de libro de cambiar a un hombre! De creer, en el fondo del corazón, que Myles sería incapaz de alejarse. Solo era una suposición errónea. Solo soy una chica Bond en una larga lista de chicas Bond. Dentro de quince años, echará la vista atrás, me recordará de repente y dirá con los ojos entrecerrados: «¡Ah, sí! A la que le gustaba el helado típico de abuela».

Y seguramente para entonces yo tendré una familia y habré sentado cabeza.

—Sentar cabeza —murmuro—. Pero ahora mismo no pienso quedarme sentada.

Jude me mira con una ceja levantada.

—¿Eh?

—En fin. —Me humedezco los labios, agradecida de poder hablar y pensar en algo que no sea Myles—. Sabes que he estado saliendo con hombres que tienen el matrimonio en mente. Pero creo que ya no lo haré más. Creo que me voy a limitar... a vivir el momento y ver qué pasa. —Decirlo en voz alta libera parte de la presión que siento en el pecho—. No tengo por qué ser práctica y cuidadosa solo porque siempre me han dicho que así es como soy. Soy quien yo quiero ser, ¿sabes? Puedo mostrarme cuidadosa en algunos aspectos de mi vida, pero en otros, tal vez quiera ayudar a atrapar a un asesino o enrollarme con un cazarrecompensas. Soy más de una cosa. Yo decido mi propio rumbo. Nadie más.

Jude asiente con la cabeza al mismo tiempo que yo.

—Tienes toda la razón.

Atrapo un puñado de arena con una mano y lo arrojo al aire.

—¡Uf! No quería hablar de él. No quiero hablar de él.

—No tenemos por qué hacerlo.

—Pero ya que estamos con el tema, espero que se le enganche el pelo en un tostador.

—¡Qué bruta!

—A ver, no para que se electrocute —me apresuro a aclarar—. Lo justo para que pase un mal rato por la vergüenza.

—Veré lo que puedo hacer.

—A lo mejor debería ver nuestra tórrida aventura como algo positivo. Me ha despertado. Me ha hecho darme cuenta de lo que necesito ser..., de lo que necesito sentir. Sí, sentir. Y ahora estoy decidida a esperar más de mis futuras relaciones de verdad.

—La gratitud es una forma sana de abordar cualquier cosa.

Hago un mohín con la nariz.

—Decir que estoy agradecida es pasarse un poco. A lo mejor cuando se me pase el cabreo. —Compartimos unas risas y me acerco para darle un apretón en la mano—. ¿Estás bien?

Suelta un hondo suspiro mirando hacia el mar.

—No, pero lo estaré.

Nos sumimos en el silencio durante varios minutos, observando cómo el cielo pasa del rosa al naranja, luego al violeta y, finalmente, al azul oscuro. Las estrellas parpadean en el lienzo del firmamento y la brisa agita la maleza de la pendiente a nuestra espalda. Oímos gente riendo en los patios de las casas más cercanas a la playa, donde se han encendido hogueras y barbacoas.

Estoy intranquila y sé que es por Myles. Por cómo terminaron las cosas. Por la impresión de que lo hemos dejado en el aire. Echo de menos su enorme presencia y sus gruñidos. Pero hay algo más. Un picorcillo en la nuca que no me abandona. Me digo que se debe al golpe que recibí en la cabeza con una enciclopedia, a haber practicado el mejor sexo de mi vida y a haber atrapado a un asesino, todo en el mismo día..., pero la sensación no desaparece. Al final se traslada a mi estómago. Me dispongo a confesarle a mi hermano mis (seguramente) infundadas preocupaciones, cuando una fuerte bocanada de aire procedente del turbulento océano Atlántico me levanta el pelo de la nuca y empiezo a temblar.

—Oye, voy a la casa en busca de unas mantas y de unas cervezas. ¿Te parece bien?

—Me parece estupendo. —Me apoyo en los codos y lo observo alejarse por la arena en dirección a la escalera—. Oye, ¿me puedes traer el móvil? Lo he dejado cargando en la cocina.

—Sí.

Al cabo de unos minutos, me tumbo por completo en la arena, sin importarme si se me mete en el pelo o en la ropa. Ya se ha enfriado del calor del día y en esta posición puedo contemplar el gigantesco cielo. Mis problemas y yo somos minúsculos comparados con él.

Se oye un clic metálico detrás de mí.

Alguien acaba de amartillar un arma.

Tenso los músculos y se me seca la boca, pero no me muevo. Estoy congelada.

—Te veo bastante relajada para ser alguien que va por ahí arruinando vidas.

Conozco esa voz, pero no me resulta muy familiar. Pertenece a un hombre joven.

¿Dónde la he oído antes?

Los pasos se acercan y, de repente, me dan una patada en las costillas. No es fuerte, pero sí lo bastante como para hacerme gritar. Me incorporo presionándome el dolorido costado con la mano y retrocedo torpemente apoyándome en los codos y empujando la arena con los talones.

Y entonces es cuando lo veo.

El asistente de la alcaldesa. ¿Kyle?

No. ¡Kurt!

Kurt me está apuntando con una pistola y, por supuesto, ahora es cuando todo encaja. Muy conveniente.

El hombre apenas supera el metro y medio. Las cosas han sucedido tan rápido desde esta tarde que no me he parado a repasar todas las pruebas y a ver cómo encajaban con la culpabilidad de la alcaldesa. Pero, por supuesto, Kurt estaba implicado. Siempre está a su lado, dispuesto a servir. Habría espiado a Oscar por ella y habría entrado con facilidad en el hueco situado detrás de la pared del dormitorio.

—¿Ya te ha encajado todo? Has tardado bastante. Tu novio y tú a lo mejor no sois tan listos como creéis.

Myles.

Le va a dar un ataque.

Por alguna razón, eso me reconforta.

O me reconfortará si no muero.

También será muy duro consigo mismo cuando se dé cuenta de este descuido. Sin embargo, ¿quién iba a imaginárselo? Rhonda no mencionó el nombre de Kurt en ningún momento. Se limitó a negar su propia culpabilidad.

«Espabila. Piensa».

Los rehenes sobreviven si le dan cháchara a su captor. Si se involucran. Técnicamente, no soy una rehén (todavía), pero debería aplicarse la misma lógica, ¿no? Claro que si le doy conversación a Kurt y Jude vuelve, mi hermano también estará en peligro.

No, no puedo consentirlo.

El martilleo del pulso en mis sienes es casi ensordecedor, pero me obligo a respirar hondo.

—¿Lo sabía?

—¿Quién?

—Rhonda. La alcaldesa. ¿Sabía que estabas espiando a Oscar?

—No —mascolla, como si fuera una idiota por preguntar—. ¿Crees que me apetecía ver a ese imbécil, que se pasaba el día entero viendo *Bake Off*? No me apetecía. Aunque era mejor que vigilarlo desde el hueco del armario. —Se estremece—. Oscar Stanley. ¡Qué idiota! ¿De verdad creía que Rhonda iba a aprobar una ley para impedir los alquileres? Solo le estaba diciendo a la gente lo que quería oír para asegurarse la reelección. Eso es lo que hacemos. Nos mantenemos en el cargo a toda costa. Y mi trabajo es asegurarme de que la alcaldesa no tenga que preocuparse de los detalles. Eso es lo que me convierte en el mejor. Un mandato más como alcaldesa de este estercolero de clase media y estaba dispuesta a presentarse como candidata al Senado, y yo habría estado a su lado, siendo indispensable.

Sin que me pasen por alto, como si no fuera más que una pulga insignificante.

—No eres insignificante.

—No me hagas la pelota. —Agita la pistola—. La policía habría ido a por el imbécil ese que le dio la paliza a Oscar. Seguramente lo habrían declarado inocente. Pero, para entonces, todo el mundo se habría olvidado del asesinato de un hombre que nadie conocía. El departamento de policía de Barnstable no se habría sentido motivado para indagar y destrozar la carrera de Rhonda. Pero tú tenías que meter las narices. Y hurgar. Y no aceptaste mis advertencias, ¿verdad?

Me pongo de lado despacio, a la espera de que él gire en el mismo sentido de las agujas del reloj y se coloque de espaldas a la escalera.

—Me golpeaste con el libro. Arrojaste la boya a la ventana.

Mueve el dedo sobre el gatillo.

—Debería haberte disparado y acabar de una vez.

—Te van a pillar.

—Sé que me van a pillar. La policía va a interrogarme. Estoy seguro de que Rhonda está encajando todas las piezas. ¿Crees que me agradecerá lo que he hecho por ella para ocultarle a la prensa su doble rasero? No. Estoy seguro de que saldrá con cara de espanto en las noticias de la noche. Pero si se hubiera enterado de lo que hice sin que me hubieran pillado, no habría dicho ni pío. Porque así es la política.

Con el rabillo del ojo, veo a Jude bajando la escalera.

No. ¡No!

Está claro que no hay manera de razonar con Kurt. No tiene nada que perder.

Aspiro todo el aire que puedo y grito con todas mis fuerzas:

—¡Jude! ¡Corre!

MYLES

Es mi pesadilla hecha realidad.

Pasé por alto un detalle de una prueba y ahora la mujer de la que me he enamorado tal vez lo pague.

Mi moto avanza tan rápido por Coriander Lane que los neumáticos apenas tocan el asfalto. El sudor me resbala por un lado de la cara, y se me ha abierto un boquete en el estómago. No veo ninguna luz encendida en la casa cuando aparco fuera. Por favor, que hayan salido a cenar o a algún sitio donde el asistente de la alcaldesa no los haya localizado todavía. Kurt. Kurt Forsythe. La policía de Barnstable, a la que he llamado de camino, me ha confirmado su apellido. Solo recuerdo partes de la conversación. Apenas podía oír la voz del jefe por encima del estruendo que me atronaba los oídos. Después de que Wright nos confesara la posibilidad de que la policía hiciera la vista gorda con la alcaldesa, parte de mí quiso venir solo, pero debía sopesar los riesgos, y no puedo poner en peligro la vida de Taylor.

La puerta de la casa está cerrada.

Un rápido vistazo a través de la ventana de la fachada me confirma que no hay nadie.

Distingo un movimiento a mi derecha, a lo lejos. Alguien en la escalera que baja hasta la playa. Por favor, que sea Taylor. Por favor, que sean ellos.

Salgo del porche y corro en esa dirección. Es difícil distinguir quién es ahora que el sol se ha puesto, pero cuando estoy a unos cincuenta metros, reconozco el pelo y la complexión. Jude. Y sé de inmediato que algo va mal. Muy mal. Ha levantado las manos y menea la cabeza. Y entonces oigo el grito ronco de Taylor y siento que las piernas se me derriten.

—¡Jude! ¡Vete! ¡Por favor!

—¿¡Qué diablos pasa aquí!? ¿Quién es ese? —El miedo se ha apoderado de la voz de Jude—. ¡Baja el arma!

«Arma. Taylor. Alguien está apuntando a Taylor con una pistola».

Mi piel se ha convertido en una capa de hielo, y el corazón me da un vuelco y se acelera.

«No. ¡No, por Dios, no! A ella no».

«Céntrate. Tienes que concentrarte».

Eso es lo más importante. Si hay un arma en la playa, Jude también está en peligro.

—¡Jude! —mascullo, sin reconocer mi propia voz.

El hermano de Taylor vuelve la cabeza y su expresión horrorizada está a punto de acabar con la compostura que tengo, que no es mucha.

—Myles —se gira con torpeza y tropieza con el escalón que tiene detrás—, hay un hombre ahí abajo apuntando a Taylor con una pistola.

Mi piel helada se descongela rápidamente y ahora estoy caliente. Muy caliente. Me arde el pecho. No. ¡No, no y no! De repente, me asalta el recuerdo de Taylor invitándome a comer tacos y se me escapa un gemido áspero. Ella querría que llevara a su hermano a un lugar seguro.

—Jude, ven aquí. Ven aquí ahora mismo y deja que me encargue de esto. La policía viene de camino.

Parece incrédulo.

—¡No voy a dejarla ahí abajo!

—No vamos a dejarla ahí abajo. Por supuesto que no vamos a hacerlo. Pero si cree que estás en peligro, puede hacer una locura y acabar herida.

Jude suelta un taco y se pasa una mano por los ojos.

—Va a dispararle.

«Aguanta. No pierdas el control».

—¿Es bajo? ¿Con gafas?

—Sí, sí.

—Muy bien. Vas a cambiar de lugar conmigo, ¿me oyes? Voy a hablar con él.

Tengo un ruido tan fuerte en la cabeza que, cuando por fin oigo que se acercan las sirenas, no sé cuánto tiempo llevan sonando. Pero están cerca. Muy cerca.

—¡Jude! ¡Vete! —vuelve a gritar Taylor desde la playa, y su voz se mezcla con el estruendo de las olas—. ¡Por favor!

Es difícil. Es difícil pensar con lógica cuando ella está en peligro. Cuando parece tan asustada que el corazón quiere desgarrarme el pecho. En lo referente a Taylor y su seguridad, mi instinto es animal. Quiero saltar la barandilla de la escalera y lanzarme cuesta abajo a toda velocidad derribando todo lo que se interponga entre ella y yo. Pero el comportamiento impulsivo hace que la gente muera. ¡Lo que necesito es estar tranquilo y pensar!

¿De qué información dispongo?

Uno: está claro que a Kurt le da igual que lo pillen. Hay muchísimas casas a lo largo de la playa, todas ellas orientadas hacia el mar, y el sol acaba de ponerse. La gente está despierta. Preparando perritos calientes. Seguramente muchos estén siendo testigos de la escena y hayan llamado a la policía. Por no mencionar el detalle de que Jude lo ha visto apuntando con una pistola a Taylor. Es más que probable que Kurt sufra un trastorno mental. No va a actuar de forma razonable.

Dos: la motivación de Kurt es la venganza. Han arrestado a su jefa. Él ha perdido su trabajo. Uno de los dos, o ambos, va a ser acusado del asesinato de Oscar Stanley. Depende de lo que Rhonda Robinson sepa acerca de lo que ha hecho Kurt. Sin embargo, estuve presente mientras la policía la interrogaba y, a menos que sea la mejor actriz del mundo, desconoce lo que su asistente hizo para evitar que Evergreen Corp. quedara al descubierto. Por lealtad.

Lealtad hacia la alcaldesa.

Entrega.

Puedo usarlo.

Me tiemblan las manos mientras le escribo un mensaje rápido a Wright y me guardo de nuevo el móvil en el bolsillo trasero.

—Retrocede despacio, Jude —le ordeno, intentando parecer tranquilo, aunque tengo el corazón en la boca—. Vamos a recuperar a Taylor sana y salva. Sabes que voy a hacer todo lo posible para que así sea.

Jude titubea unos segundos más y, al final, sube los peldaños restantes y se sienta en la hierba con la cabeza entre las manos. Unas luces rojas y blancas parpadean en el extremo de la calle, al pie de la cuesta. Por fin.

Con las sirenas apagadas, tal como se les ha ordenado, suben a toda velocidad y se detienen donde pueden. Wright sale primero de su coche patrulla y corre hacia mí, entregándome el megáfono y un teléfono con una llamada conectada. En la pantalla veo que los segundos pasan.

Con esas herramientas en la mano, echo a andar hacia la escalera, rezando para que Kurt no explote al verme aparecer. Ni apriete el gatillo. Si está amenazando a Taylor, es por su papel en la investigación. Yo también he estado implicado, más que ella. Nos ha visto juntos. Ha escogido al único de nosotros al que puede intimidar, pero no me extrañaría que utilizara la violencia contra Taylor para vengarse por el papel que yo he tenido. Sin embargo, no sabe hasta qué punto me destrozaría eso. Mi puto corazón dejaría de latir.

Podría dejar que el jefe de policía se encargara de esto, pero me resulta intolerable que la seguridad de Taylor esté en manos de otra persona. No lo haré. Mucho menos cuando existe la posibilidad de que estuvieran planeando hacer la vista gorda con la alcaldesa y, por tanto, estén actuando en terreno moralmente gris.

Doy varios pasos más y aparecen ante mis ojos. Kurt. Taylor. La pistola. Mi estómago se tambalea con violencia al ver a mi Taylor con las manos en alto, temblando. Incluso desde esta distancia, sé que está temblando. Desde lejos parece muy frágil y voy a matar a ese hijo de puta. Voy a matarlo. Una rabia hirviente empieza a colarse en mis pensamientos, a difuminarlos, pero lucho por mantener la calma. Por mantener la entereza. Por seguir pensando con claridad. La vida de Taylor está en juego.

Nuestra vida en común está en juego.

¿De verdad he pensado que podía alejarme de ella sin más?

Vendería mi alma al diablo con tal de poder abrazarla ahora mismo. Con tal de poder abrazarla para siempre.

—Kurt —digo con la voz lo más serena posible—, soy Myles Sumner. ¿Me reconoces?

Veo que da un paso más hacia Taylor, como si quisiera agarrarla y utilizarla a modo de escudo, y ella retrocede, alejándose de su alcance.

Buena chica. Taylor ve lo que yo veo: a pesar de ser un asesino, Kurt no se siente seguro con un arma en la mano. Apenas puede sostenerla en este momento. Está usando la otra mano para aguantar el codo.

—¡Claro que te conozco! —grita él, dirigiendo la voz hacia arriba—. Estoy al tanto de todo lo que pasa aquí. Es mi trabajo. Soy bueno en mi trabajo.

Eso es lo que esperaba. Orgullo por su trabajo. Entrega a su trabajo y lealtad hacia Rhonda Robinson.

—¿Taylor está bien?

—No por mucho tiempo. Te estaba esperando. Quería que vieras esto.

Siento un repentino nudo en la garganta.

Así es como se va a vengar de mí. Una pelea entre nosotros sería un desastre para él, pero puede noquearme con un golpe mortal apretando ese gatillo.

—No quieres hacerle daño a Taylor —digo casi jadeando, de manera que guardo silencio un momento para recuperar el control—. No eres un asesino, Kurt. Solo un hombre entregado en cuerpo y alma a su trabajo.

—No me creo tus paparruchas psicológicas.

—Muy bien, colega. Pero la alcaldesa necesita hablar contigo.

—¿Qué? —Baja la pistola sorprendido, pero la vuelve a levantar con la misma rapidez—. No está aquí. La han detenido.

He conseguido que me preste atención y deje de mirar a Taylor. Bien.

Solo tengo que seguir hablando para que se concentre por completo en mí y ella pueda escapar.

Me acerco el teléfono a la oreja.

—¿Alcaldesa Robinson? —digo.

—Sí —responde ella, con brío, pero con un tono cansado en la voz—. No sabía lo de Kurt. No sabía...

—¿Wright la ha puesto al día? —la interrumpo.

Ella suspira.

—Sí, lo ha hecho.

—Bien. —Trago saliva con fuerza, inhalando y exhalando, asaltado por un repentino mareo—. Por favor. Necesito que lo convenza. Está apuntando con un arma a mi novia. Si le pasa algo...

—Lo entiendo. No quiero que nadie más salga herido por esto. Pásemelo.

La repentina confianza en su tono de voz no me ayuda a sentirme mejor. Nada logrará que me sienta mejor hasta que Taylor esté lejos del peligro. Mientras le rezo a un Dios con el que no he hablado desde hace mucho tiempo, acerco el teléfono al megáfono.

La voz de Rhonda llega hasta la playa, acompañada por un desagradable pitido inicial.

—¿Kurt?

El asistente vuelve la cabeza.

—¿Alcaldesa?

La mujer no alcanza a oírlo. Al menos, no lo hace de momento. Pero sigue hablando como si él la estuviera escuchando.

—El día que te contraté supe que era una de las mejores decisiones que había tomado. Y nunca me has decepcionado. Ni una sola vez. No hay nadie en mi equipo en quien confíe más que en ti. Nadie que crea tanto en la visión que tengo para este condado y que posea las herramientas para ayudarme a llevarla a cabo.

—¡Tenía que hacerlo! —replica, pensando que Rhonda puede oírlo—. Stanley habría echado por tierra la reelección.

Aparto el teléfono del megáfono, que me llevo a la boca.

—Kurt, la alcaldesa tiene algunas cosas que le gustaría decirte en privado. Solo para tus oídos. ¿Te parece bien que te lleve el teléfono?

Contengo la respiración.

«Vamos».

Está dividido. Su mirada pasa de la escalera a Taylor, y luego de nuevo a mí.

—Deja tus armas ahí arriba. Todas. O le dispararé, lo juro por Dios. No.

«No permitiré que eso ocurra, cariño. Confía en mí».

—De acuerdo. —Suelto el megáfono y el teléfono, me saco la pistola de la cinturilla y la dejo en el suelo. Levanto las dos perneras del pantalón para que confirme que no tengo nada—. Estoy desarmado, ¿ves? Voy a bajar.

Puede que este hombre posea muchos conocimientos intelectuales o políticos, pero demuestra ser un idiota si permite que me acerque a menos de tres metros de él. Solo tengo que esperar que no caiga en la cuenta mientras me acerco. Levanto el móvil cual ofrenda de paz y bajo los escalones despacio, con el corazón rebotando contra las costillas. Kurt es una persona inestable. Cuanto más me acerco, más evidente me resulta. Está hablando consigo mismo. De vez en cuando, apunta al aire entre Taylor y él, como si quisiera recordarle quién está al mando. Las tornas pueden cambiar en cualquier momento.

«Por favor, Señor, déjame llegar hasta allí».

—¿Estás preparado para hablar con la alcaldesa, Kurt?

—Pásame el teléfono.

Ya estoy en la playa. Hay pleamar, de manera que me encuentro a unos veinte metros de donde están ellos y sigo avanzando despacio, por encima de las algas y de los guijarros que crujen.

—Estás muy cerca del agua, colega. No sé si es una buena idea.

—«Respira. Respira. Taylor está justo aquí. No pienses en lo aterrorizada que parece o perderás el control», me digo—. A ver qué te parece esto. Deja que Taylor vuelva a subir la escalera y apúntame a mí con la pistola en su lugar. Así podré acercarme y entregarte el teléfono con seguridad.

—No. Ni hablar. No sé.

—La alcaldesa me ha dicho que nunca le harías daño a una mujer inocente. Tiene razón, Kurt. Sé que tiene razón. Y quiere decirte más cosas. Vamos a dejar que Taylor se vaya a casa.

—Myles —gime ella al tiempo que menea la cabeza.

—No pasa nada —digo con voz ronca. No puedo mirarla. No puedo mirarla, ni siquiera para tranquilizarla. Todavía hay un arma apuntándola y no estoy bien. Cuanto más tiempo la apunte, más rápido se deteriorará mi sentido común—. ¿Kurt?

Cuando veo que me apunta con la pistola, casi me siento aliviado.

—Vete, Taylor.

Ella duda.

—¡Vete, por favor!

Solloza y echa a correr. ¡Gracias a Dios! ¡Gracias a Dios! No me muevo ni un centímetro hasta que oigo sus pasos desvanecerse en los escalones de madera. Hasta que oigo la exclamación de Jude y los movimientos de la policía. A salvo. Está a salvo.

Extiendo el teléfono con la mano derecha, dejando bien a la vista la palma de la mano izquierda.

Un paso, dos, mis botas se hunden en la arena.

—Encontramos una pistola igual en la playa —digo, señalando su Glock, que se esfuerza por mantener en alto—. ¿La colocaste para retrasar la investigación o para despistarnos y que no pudiéramos seguirte el rastro?

Mira fijamente el teléfono.

—Las dos cosas.

—Bien jugado.

—No me sigas la corriente —masculla—. Dame el teléfono.

Asiento tranquilamente con la cabeza y avanzo un paso más. Dos.

—Aquí tienes. Es todo tuyo.

Está tan ansioso por hablar con su jefa y oír más falsos elogios de sus labios por lo que ha hecho que se distrae durante una fracción de segundo. Pero no necesito más. Lanzo el teléfono al aire y sus ojos lo siguen. Le rodeo con la mano izquierda la muñeca de la mano que sujeta la pistola, orientándola hacia el océano. Se dispara. Una bala disparada hacia el agua negra, donde no alcanzará a nadie. Sobre todo a Taylor.

El recuerdo de que este hombre pretendía matarla hace que le aseste un puñetazo más fuerte de lo que pretendía, pero el crujido del cartílago no es suficiente. Nada lo será. No obstante, basta para que caiga desmadejado a la arena. El teléfono aterriza junto a su mano extendida. Le quito el cargador a la pistola y la arrojo también al suelo, mientras el subidón de adrenalina me abandona. De golpe. Veo a Taylor bajar volando la escalera en mi dirección, pero niego con la cabeza, porque no estoy dispuesto a declarar la playa libre de peligro para ella.

Sin embargo, sigue avanzando y se abalanza sobre mí dando un salto para rodearme el cuello con los brazos. Sigo tan aturdido por el miedo a perderla que ni siquiera puedo levantar los míos para abrazarla. Lo único que puedo hacer durante un buen rato es respirar el olor a manzana y frotar la cara contra su pelo hasta que por fin siento que las extremidades me responden de nuevo y la estrecho contra mi cuerpo, abrumado por el hecho de que está viva. Está viva y sin un rasguño.

—Taylor.

—Lo sé. Lo sé.

—¡Taylor!

Me besa una mejilla, el mentón.

—Lo sé.

Intento procesar en voz alta el hecho de que he estado a punto de perderla, pero ella parece entenderlo sin palabras. Parece saber que esa posibilidad me habría matado. Bien. Bien, ya resolveremos el resto. Mientras ella esté viva, lo demás son detallitos sin importancia. La policía me rodea para que responda sus preguntas. Intentan despertar a Kurt en la arena y se agita. No hay manera de que confíe en nadie más que en mí para esposarlo y llevarlo a la cárcel. Este hombre iba a matar a la increíble mujer que tengo en mis brazos. A esta mujer que confió en mí para mantenerla a salvo. ¡A mi mujer! Quiero llevar esto hasta el final.

—Responde sus preguntas —le digo tras darle un beso en la sien—. No podré relajarme hasta que esté encerrado, y seguro que antes necesita atención médica.

Ella aprieta los labios.

—Por tu culpa.

Le coloco detrás de la oreja unos mechones de pelo que el viento ha alborotado.

—Te ha apuntado con una pistola. Tiene suerte de no necesitar un forense.

Me sonríe, pero percibo algo raro en ella.

¿Por qué parece... triste?

Me quita los brazos del cuello y se lleva las manos a los bolsillos traseros de sus pantalones cortos.

—Gracias. Por lo que has hecho. Por cambiar de lugar conmigo y... por todo.

—No tienes por qué dármelas.

Al cabo de un segundo, asiente con la cabeza.

—Lo sé. Estabas haciendo tu trabajo.

¿Se puede saber qué pasa?

—Eres más que un trabajo.

Asiente con la cabeza, como si esperase que yo dijera eso. Pero creo que no lo entiende. Tengo que explicárselo con detalle.

—Taylor, yo...

—¡Sumner! —grita Wright—. El jefe quiere hacerte unas preguntas...

—¡Ahora voy! —mascullo por encima del hombro, antes de volver a mirar a Taylor—. Oye, escúchame bien. He sido incapaz de alejarme aun cuando creía que teníamos el caso resuelto. Quiero hacer esto. Quiero que sigamos juntos. Necesito estar contigo. ¿Me oyes? Se acabó el huir. Quiero correr hacia ti.

—¡Vaya! —exclama Wright a mi izquierda—. ¡Qué poético, colega! —Sorbe por la nariz—. ¡Mierda! Tengo que llamar a mi exmujer.

—Lárgate —mascullo.

—Lo siento. Lo siento.

Una vez solos de nuevo, Taylor me sigue pareciendo resignada y, ¡por Dios!, el pánico empieza a hacer mella en mí.

—Myles, te sientes así porque acabamos de pasar por una experiencia aterradora los dos juntos. —Me aprieta el brazo—. Pero mañana o pasado recordarás todas las razones por las que me dijiste que esto no funcionaría y tendrás razón.

—No. Fui un puto imbécil, Taylor. Dije todas esas tonterías por rabia y por miedo.

¿No se supone que este es el final feliz? ¿El chico salva a la chica, el chico besa a la chica y se alejan juntos hacia el horizonte al atardecer? Lo que no se supone es que la chica diga: «No, gracias, estoy bien sola».

Esto no puede estar pasando.

—El destino me ha traído hasta aquí. Para encontrarme contigo. La vida me ha traído hasta aquí. Hasta ti. ¿De acuerdo? —Allá vamos. El último muro se ha derrumbado. Me siento vulnerable—. Me has hecho recordar que me encanta Boston. Porque me has ayudado a recordar lo que se siente en casa. Has hecho que llame a mi hermano. Porque me has ayudado a recordar lo que es el amor. Lo has hecho tú. No voy a alejarme de ti. Vamos a luchar hasta que nos encontremos en el medio, Taylor. Fin de la historia. No te alejarás de mí. Te voy a llevar a casa para que conozcas a mi familia. Voy a hacerlo todo al pie de la puta letra, ¿de acuerdo? —Le tomo la cara entre las manos—. Por favor, ¿me dejas que lo haga?

Todo el mundo está escuchando.

Hay una multitud de agentes y detectives de la policía pendientes de cada una de mis palabras. Estoy seguro de que hasta Kurt está pendiente de mí y de que la alcaldesa sigue escuchando al otro lado de la línea. ¿Me importa? ¿Me importa que yo mismo me esté operando a corazón abierto mientras esta mujer sin la que no puedo vivir sigue sin verlo claro? Pues no.

—Has pasado página en tu mente. Está claro. —Me da rabia reconocerlo en voz alta—. Me has descartado. De acuerdo. Pero dime que sientes algo por mí y aquí me tendrás. Me partiré los cuernos intentándolo.

—Claro que siento algo por ti —susurra.

Nuestro público suelta un suspiro colectivo de alivio.

Que no es nada comparado con el mío. Es como si acabara de pasar del fondo del océano a la superficie.

—¡Gracias a Dios! —suelto con la voz entrecortada al tiempo que me inclino para besarla. Sin embargo, su mirada sigue siendo insegura. Necesita algo más que palabras. Desde que nos conocimos, no he parado de repetir que no me comprometo con nada ni con nadie. Así que solo la convenceré con mis actos.

Hecho.

He decidido que esto es lo que quiero, y no va a seguir mucho tiempo dudando de mí.

22
Taylor

—¿Qué está haciendo? —pregunto, mientras miro por la ventana de la fachada de la casa de alquiler.

Ya hemos hecho las maletas, que aguardan junto a la puerta principal para que las saquemos al porche.

Nos disponíamos a cargar el equipaje en el maletero de mi coche cuando vi a Myles al otro lado de la calle, sentado en su moto. O más bien... ¿esperando? Con el casco en el regazo y los brazos cruzados por delante de ese torso tan ancho. Lleva un macuto sujeto a la parte trasera del asiento.

¿Qué está haciendo?

¿Esperando para despedirse?

No voy a obligarlo a cumplir las promesas que me hizo anoche. Fueron palabras empapadas de adrenalina y miedo residual. Las hizo porque siente un afán protector hacia mí y yo estuve en peligro. Ahora que ha salido el sol, estoy segura de que ha vuelto a su mentalidad de cazarrecompensas. Lo que quiere son trabajos rápidos y sin compromiso. Si no se encariña, no podrá salir herido.

—¿Y si sales y hablas con él? —me sugiere Jude.

Podría hacerlo. Debería hacerlo.

No estoy segura de estar preparada para que me diga adiós. Porque, pese a mis mejores intenciones, las cosas que me dijo anoche con ese tono de voz apasionado... es posible que me hayan provocado una pequeñísima esperanza. Una esperanza peligrosa y ridícula. «No le hagas ni caso».

—Vámonos. No nos conviene pillar atasco.

Levanto mi maleta, titubeo delante de la puerta y al final la abro. Una vez que Jude pasa por delante de mí, cierro la puerta, echo la llave y la dejo debajo de la enorme estrella de mar de cerámica del porche, donde me dijo Lisa. De camino al coche, frunzo el ceño cuando miro de frente al motorista.

—Buenos días —lo saludo mientras le paso mi maleta a Jude para que la coloque en el maletero—. Queremos salir temprano para no pillar atasco. Volvemos a Connecticut.

Lo veo asentir con la cabeza. ¡Asiente con la cabeza! Pero no dice nada.

Acto seguido, se pone el casco y la moto cobra vida con un rugido.

¿Eh? ¿Así que ni siquiera se va a despedir? Tal vez estemos tomando el camino más fácil, separándonos sin disculpas incómodas y sin mentir al asegurar que ya nos llamaremos. Muy bien. Seguiré su ejemplo. Da igual que se me esté marchitando el corazón como una uva que han dejado demasiado tiempo en la vid.

Subo el volumen de la emisora de radio y me incorporo al tráfico, aunque acabo frunciendo el ceño al ver que Myles nos sigue en los tres siguientes giros. Es una coincidencia. Obviamente, los dos vamos hacia la autopista.

Cuando llegamos, veo que Myles sigue detrás de mí por el mismo acceso. Va en la misma dirección que yo.

Apenas deja espacio suficiente entre nosotros para que los demás coches puedan incorporarse.

Yo cambio de carril, él cambia de carril.

—¿¡Me está siguiendo!?

Mi hermano suelta una carcajada.

—Has tardado en darte cuenta.

—¿Va a seguirme hasta Hartford? ¡Ni hablar! De ninguna manera.

—Hasta la puerta de tu casa, Taylor. Ya sabes que eso es lo que está pasando. —Mi hermano se gira en su asiento para mirar a Myles a través de la luneta trasera, con una sonrisa de oreja a oreja—. Admite que esto es romántico.

—No —digo, sin aliento—. No es así.

—Anoche se sacrificó por ti en la playa y ahora te está siguiendo a casa, literalmente. —Jude baja la voz y sigue con acento australiano, como si estuviera narrando un documental del Discovery Channel—: Esto parece una especie de ritual único de los cazarrecompensas, Taylor. Mostrarse borde todo el tiempo que se pueda con la posible compañera para después casarse con ella cuando menos se lo espere.

¡Ay, por Dios! Me tiembla un poco el labio inferior. Esa chispita de esperanza que Myles encendió en mi interior anoche está creciendo, y eso es peligroso. Toda esta idea es peligrosa y ridícula.

—No, eso no es lo que está ocurriendo aquí. Solo se está asegurando de que yo no tropiece de camino a casa y acabe en el regazo de un asesino en serie o algo así.

—No te van a asaltar. Te vas a casar.

Retuerzo las manos sobre el volante.

—Ha cambiado de opinión demasiado rápido. Si quisiera seguir conmigo, acabaría arrepintiéndose.

—Tú lo conoces mejor que yo, pero a mí no me parece un hombre voluble.

—No. No lo es. —Me muerdo el labio mientras desvío los ojos una y otra vez hacia esa figura gigantesca con casco que nos sigue—. Pero todavía tiene todos esos problemas sin resolver con su familia.

—Todos los que circulamos por esta carretera tenemos problemas sin resolver con la familia —replica sin dudar un segundo—. ¿No me has dicho que ha llamado a su hermano?

—Sí. Porque le recordé que...

—Le has recordado lo que es el amor.

—Eso lo dijo por el subidón de adrenalina.

Está claro que Jude quiere discutir conmigo, pero pasamos los siguientes minutos en silencio, salvo por el rugido de la moto que llevamos detrás.

—A ver, Te, siempre tendrás mi apoyo —dice mi hermano al final—. Hagas lo que hagas, te apoyaré. Si quieres parar y decirle que se vaya al cuerno, eso es lo que haremos.

Trago saliva con fuerza.

—Eso es lo que quiero hacer. Por su propio bien. Se siente responsable de mí de forma errónea y quiero liberarlo.

—De acuerdo, genial. Hagámoslo. —Entorna los ojos al ver una señal de salida—. Para en algún lugar donde pueda tomar café.

Después de pasar de largo por tres salidas, diviso unos arcos dorados y me desvío. Mientras espero para ver si Myles nos sigue, se me seca la garganta y el pulso se me acelera de forma vertiginosa. El alivio que me invade es innegable cuando veo que abandona la autopista detrás de nosotros.

Muy bien, puedo hacerlo. Puedo ser fuerte, quitarme el apósito de un tirón y hacer lo mejor tanto para mí como para Myles. Lo que no voy a hacer es encariñarme todavía más con este hombre solo para que se marche al atardecer dentro de un mes o dos, cansado de mis lloreras y de mis hábitos ahorrativos. Eso me mataría por completo. Solo lo conozco desde hace cinco días y la idea de no volver a verlo me resulta casi insoportable. ¿Cómo será después de semanas? ¿De meses?

No. No voy a averiguarlo.

Cuando entro en el aparcamiento del McDonald's, Jude se vuelve hacia mí.

—¿Quieres que esté contigo cuando le sueltes el discurso?

—No. Puedo hacerlo sola. —Tomo una honda bocanada de aire—. Tráeme un café con hielo, por favor. Lo voy a necesitar.

—Me parece que no va a ser suficiente.

No tengo la oportunidad de preguntarle a mi hermano qué quiere decir con esa fatídica afirmación, porque oigo el rugido de la moto de Myles, que se detiene a mi lado y apaga el motor...

Momento en el que se quita el casco y se echa hacia atrás la melena sudorosa, flexionando los bíceps al colgarlo sobre el manillar. Acto seguido, se agarra el borde de la camiseta y se la levanta para limpiarse el sudor de la frente, dejando brevemente al descubierto ese abdomen duro y musculoso. Los abdominales se mueven, cubiertos por el brillo del sudor. ¡Madre del amor hermoso!

De repente, empiezo a verlo todo borroso y caigo en la cuenta de que he empañado el cristal de la ventanilla con mi aliento.

Salgo del trance y me bajo del coche con las piernas como si fueran de gelatina. Uno las manos a la altura de la cintura y enderezo la espalda, como si estuviera preparándome para hablar con los padres la víspera de la vuelta al cole.

—Myles, esto no es necesario.

Una mano enorme se posa en una de mis caderas, cortándome el paso. Me abrasa a través del vestido.

—Ven aquí —me dice en voz baja, tirando de mí hacia delante—. Me gusta lo que llevas puesto.

—¡Oh! —Mi cadera derecha se topa con el interior de su muslo, y me sacude un escalofrío ardiente, que me recorre desde el abdomen hasta los dedos de los pies—. Yo... Mmm... Gracias, pero...

—Esta no es ropa de vacaciones, ¿verdad? Es la ropa que usas en tu día a día.

—Exacto.

Se inclina para mirarme el escote, tanto que puedo saborear la sal de su sudor en la lengua. Se me endurecen los pezones en respuesta. Al instante. Hasta un punto doloroso. Por eso, cuando me pregunta con esa voz ronca:

—¿Esas perlitas están cosidas al cuello?

Estoy a punto de subirme a ese muslo tan grande y musculoso para escandalizar a todo el aparcamiento del McDonald's.

—Yo... Sí. Supongo que sí.

—Mmm... —Me agarra del vestido y tira con suavidad hacia delante hasta que mis pechos quedan a un palmo de su torso—. ¿Debo esperar que lleves vestidos tan elegantes como este durante todo el año?

No entiendo la pregunta.

Estoy demasiado ocupada mirando la barba que empieza a crecerle. Hasta sus orejas me resultan atractivas. ¿Por qué nunca me he fijado en sus orejas? Esos grandes hombros irradian calor hacia mí, de manera que me obligo a apretar los puños para no cometer una imprudencia, como seguir los contornos de esos pectorales o apartarle la larga melena de la cara.

—Tu cara no refleja lo que estás pensando, Taylor —me dice de repente.

—Bien —me apresuro a replicar. Hasta que asimilo sus palabras—. Quiero decir... ¿qué?

Me da otro tirón del vestido para acercarme, y me susurra con la boca pegada a una oreja.

—Eres preciosa, cariño. ¡Qué guapa eres, joder!

—Lo que tú digas. —Estoy temblando y siento la quemazón de las lágrimas en los ojos—. Pero no puedes seguirme, Myles.

—¿Taylor? —Captura mis labios y me da un beso brusco y largo—. Voy a seguirte.

—¡Ah! —Miro fijamente esa boca perfecta y sin igual, mientras me pregunto cómo puedo lograr que siga besándome. Sin comprometerme a nada, por supuesto. Esta situación es ridícula—. Bueno, supongo que podemos hablar de esto en Connecticut y desde allí ya puedes continuar camino.

—Podemos hablar todo lo que quieras. Pero no voy a alejarme de ti.

¿Cómo es posible que siga deseando subirme a su regazo cuando se muestra tan obstinado?

—¿Has sido así de testarudo todo el tiempo?

—Sí, pero no para lo que importa de verdad.

—¿Qué significa eso? —murmuro, mientras el corazón me da un vuelco. «Deja de latir así, por favor».

—Significa que debería haber sido menos testarudo en mi afán por apartar de mi lado a lo mejor que me ha pasado. —Su voz está cargada de sinceridad y arrepentimiento—. Y más testarudo en mi afán por guardarla bajo llave.

—No soy una propiedad que puedas guardar.

—Pues yo sí. Soy tuyo. —Me roza el mentón con los labios—. Por dentro y por fuera.

—¡Oooh! —gimoteo, avergonzada, acercándome más a él en contra de mi voluntad y me muerdo el labio para contener otro humillante suspiro cuando mis pechos acaban aplastados contra ese duro torso—. Te agradezco todo esto. Que... digas cosas. Cosas bonitas. —«¡Por Dios! Habla con coherencia. Eres maestra»—. Es que me preocupa que te lances a esta relación de cabeza y en el futuro te arrepientas de haberte precipitado.

Su repentina sonrisa hace que deje de hablar.

—Lo has llamado «relación».

—No te centres en esa parte.

—Pues ahí me he quedado pillado, Taylor. —La sonrisa se desvanece y se pone muy serio—. Hemos experimentado más cosas en cinco días juntos que la mayoría de la gente en un año. Conocemos nuestros puntos fuertes y débiles, nuestros miedos y nuestros sueños. Así de rápido. Y me siento atraído por todas tus facetas. Por todo lo que te convierte en lo que eres. Gracias a Dios, tú también te sientes atraída por mí, porque de lo contrario no estarías medio subida en mi regazo ahora mismo en el aparcamiento de un McDonald's. Saluda a esa familia tan bonita, cariño.

Doy un respingo mientras me vuelvo y veo una familia de cinco personas que atraviesan a toda prisa el aparcamiento en dirección a su coche. La madre le tapa los ojos al menor de sus hijos y me mira al tiempo que menea la cabeza.

—Este no es el momento ni el lugar, que lo sepáis —me dice.

—¡Lo siento! —Me alejo varios de centímetros de Myles mientras me aliso las arrugas del vestido, acompañada por sus carcajadas—. Como iba diciendo... —«¿Qué estaba diciendo?».

Myles sigue sonriendo y me mira con tanto cariño que empiezan a temblarme los labios de nuevo.

—Voy a ir, Taylor. A tu casa. —Se pasa los dedos por el pelo—. Es posible que una relación te parezca una locura ahora mismo. Quizá necesites verme allí para creer que esto es real. Que lo nuestro es real.

—Crees que, si te veo en mi cocina, me sentiré más inclinada a creer que esto puede funcionar.

—Es un comienzo.

—A lo mejor solo quieres llevarme a la cama.

Suelta una carcajada amarga.

—Tengo tantas ganas de llevarte a la cama que esta mañana me ha costado abrocharme los pantalones.

—¡Vaya! —Jude se detiene a mi lado y agita mi café con hielo hasta que se lo quito de la mano—. Tengo la impresión de ser una parte íntima de este proceso. Aunque estoy a punto de apartarme.

Con la cara como un tomate, tanteo la puerta del conductor con la mano libre para abrirla.

—Supongo que en ese caso nos veremos en Connecticut.

—Desde luego que sí —replica Myles, que se pone de nuevo el casco.

Jude agita su café.

—Por favor, déjame primero en mi casa.

Ya está funcionando.

El mero hecho de ver a Myles aparcar en una de las plazas de invitados de la urbanización donde vivo hace realidad todo lo que hay entre nosotros. Él está aquí. No es un producto de mi imaginación. Por supuesto, como en cualquier otro lugar al que va, Myles empequeñece todo lo que lo rodea. La gente del aparcamiento. Hasta los coches se ven diminutos en comparación. Pero él no parece fijarse en otra cosa que no sea yo. Atraviesa el aparcamiento para acercarse a mí con el macuto sobre uno de sus enormes hombros y el cuerpo tenso por la determinación, y siento que me derrito. ¡Todavía ni hemos entrado en mi casa!

—En fin... —Hago ademán de sacar mi maleta del maletero, pero él lo hace por mí. Con un dedo. ¿Se supone que eso debe impresionarme? Porque lo hace—. Gracias. En fin... —Agito las llaves de mi coche en dirección a la plaza de invitados—. Ahí es donde deberías aparcar.

—Debería.

—¡Ajá! —Me adelanto a él, abro la puerta y subo el tramo de escaleras hasta mi apartamento. Solo se me caen las llaves dos veces por la intensidad con la que me mira el culo. También las dejo caer para retrasar el momento de que este gigantesco cazarrecompensas entre en mi espacio vital de estilo *boho chic* con sus botas de punta de acero del cuarenta y seis y medio, y recuerde que no nos parecemos en nada. Y se vaya. Y regrese a su vida nómada y sin compromisos.

—¿Necesitas ayuda para abrir la puerta, Taylor?

—No, ya voy.

—Te tiemblan las manos.

—Tengo frío.

Tiene la amabilidad de no señalar que estamos en julio y a casi veintisiete grados. Consigo abrir por fin y él me sigue al interior, internándose en mi hogar para que pueda cerrar la puerta a su espalda. Hay suficiente luz como para no tener que encender ninguna lámpara, así que, en cambio, me pongo a trastear con el termostato para refrescar el ambiente.

—Taylor.

—¿Qué?

—Mírame. —Lo hago y veo que suelta mi maleta en el suelo, seguida de su macuto. Despacio—. Estoy aquí, en tu casa.

Mi ridículo corazón se me sube a la garganta. Solo atino a asentir con la cabeza.

Se quita las botas usando las puntas de los pies, tras lo cual atraviesa la estancia y me toma de la mano para llevarme a la cocina.

—Estoy al lado de tu frigorífico. —Golpea con los nudillos el electrodoméstico y me sonríe—. Lo visitaré a menudo. —Suelto una trémula carcajada. Él se inclina, observa mi cara con detenimiento y luego me besa de manera que no pueda emitir el menor sonido—. Cocinaré para ti.

—¿Cuando estés aquí?

—¿A qué te refieres? —me pregunta con tono paciente, mirándome sin parpadear.

Casi como si quisiera que le hiciera preguntas.

—Me refiero a que... pasarías mucho tiempo en la carretera —contesto, humedeciéndome los labios—. Haciendo trabajos. ¿No has dicho que a veces tardas semanas? Por lo tanto, cocinarías durante tus infrecuentes visitas.

Oigo una especie de murmullo ronco procedente de su garganta.

—Ahora entiendo tu punto de vista. Supongo que entonces dejaré lo de ser cazarrecompensas.

Debo de haberlo escuchado mal.

—Lo siento, ¿qué has dicho?

—Que supongo que hasta aquí ha llegado mi carrera de cazarrecompensas —contesta mientras me aparta el pelo de la cara—. No voy a pasar semanas enteras lejos de ti, Taylor. De ninguna manera. Quiero estar aquí. Contigo.

—Pero...

—Pero ¿qué? ¿Crees que me voy a lanzar de cabeza a mantener una relación contigo sin haber pensado y sin haber planeado las cosas? —Apoya un brazo en el frigorífico por encima de mi cabeza y empieza a acariciarme las puntas del pelo con la mano libre—. ¿Recuerdas la agencia de investigación privada que pensaba abrir con mi hermano? Nos hemos pasado la noche afinando los detalles. Él se encargará de la parte de Boston. Yo buscaré una oficina y trabajaré desde aquí. Así tendremos una red más amplia. Ya ha fichado a unos cuantos detectives de policía que han abandonado el cuerpo y necesitan un poco de acción.

Siento que un hormigueo me recorre todo el cuerpo y se me pone la piel de gallina. Casi no puedo ni respirar.

—Vas... De verdad vas a...

—Voy a mudarme aquí. —Inclina la cabeza—. Creía que estaba claro.

—Has omitido muchos detalles —logro replicar.

—Supuse que acabaríamos llegando a ellos. —Me coloca las manos en las caderas, apretándolas con fuerza mientras emite un gemido ronco—. Enséñame el resto de tu casa.

—¿Por dónde empezamos?

En sus labios aparece el asomo de una sonrisa.

—¿Por el cuarto de baño?

—De acuerdo. —Salgo de entre su cuerpo y el frigorífico, y avanzo con las piernas temblorosas por el pasillo en dirección al cuarto de baño. Enciendo la luz y le hago un gesto para que entre y lo hace, pero me arrastra con él. Me coloca junto al lavabo, frente al espejo del botiquín.

—Estoy en tu cuarto de baño —me dice con la boca entre mi pelo mientras me acaricia con las manos los brazos desnudos—. ¿Nos ves lavándonos los dientes aquí juntos por las mañanas?

Inclino la cabeza de forma considerada. Como si no quisiera gritar que sí.

Como si no estuviera a un milisegundo de lanzarme a sus brazos y no apartarme jamás.

Dado que no respondo enseguida, retrocede un poco y se quita la camiseta.

—¿Qué tal ahora? Esto es más real, ya que duermo desnudo.

Se me licúa el cerebro.

—¿Ah, sí?

—Tú también lo harás, Taylor. —Se agacha por detrás de mí y, cuando se endereza, descubro que se ha pegado a mi trasero y siento esa parte dura de su anatomía perfectamente a través del vestido. Ambos gemimos y nos agarramos a la vez al borde del lavabo—. Si vamos a compartir la cama (y al decir «si» me refiero a «cuando»), estarás demasiado agotada para ponerte encima otra cosa que no sean las marcas que yo te deje en la piel y la sábana. —Me pone de puntillas y siento el roce cálido de su aliento en el cuello—. ¿Cómo llevas lo de visualizarme en tu día a día, cariño? ¿Empieza a parecerte real?

—Eso parece, sí.

Observo su cara en el espejo y soy testigo del alivio que lo invade. Lo veo soltar el aire con fuerza, como si hubiera estado conteniéndolo desde que abandonamos el aparcamiento.

—¡Gracias a Dios! Algo es algo. —Me vuelve para que lo mire—. Sé que esto va muy rápido, Taylor. Voy a buscar un apartamento cerca, para no asustarte. Si te parezco demasiado intenso, me echas por las noches. Pero estaré aquí todo el tiempo que tú quieras que esté. Hasta que algún día fusionemos tus cojines con borlas y mi cosas prácticas masculinas y vivamos juntos en el mismo sitio. En un sitio de los dos. Cuando estés preparada.

Es imposible que le permita alquilar un apartamento, pero no tengo la oportunidad de decírselo porque me planta un beso en la boca y me saca del cuarto de baño para recorrer el pasillo de camino al dormitorio, moviéndonos paso a paso. Antes de que nos tumbemos en la cama con él encima de mí, le pone fin al beso y levanta la cabeza para echar un vistazo por la habitación. Lo veo tomar una honda bocanada de aire. Y luego pega la nariz a mi cuello y vuelve a hacerlo.

—Manzana.

Me inclino y froto la nariz contra su garganta.

—Sudor.

Su ronca carcajada me estremece.

—Tengo que esforzarme un poco al respecto.

—No. —Dejo que me quite el vestido por la cabeza—. Me gusta.

Me desabrocha el cierre delantero del sujetador, abriéndolo con un gemido, y me acaricia los pechos con las manos mientras inclina la cabeza hacia delante, como si estuviera desesperado por tocarlos.

—Más te vale. Tú eres la culpable de que me pase el día sudando.

—¿Quién, yo?

—Sí, tú —responde con brusquedad y deja de acariciarme los pezones un momento—. Estoy en tu dormitorio, Taylor. ¿Me ves aquí?

—Sí —susurro, emocionada por lo que siento por este hombre. ¿Cómo es posible que no estuviera en mi vida hace una semana? Ahora que

me permito creer que esto es real, me invade un torbellino de emociones que me deja sin aliento—. Te veo aquí.

Myles cierra los ojos un instante, y su torso sube y baja con fuerza.

—Bien.

Al cabo de un segundo, tengo la espalda pegada al colchón, y su
cuerpo duro y pesado está sobre el mío. Nuestras bocas se mueven fre-
néticamente la una contra la otra mientras me baja las bragas hasta
medio muslo y las empuja hasta dejar atrás las rodillas, momento en el
que yo las engancho con un dedo de un pie para deshacerme de ellas.
Nuestras manos se chocan en el intento por bajarle la cremallera de los
vaqueros, y siento un deseo palpitante entre los muslos. Lo necesito.
Estoy empapada después de haber pasado tanto tiempo sin él.

—¿Estás mojada, nena? —me pregunta entre besos que me funden
el pensamiento y por fin, ¡por fin!, lo siento bien duro en la mano.

Claro que ni siquiera puedo acariciársela a placer porque sustituye
mi mano por la suya y me la mete con una poderosa embestida.

—¡Sí! —exclamo mientras él grita mi nombre contra mi cuello, y
nuestras voces reverberan en la penumbra del dormitorio al tiempo
que el cabecero de la cama golpea con fuerza la pared—. ¡Myles!

Estoy deseando que empiece a moverse. Que me domine. Que alivie
esta tensión que solo él me provoca. Sin embargo, me levanta la barbilla y me mira a los ojos, con una expresión rebosante de amor. Sin disi-
mulos, para que yo lo vea. Sin contenerse.

—Estoy en tu cuerpo, Taylor. —Me la saca un poco y vuelve a meterla, más adentro todavía que antes—. ¿Me sientes aquí? —me pregunta
con la voz entrecortada al tiempo que me levanta las rodillas.

—¡Sí! —exclamo.

Y dado que me ha mostrado su vulnerabilidad y ha cedido tanto
terreno para lograr que crea en él, atraigo su frente hacia la mía y doy el
mayor salto de todos (el emocional) a fin de encontrarme con él a mitad
de camino.

—Estás en mi corazón —le digo y se me quiebra la voz. Le doy un
beso tierno. Dos. Tres—. ¿Te sientes ahí?

—Sí —responde con un hilo de voz y con los ojos sospechosamente húmedos—. Mantenme ahí, ¿de acuerdo?

—No hay forma de sacarte. No quiero hacerlo.

Movido por la emoción, impulsa mi cuerpo hacia arriba y hacia abajo en la cama, moviéndose con ese ritmo frenético que conseguimos juntos, con nuestros cuerpos entrelazados, ofreciendo nuestros gemidos al techo.

—Tú también estás dentro de mí para siempre, Taylor —me dice contra el cuello, justo antes de que el placer se apodere de mí—. Desde el primer segundo que te vi hasta el último que me concedan. Quédate conmigo. Déjame demostrártelo.

Epílogo
Myles

Dos años después

«Inspira. Espira».

«Expande el diafragma».

Me he pasado horas y horas observando a mi novia mientras hace yoga en el suelo de nuestro apartamento, y parece que he aprendido algunas de sus técnicas de relajación. Así que, ¿se puede saber por qué ninguna de ellas me ayuda a mantener la calma? Estoy tan nervioso que siento el estómago pegado a las putas costillas.

Camino por la entrada y le doy un tirón a la corbata que llevo al cuello. Quizá no debería haberme puesto corbata. Nunca me pongo estos dichosos chismes. Taylor va a darse cuenta de que pasa algo. Estoy en mitad del tirón cuando me detengo delante del *collage* de fotos de la pared. Cada vez que atravieso la puerta de nuestra casa (la espaciosa planta baja de un adosado de Boston), me detengo a mirarlo. A mirar todo lo que hemos hecho juntos en los últimos dos años.

En la esquina superior derecha hay una foto que hizo Jude aquella primera semana en el cabo Cod, sin que ninguno de los dos supiera que nos había pillado mirándonos fijamente, enamorados, mientras desayunábamos burritos. Un poco más abajo, estamos en un partido de los Celtics con mi familia, y Taylor está echándole la bronca al árbitro después de haberse bebido una cerveza. Una sola. Es mi foto favorita. O tal vez mi favorita sea una en la que estamos guardando las maletas en su coche, en Connecticut, antes de mudarnos a Boston. Taylor intentaba estrellar una botella de champán contra el parachoques, pero no había forma de romperla y yo inmortalicé su incrédula carcajada.

«¡Por Dios! Amo a mi novia».

He caído con todo el equipo y lo sé. Cada segundo es el paraíso.

Me asusta imaginarme la vida sin Taylor. Quizá por eso siempre me detengo en el *collage*. Para recordarme a mí mismo que nuestra relación ha sido real. Que cuando la agencia de investigación privada me necesitó en Boston a tiempo completo, ella accedió a buscar trabajo aquí como maestra y a mudarse conmigo. Sin contar con el día de hoy (y cuando vi que la retenían a punta de pistola), nunca he estado tan nervioso como el día que le pedí que se mudara a Boston. ¿Y si decía que no? ¿Y si no había hecho los suficientes méritos como para demostrar que seré suyo hasta el final de mi vida?

Todavía recuerdo aquella tarde. Enseñándole en el portátil el apartamento que quería comprar tras asegurarle nada más empezar que Jude tendría su propia habitación, para cuando pudiera venir de visita. Le enseñé los folletos de varios colegios privados con la esperanza de que alguno de ellos le gustara. Me habría quedado en Connecticut, sin hacer preguntas, si ella hubiera dicho que no a la mudanza, pero por suerte no fue así. Taylor se había enamorado de mi familia, tanto como mi familia de ella, y quería estar más cerca.

«De todos modos, creo que Jude necesita un poco de espacio —dijo—. Estoy dispuesta a vivir una aventura siempre que estés conmigo».

Como si fuera a estar en otro lugar... ¡Qué ocurrencia!

La felicidad se queda corta para describir lo que esta mujer me hace sentir. Estoy agradecido. Es que ni me lo creo, ¡joder!, siendo sincero. Por fin puedo ver un futuro que no está ensombrecido por el pasado. Y no voy a pasar ni un día sin ella. Lo que me lleva al estuche que tengo en el bolsillo. Al anillo de compromiso que hay en su interior. Cuando nos fuimos a vivir juntos hace dos años, tenía prisa. Quería ofrecerle a Taylor todo aquello con lo que soñaba, de inmediato. Un anillo. Niños. Aunque parezca irónico, fue ella quien lo retrasó todo.

«He conocido a una persona con quien quiero pasar tiempo primero. Vamos a ir despacio».

Lo dijo mientras yo buscaba en Google «qué es una talla princesa» en el móvil.

Menos mal que no seguí adelante, porque le gusta más la talla cojín. Y el hecho de que me sepa de memoria los distintos estilos de anillos de compromiso que existen puede dar una pista sobre lo loco que estoy por esta mujer. ¿Me dirá que sí?

Me dirá que sí, ¿verdad?

Casi se me doblan las rodillas al oír el sonido de una llave entrando en la cerradura. Golpeo con un puño la pared del salón para avisar a los que esperan al otro lado. Todo se queda en silencio de repente, salvo por el taconeo de los zapatos de Taylor cuando entra en casa.

¡Dios mío! Mírala. No hay palabras para describir lo guapa que es.

¿Por qué ha tenido que ponerse hoy el vestido rosa claro?

Nunca puedo pensar con claridad cuando lo lleva.

—¿Estás en casa? —me pregunta con una sonrisa mientras deja el abrigo en la percha de la pared—. Creía que tenías reuniones todo el día. ¿Por eso llevas traje? —Empieza a atravesar el vestíbulo, pero se detiene en seco y se señala el vestido, que ahora veo que tiene manchas verdes en la parte delantera—. La clase de arte ha sido bastante animada. No puedo abrazarte o te mancharé el traje de pintura.

—No me importa —le suelto, con cara de cordero degollado. Me imagino a mi hermano poniendo los ojos en blanco.

—¡No! Tendrás que llevarlo a la tintorería. Además... —Me mira despacio de arriba abajo, y la sangre se me agolpa en cierta parte del cuerpo—. Deberías dejártelo puesto un rato. ¿Recuerdas aquella vez que fingiste interrogarme? Podríamos repetirlo con el traje y sería hasta más creíble.

—Taylor —me apresuro a interrumpirla, bastante seguro de haber oído un resoplido ahogado al otro lado de la pared del salón—. ¿Por qué no vas a cambiarte mientras yo...?

—Se me ocurre una idea mejor. —Para mi deleite y horror simultáneos, se echa hacia atrás y se baja la cremallera del vestido rosa, dejando que caiga al suelo y se arrugue alrededor de sus tobillos—. Problema resuelto. —Aparta el vestido con un movimiento seductor y se pasa las yemas de los dedos por encima de las tetas. ¡Dios! Soy incapaz de mover la lengua—. Ahora puedo abrazarte todo lo que quiera...

Sí, es inevitable que abra los brazos cuando la veo andar hacia mí. Es un impulso muy arraigado que no desaparecerá jamás. «Aquí viene Taylor. Abre los brazos. Acércala todo lo posible y mantenla ahí».

De todas formas, está el asuntillo de tener a siete personas esperando en el salón para presenciar mi proposición de matrimonio. ¡Joder! Yo quería hacerlo mientras dábamos un paseo por nuestro parque favorito, pero mi hermano me convenció de que ella querría que estuvieran presentes amigos y familiares. Y de que querría fotos. Ahora está en sujetador y bragas, y yo estoy medio empalmado. La última vez que le hago caso a Kevin.

—Escucha, cariño. Hay una cosa en marcha que...

—Lo sé —me interrumpe con una carcajada al tiempo que se frota contra mí—. Lo noto.

—Bueno, a ver, hay dos cosas en marcha.

Se enrolla mi corbata alrededor de un puño y tira de mí para que la bese, algo que hago porque no tengo fuerzas para rechazarla. No cuando su boca es tan suave y se muestra sensual, juguetona y perfecta. ¿Sería inapropiado llevarla arriba durante unos cuarenta y cinco minutos antes de la proposición o...?

«Ni lo pienses siquiera».

Le pongo fin al beso apelando a toda mi fuerza de voluntad. Mientras ella me mira confundida, me quito la chaqueta y la envuelvo con ella.

Justo a tiempo, porque mi hermano sale del salón, llevándose una gamba a la boca.

—Vamos. Que empiece el espectáculo.

Taylor grita y se refugia contra mi pecho.

Mi hermano se da cuenta de que el vestido está en el suelo y se echa a reír.

—La luna de miel viene después de la proposición, que lo sepáis.

—¿Qué está pasando aquí? —susurra Taylor, casi trepando por mi cuerpo para cubrirse. La tapo en la medida de lo posible, pero no puedo hacer nada para evitar que se refleje en los espejos de la pared. Ni para ocultar que tiene unas piernas preciosas que llaman tanto la atención que deberían ser ilegales—. ¿Por qué...? Pensaba que estábamos solos...

Mi madre y mi padre aparecen juntos por la puerta. Con Jude. Además del marido de Kevin. El señor y la señora Bassey tardan un momento en unirse a la fiesta, pero acaban haciéndolo y sacando la misma conclusión que todos los demás. Que estábamos a punto de liarnos con siete personas esperando en el salón. Y no estoy tan seguro de que se equivoquen. Dichoso vestido rosa...

—¿Significa esto que ha dicho que sí? —pregunta el padre de Taylor, mirándonos a través de sus gafas.

—Desde luego, eso no parece un no —responde su mujer, como si estuvieran hablando de una de las instalaciones artísticas que tanto les gustan.

Mi padre me da una palmadita en la espalda.

—Enhorabuena, hijo.

Esto no está ocurriendo. He tenido pesadillas en las que la proposición acababa estropeándose, pero ni en mis sueños más desquiciados me he imaginado que pudiera convertirse en un desastre de semejantes proporciones.

—Todavía no se lo he pedido —digo por encima del hombro—. ¿Podríais callaros todos y dejarme que intente salvar esto?

Antes de que la situación pueda empeorar, antes de que ella diga que no quiere casarse conmigo y me vea obligado a tirarme por un puente, retrocedo un poco y envuelvo a Taylor mejor con la chaqueta, asegurándome de que está cubierta desde el cuello hasta medio muslo. Después, saco el estuche del anillo, hinco una rodilla en el suelo y mi pulso parece reverberar por toda la estancia.

Taylor me mira con los ojos llenos de lágrimas y esboza una trémula sonrisa.

Va a decir que sí.

Con ese monosílabo rebosante de felicidad, tanto ella como yo sabemos que todo va a ir bien.

Juntos para siempre.

Aunque de todas formas va a escuchar lo que tengo que decir, por si acaso no le he demostrado mi amor con suficiente frecuencia en los últimos dos años. Alerta de *spoiler*: lo he hecho. Y nunca dejaré de hacerlo.

—Taylor Bassey, de la noche a la mañana te convertiste en la persona más importante de mi vida. No tenía pulso cuando te encontré y ahora no hay manera de evitar que ande siempre disparado. Porque existes. Porque de alguna manera eres mía. No solo me ayudaste a recordar cómo era, sino que me has hecho creer que tenía la oportunidad de ser incluso mejor. Pero solo soy mejor contigo a mi lado. Quiero tenerte como esposa. —Se me quiebra la voz y tengo que hacer una pausa para carraspear—. ¿Quieres ser mi esposa, por favor?

—Sí —contesta sin dudar un segundo. Como si supiera que la espera me resultaría insoportable—. Por supuesto que seré tu esposa. Te quiero.

—¡Dios! Yo también te quiero, Taylor. —La felicidad, el alivio y el amor se desbordan en mi interior y se intensifican cuando me pongo en pie y ella está justo aquí, entre mis brazos, donde se supone que debe estar.

Aunque, cómo no, se le cae la chaqueta. Y tenemos una nueva foto que añadir al *collage*.

Seguimos añadiendo fotos durante las siguientes seis décadas. Hasta que llena toda la pared e invade el salón. Un tapiz de alegría.

FIN

Acerca de la autora

Tessa Bailey, autora superventas en las listas de *The New York Times*, es capaz de resolver cualquier problema salvo los suyos propios, así que concentra todos sus esfuerzos en hombres ficticios de personalidad terca y trabajos duros, y en protagonistas leales y entrañables. Vive en Long Island, evitando el sol y las relaciones sociales, y luego se pregunta por qué nadie la llama. Tessa, a quien *Entertainment Weekly* ha apodado la «Miguel Ángel del lenguaje sucio», siempre escribe finales felices picantes, desenfadados y románticos. Síguela en TikTok en @authortessabailey o visita tessabailey.com para ver una lista completa de sus libros.

¿TE GUSTÓ
ESTE LIBRO?

escríbenos y
cuéntanos tu opinión en

 /Sellotitania   /@Titania_ed

 /titania.ed

#SíSoyRomántica